滕贞甫 ◎主编

午后文学时光

大连出版社

DALIAN PUBLISHING HOUSE

图书在版编目（CIP）数据

午后文学时光 / 滕贞甫主编. — 大连：大连出版社，2021.12
（2024.8重印）
ISBN 978-7-5505-1727-1

Ⅰ.①午… Ⅱ.①滕… Ⅲ.①读后感—作品集—中国—当代
Ⅳ.①I267

中国版本图书馆CIP数据核字(2021)第206368号

责任编辑：金　琦
封面设计：琥珀视觉
责任校对：王洪梅
责任印制：徐丽红

出版发行者：大连出版社
　　　　地址：大连市西岗区东北路161号
　　　　邮编：116016
　　　　电话：0411-83620245 / 83620573
　　　　传真：0411-83610391
　　　　网址：http://www.dlmpm.com
　　　　邮箱：dlcbs@dlmpm.com
印　刷　者：天津旭丰源印刷有限公司

幅面尺寸：160 mm×220 mm
印　　张：18
字　　数：180千字
出版时间：2021年12月第1版
印刷时间：2024年8月第2次印刷
书　　号：ISBN 978-7-5505-1727-1
定　　价：62.50元

为放飞青春梦想插上文学翅膀

在"午后文学时光"活动开办两周年之际，收到了这样一份沉甸甸的礼物，我心中十分高兴和欣慰。这本小册子，既是我们两年来辽宁省作家协会机关青年干部读书学习成果的集结和分享，又让我们看到了"文学辽军"后继有人的希望和未来。

两年前，在省作协党组的倡导和机关党委的组织下，深入创建学习型机关、旨在提升机关青年文学素养的"午后文学时光"活动正式开办。活动开展以来，机关青年干部们积极响应、热情参与，"茶主"认真负责，倾力推荐好书，引导主题研讨，成员精研细读，撰写心得体会，各抒高见、卓识，形式新颖活泼，内容精彩纷呈，不仅在我们省作协机关青年干部中形成了浓厚的读书学习氛围，而且还走出作协，走向省直机关，走向社会，扩大了影响，得到了好评。

这里，我们要感谢李建福同志的热心组织，感谢宋斌、吕颖、杨晶晶、刘倩、邢东洋、田璐、王艺霖、曹瑞、李哲、刘维10名年轻同志的热情参与，特别是小册子中收录了他们的读书心得，既有对作品、作者的客观推介和评价，又有对作品的个人见解和感悟，情感真挚，立意深刻，对读者很有启发和教益。尤其是其中一些书目我们也并不曾读过全书全文，这对于我们来说，不失为一个了解经典名著的捷径和窗口。

我们的书记、主席滕贞甫先生，让我对"午后文学时光"活动、对我们机关年轻同志鼓励几句。这里，我想引用习近平总书记的两段话与

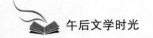

青年朋友们共勉。

习近平总书记十分关心青年朋友的学习和成长，曾多次寄语青年朋友，谆谆教导、殷切期望。他说："人的一生只有一次青春。现在，青春是用来奋斗的；将来，青春是用来回忆的……只有进行了激情奋斗的青春，只有进行了顽强拼搏的青春，只有为人民作出了奉献的青春，才会留下充实、温暖、持久、无悔的青春回忆。"

习近平总书记还说："年轻干部精力充沛、思维活跃、接受能力强，正处在长本事、长才干的大好时期，一定要珍惜光阴、不负韶华，如饥似渴学习，一刻不停提高。要发扬'挤'和'钻'的精神，多读书、读好书，从书本中汲取智慧和营养。要结合工作需要学习，做到干什么学什么、缺什么补什么。"

青年是一个国家、一个民族的未来和希望，对于我们辽宁文学而言，青年干部是"文学辽军"接续发展、勇攀高峰的未来和希望。作为省作协的青年文学工作者，你们应该庆幸赶上了这样一个伟大的时代——不仅为大家提供了丰裕的物质条件和安定的生活环境，还为开展文学创作提供了火热的实践机会和丰富的素材。你们应该庆幸选择了文学这份事业，这为你们记录、书写、讴歌这个伟大时代提供了极大便利和无限可能。

我衷心地希望，我们省作协机关的青年朋友们，一定要牢记习近平总书记的嘱托，忠实践行"脚踏坚实大地，眼望浩瀚星空，头顶复兴使命，书写时代华章"的省作协文化，坚持多读书、读好书，勤思考、常动笔，持之以恒、养成习惯。同时努力向书本学习、向实践学习、向人民学习、向先辈学习，以"长江后浪推前浪""一代更比一代强"的青春勇气和时代担当，不断增强志气、骨气、底气，不负时代，不负韶华，为辽宁文学的接续发展跑好你们的最绚丽最闪亮的青春接力棒。

辽宁省作协党组成员、副主席　孙伦熙

2021 年 9 月

目 录

杨晶晶

刘倩

曹瑞

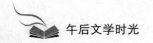

刘维

宋斌

宋斌，1983 年 6 月出生于辽宁沈阳，曾任企业内刊编辑、杂志记者，现供职于辽宁省作家协会创作联络部。喜读书，爱幻想，渴望在文字中观世间万象、看人间百态，执着于在平淡的生活中寻找自己的诗意人生。

失明中的光明

—— 读若泽·萨拉马戈《失明症漫记》

你是否想过，最糟糕的世界将会是什么样子？

《失明症漫记》正是讲述了这样一个荒诞而又残酷的故事。一座不知名的城市中，一个开车的人在路口等红灯的时候突然眼前白茫茫的一片，他失明了。随后，送他回家却偷走了他的汽车的"好心人"、为他诊病的眼科医生、同在眼科诊所看病的斜眼小男孩、戴墨镜的姑娘和戴黑眼罩的老人……一个接一个落入失明的雪白世界，这种不知从何而来、因何而来的失明症就这样突然蔓延开来，城市慢慢地坠入模糊的现实之中。

最早失明的一批人被隔离在一个被武装士兵把守的废置的精神病院。在这样一个荒诞的、封闭的世界里，人们像动物一样生活，随地方便，为了吃的到处乱冲乱撞。最初由于失明人数不多，他们还能得到充足的食物和精神的关怀，随着失明人数的急剧增加，食物变得紧缺。当一个拥有手枪的失明者被送进来之后，隔离区又发生了剧烈的变化：暴力者们强行霸占本来就不够的所有食物，逼迫其他宿舍的失明者用钱和贵重物品来换取；他们强迫各宿舍轮流送女人来为他们服淫役，"凡是能对一个女人做的他们都做了"，"活像一群鬣狗在争夺一个骨架"……正常社会的一切道德和秩序在这里荡然无存，人们眼前一片雪白，却实际身处极度黑暗的世界。

人群中只有一个人没有失明，那就是眼科医生的妻子。为了照顾丈夫，她假装失明住进了隔离区。她看清并直视了整个失明者肮脏、混乱

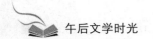

的生活状态，经历并记录了这场混乱。她目睹了人们尊严的丧失、道德的沦丧和人性的扭曲。她如同一团微暗的火，照亮暗黑的夜。她没有被赋予无上的权力，却拥有内心最基本的道德底线，尽管她也曾动摇也曾想过屈服和放弃，但她最终选择了承担，她有意无意地帮助隔离区的失明者重建生活的信心，最终，在经历了愈加疯狂的折磨后，她终于用一把剪刀了结了恶魔的生命。然后在一场漫天的大火中，带领身边的几个失明者逃离了隔离区。她带领着他们行走在混乱城市的街道中，寻找食物、打理生活，充当他们的眼睛……

《失明症漫记》像一个失落、迷茫的寓言，道出了人类最丑陋的欲望和难以启齿的本性。作者不厌其烦地描述所有患失明症的人，"在角膜上没有发现任何异常，巩膜上没有任何异常，虹膜没有任何异常，视网膜没有任何异常，水晶体没有任何异常，没有黄斑，视神经没有任何异常，没有任何部位发现异常"，告诉读者他们所得的失明症并非通常意义上的失明症。他们的失明是理智的失明，因为，他们看不见的是人性的脆弱与文明的脆弱。他们看不见自身的弱点，看不到自己兽性的一面，失去自我审视的结果就是人类辛辛苦苦建立起来的尊严与体面遭到严重践踏，世界走向残酷与邪恶，变成了一座人间地狱。

本书作者若泽·萨拉马戈是葡萄牙最伟大的作家之一，在他的小说中既有着对于人性的探讨，又有着对于现实政治问题的关注。强烈的社会责任感让他一直审视着周围发生的一切，并用作家特有的方式探索着其背后的人性内涵。瑞典文学院称《失明症漫记》"通过由想象、同情和讽刺所维系的寓言故事，不断地使我们对虚幻的现实有更深的理解"。凭借此，若泽·萨拉马戈成为迄今为止第一个，也是唯一一个获得诺贝尔奖的葡萄牙作家。

在《失明症漫记》中，每一个人物都没有名字，而是用他们的特征或者职业来称呼。如"第一个失明的男人"、"第一个失明男人的妻子"、"戴黑眼罩的老人"、"戴黑眼镜的少女"、"斜眼小男孩"和"舔泪水的狗",等等。这样的称呼让故事具有更大的普遍性,他们可以是失明的任何人中的一个,甚至,就在你我的身边。

读罢此书,不禁使人深思:当曾经熟悉的世界突发巨变,你是否还能坚持做原来的那个自己?顾城说:黑夜给了我黑色的眼睛,我却用它寻找光明。书中白色的黑暗里,有人愿做微光,有人想做蝼蚁,我们不必苟责蝼蚁的明哲保身,更不应嘲笑微光不自量力,我始终相信:终有一天,星星点点的微光能够慢慢把黑夜照亮!只要你敢说:

我愿意成为光,哪怕微弱如斯。

生命的法则

——读杰克·伦敦《野性的呼唤》

物竞天择,适者生存。——达尔文《物种起源》

这是关于一条狗的传奇故事,也是关于生命的一曲赞歌。

巴克本是美国南部法官米勒家中一条养尊处优的宠物犬,在当时淘金热的影响下,被家里园丁的助手偷偷卖到了阿拉斯加。从此,巴克告别了平坦的草坪、漂亮的四角凉亭、鹅卵石铺就的小路和喧嚣繁华的城市,进入了弱肉强食的世界。面对恶劣的环境,为了生存下去,他开始遵循"大棒和利齿"的法则,并逐渐成为一条优秀的雪橇犬。一次次残酷的杀戮中,巴克的野性在冰雪中被唤醒,终于在主人桑顿被害后,在野性的呼唤下

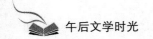

加入了狼群。

多年来，我一直记得初次阅读这本书时的激动和震撼，眼前仿佛闪过巴克在冰天雪地的荒野中艰难地前行，狂风无情地席卷而来，冰雪划伤他的皮毛，一瞬间，雪被染得像红宝石般绚丽；仿佛感受到在挚爱的主人桑顿死的时候，他仰望苍天，发出伤感的、震撼人心的、长长的嗥叫声中的绝望与感伤；仿佛看见透过惨白的月光或朦胧的北极光，他那伟岸的身体跳跃于伙伴之上，巨大的喉咙洪亮地高唱着一曲年轻世界里悠久的狼群之歌。

尼采曾说过：在世人中间不愿渴死的人，必须学会从一切杯子里痛饮。

生命，总是在不断挣扎求生的过程中，获得意义、力量和信念。在冷酷严峻的生存环境中，面对恃强凌弱的生存现实，巴克不得不抛弃文明社会中的尊严与善良，他认识到生活中没有公平的游戏规则，任何时候都必须坚强挺住。他有着极强的适应力、坚强的意志力、顽强的生命力和高超的生存智慧，他能够随着环境的变化作出及时的反应。他学会了偷抢食物，学会了如何战斗。他变得狡诈、隐忍，面对凶悍、老辣、经常找他麻烦的领头狗斯比茨，巴克以退为进，不断制造麻烦，最终挑起了一场恶斗，并将斯比茨打败、杀死，取代了斯比茨的地位。极地环境的恶劣，生活的艰辛，行路、跋涉之苦，他都挺了过来，而且变得更加结实和强悍。因为他明白"原来这里就是这样一个地方，没有公平，只要倒下，就没机会再爬起"。

在艰难的岁月中，巴克遇到了一生中最重要的人：救过他的命，悉心照料他的主人桑顿。巴克的内心对桑顿有深深的眷恋，那是一种生死相依的陪伴。正是这种爱，巴克可以拉动一千磅的重量走一百码，也是这种爱，让他可以不顾危险在波涛汹涌的河水里救下桑顿。对桑顿的爱与信任，是阻挡巴克回归森林的唯一牵绊，于是，当桑顿被伊哈特人杀死，巴克对人类社会终于无所留恋，也无所牵挂。为桑顿报仇之后，他追随着长久以来深深渴望的那神秘的野性的呼唤，回归了森林……

本书作者杰克·伦敦，是美国现实主义作家，被誉为美国无产阶级文学之父。他善于用刚劲质朴的语言，描写人们在冷峻严酷的生存环境中所展现出的最深刻、最真实的品格。读完《野性的呼唤》，你会意识到生活本有的残酷，但也会充满对生命本身的崇拜，更会获得生存下去的勇气、坚韧和力量。正如他自己所说：

> 我宁愿化为灰烬，
> 也不愿做一粒尘埃；
> 我宁愿做一颗超级流星，
> 让自身的每一个原子都散发出夺目光芒，
> 也不愿做永远昏睡的行星。
> 人的使命不是存在，
> 而是好好去活，
> 我要好好利用我的每分每秒，
> 绝不为了苟活而虚度光阴。

拿什么拯救你

—— 读朱迪·皮考特《姐姐的守护者》

如果你的出生，是为了另一个人生命的延续，那你是幸运还是不幸？
如果你的身体可以拯救你的亲人，你是否会心甘情愿地付出？

如果这种付出是一次又一次，你能坚持到第几次？

这就是美国作家朱迪·皮考特所著的《姐姐的守护者》带给我的思考。朱迪·皮考特特别擅长以绵密细致的笔法，编织精彩感人的情节，以深情灵动的语言和出人意料的转合，写出人间至性至情。《姐姐的守护者》就是作者这种风格的代表作之一。本书曾获得美国玛格丽特—亚历山大—爱德华奖、美国马里兰州"黄雏菊奖"、美国伊利诺伊州林肯图书奖等。还被改编成同名电影。

故事的开篇，便有着纠结的宿命意味：为了拯救患有急性早幼粒细胞白血病的女儿凯特，父母布莱恩和莎拉决定借助医学技术设计生出一个拥有完美匹配基因的孩子，于是，妹妹安娜来到了这个世界。刚出生时，安娜的脐带血就捐给了姐姐凯特；五年后，凯特病情复发，安娜抽了三次淋巴细胞；之后，医生抽取了安娜的骨髓去移植；紧接着是粒细胞、干细胞……直到安娜十三岁时，凯特面临肾衰竭，需要移植一个肾脏。无法忍受的安娜找到律师决定反击她的父母——她想要拒绝，因为"没完没了"。

诉讼带来的震动可想而知，难以置信、大发雷霆、方寸大乱、苦口婆心、矛盾纠结……

读至此，不禁抚案沉思：作为一个母亲，面对身患绝症的女儿，只要有一丝挽救她的希望，怎能不死死抓住？作为一名直面死亡的患者，生死系于旁人之手，究竟是该感恩戴德抑或是满怀愧疚？可如果我是安娜呢，一个拥有着一次次冰冷手术台上，医生用闪着寒光的刀子划破皮肤的恐怖记忆的十三岁的女孩，面对无法掌控身体的无力感和救治姐姐与生俱来的使命感，该如何抉择？

这似乎是一道无解之题。

是选择以牺牲一个生命的基本权利为代价换取另一个生命痛苦地勉强活着，还是应该放任其溘然离去？血脉亲情与个人尊严的碰撞生成了对人们生命意义的拷问。

　　本书的每一个章节都是一个人物的独白。按照凯特病情发展的顺序，七个主要人物作为叙述者轮流出场，分别从过去、现在、客观、主观的角度记录发生的一件件琐碎的小事，谈论对死亡对亲情对爱情的看法。他们之中没有一个是坏人，只不过背负着各自难以言表的责任，都有着无法诉说的苦痛和自己的无可奈何。他们在爱与法律的边缘徘徊，在生命品质和尊严间拉锯，在道德与伦理中矛盾，在亲情和自我之间纠结。

　　父亲布莱恩是一名消防队长，他经常在火灾和车祸中抢救别人的生命，但是面对自己的女儿，他却无能为力。母亲莎拉说"我的一个女儿被困在火场内，而我只能让另一个女儿去救她，因为只有她认识路"。大儿子杰西用自己叛逆的行为来寻求母亲的关注，不但未得偿所愿，自己反倒在坏孩子的路上越走越远。安娜是以爱的名义被设计出来的拯救某个人的天使，可谁又是她的天使？

　　当法官的法槌落下，安娜终于有了对自己身体的决定权，可惜，还未等我们看到她的决定，一场突如其来的车祸给了所有人当头棒喝！她终究还是捐出了她的肾，提前完成了她作为捐献者出生的人生的终极使命。

　　痛心还是释怀，我也说不清。

　　第一次不知道，什么样的结局才是圆满。

　　或许，这才是真正的人生。

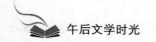

爱的背叛与救赎

—— 读卡勒德·胡赛尼《追风筝的人》

这是一篇充满异域风情的小说，一段爱与背叛的挣扎，一个跌宕轮回的宿命，一次自我救赎的经历。作者用舒缓而悲悯的语气，将战火纷飞的阿富汗，二十余年的人生历程，三代人的情仇恩怨娓娓道来，感情真挚、情节跌宕。

作者卡勒德·胡赛尼出生于阿富汗的喀布尔，后因战争随父亲逃往美国，毕业于加州大学圣地亚哥医学系，这部作品是他的处女作，一经出版就受到了大批读者的追捧，获得各项新人奖，并跃居全美各大畅销排行榜。

小说是男主人公阿米尔寻找心灵救赎的回忆录。而风筝作为全文的线索，把主角阿米尔各个时段纷繁的心理活动串成一线。

"许多年过去了，人们说陈年旧事可以被埋葬，然而我终于明白这是错的，因为往事会自行爬上来。回首前尘，我意识到在过去二十六年里，自己始终在窥视着那荒芜的小径。"这样的开头，便预示了生命中有很多不被人知的隐秘和沉重。

阿米尔家庭条件优越，父亲是阿富汗十分成功的商人。母亲难产早逝，使得他生性软弱、极度缺乏安全感。阿米尔只喜欢读书和摆弄文字，对足球等运动毫无兴趣。这让曾经赤手与黑熊战斗、"喀布尔英雄式的人物"的父亲十分失望。缺乏母爱的阿米尔十分渴望得到父亲的承认，每当看到父亲以慈爱的目光对着仆人的儿子哈桑面露微笑，甚至用拥抱来对其表示赞许的时候，阿米尔就感到十分懊恼，甚至暗暗嫉妒。但是哈桑却一直保持着对阿米尔的友谊和忠诚。

在阿富汗，一直都有冬天赛风筝的传统，这个比赛比的不是谁的风筝飞得最高，而是谁的风筝能摧毁别人的风筝，最后的唯一幸存者便是胜利者，而最大的荣耀是要追到最后一个被割断的风筝。哈桑为了帮助阿米尔得到最后的蓝风筝，付出了惨重的代价——被也想得到这个蓝风筝的坏小子阿塞夫和他的党羽侮辱，这是阿富汗男人最大的羞辱。而其实，阿米尔躲在旁边看到了事件的整个过程。懦弱的他没胆量阻止阿塞夫的暴行，也不愿跳出来让哈桑把那个蓝风筝让给阿塞夫。那次事件之后，阿米尔开始被羞愧与痛苦所折磨，对朋友的愧疚之情压得他喘不过气来，为了逃避这种愧疚，他陷害了哈桑，想让哈桑离开自己的生活。哈桑对所有事情心知肚明，却并未戳穿，而是黯然离开。

几年之后，阿米尔随父亲去了美国，他们过得很窘迫，可阿米尔还是靠着父亲打工完成了学业，开始工作，恋爱，结婚，直到父亲去世后的某一天，阿米尔意外得知哈桑居然是自己同父异母的弟弟！于是，他回到阿富汗，可是哈桑已经去世。阿米尔找到哈桑的孩子索拉博，决定替哈桑承担起做父亲的责任。

如果说，哈桑对阿米尔说的那句"为你，千千万万遍"是出于对友谊的忠诚，那么阿米尔对哈桑的儿子索拉博说的同样一句"为你，千千万万遍"却是出于内心真诚的忏悔。

小说很少强烈情感的爆发，而是语气平静甚至略有平淡地将故事娓娓道来。胡赛尼的笔触既细腻，又有洞察人性后而产生的沉着有力感。作品中蕴含着作者一颗博大宽广的悲悯之心，他没有因为对故土的爱而回避阿富汗社会的种种不公和鄙陋，也没有因为业已远离而刻意嘲讽。他只是去努力还原每个人的恐惧和快乐，并试图理解他们作出的每一个决定和选择。

作者说："每个布满灰尘的面孔背后都有一个灵魂。"他就是要拂去那些面孔上的尘灰，将灵魂的悸动展示给世人。小说写了太多可以触及我们内心的东西。阿米尔从第一个谎言开始就有愧于心，一边害怕一边愧疚，试图坦白，但终究因胆怯而错过了。成年后的阿米尔对待这些谎言更是怀着一种赎罪的心理，得知哈桑的死以及哈桑的身世后，他更是愧疚，认为自己是罪人，渴望被惩罚。终于，他又回到喀布尔，努力将哈桑的儿子索拉博救出阿富汗。所以，当阿塞夫将他的肋骨一根接一根打断时，当上唇被打裂，其位置和哈桑的兔唇一样时，他心里畅快至极，并感慨："我体无完肤，但心病已愈。终于痊愈了，我大笑。"

或许，我们大都面临过与阿米尔类似的困境：在生命中的某个时刻，总会有过那么一次深刻的错误、遗憾、难堪，让我们耿耿于怀，难以面对。即使无人的夜晚中再多辗转反侧，即使有过数不清的愧疚、自责、懊恼，也难以做到坦诚致歉，真正弥补。或许我们也会偶尔假装遗忘，但内心深处，我们也会像阿米尔一样痛苦万分，苦苦地寻找那个打开自己心结的钥匙。

阿米尔最终以超常的勇气战胜了自己的怯懦，他回到硝烟弥漫的阿富汗，从塔利班手中救出了哈桑的儿子索拉博。当风筝飞翔在美国的天空中的时候，当索拉博为此而露出浅浅微笑的那一刻，那萦绕在阿米尔心头长达二十六年的阴影终于消散了，他扳正了曾经犯下的错误，替自己完成了心灵的救赎。小说至此也为我们寻找到心灵安定的力量：那就是敢于正视自己的错误，不仅仅是悔恨、内疚和自责，更重要的是努力弥补、勇敢原谅！

理想的距离

——读孙睿《戈多来了》

我相信，梦想就是最好的信仰。

它指引着我向前，让我不再彷徨。

就算前路充满荆棘，困难重重；

就算面临失败、痛苦、挣扎。

只要把坚强做作翅膀，逆风也能飞翔；

只要把希望化成力量，奇迹会从天而降。

——泰戈尔《梦想》

现代主义荒诞派戏剧《等待戈多》记述了两个流浪汉在树下等待着一个叫戈多的人的过程，喻示人生是一场无望无尽的等待；孙睿的中篇小说《戈多来了》讲述的却是关于几个年轻人执着无悔追逐理想的故事。

1980年出生的作家孙睿，以触及"80后"成长、理想与伤痛的《草样年华》等青春文学作品引得文坛关注。数年过后，进入不惑之年的他，随着阅历的丰富、生命的沉淀，逐渐将创作视角转向更广泛更深入的社会领域，用调侃而略带嘲讽的笔触，勾勒出当下年轻人的生存状态。

小说虽然记录了"我"四年考研、读研、工作、恋爱、结婚的经历，但主角却是室友兼考友胖子。胖子本是令人羡慕的医生，曾经有过抗击"非典"的经历；也是个狂热的文艺青年，对电影有着热切的追求。多年前无心插柳的一次试水，竟然意外地通过了电影学院研究生考试，于是，"拍

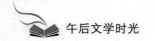

自己的电影"成了胖子此生最大的理想和追求。

在经历了"非典"时期的痛苦煎熬后,胖子认为自己"如果明天就死了",最大的遗憾"不是没有女朋友,不是没有好好孝顺父母",而是"自己没能拍一部电影",于是,为了追求电影,他拒绝了到手的去北京医院的工作机会,甚至拒绝了可以在北京落户的诱人条件,毅然决然地开始了自己破釜沉舟的考研之旅。

十年里,"我"如愿考上了导演系研究生,毕业后成为一名编剧和导演,结婚生子,却日复一日地在琐碎的工作、生活里焦头烂额。胖子在出租房里不分昼夜地看电影,在小饭店里忘乎所以地聊电影,在研修班里如饥似渴地学习电影……他写影评、写剧本、给当导演的同学当助理、统筹兼制片,基本上将制作电影的流程从理论到实践都经历了一遍,却阴差阳错地在一次又一次的考试中折戟而归。

十年的执着与热爱,十年的希望与失望。胖子将最美好的年华投入到对电影的不懈追求中,当他终于通过了考试,距离梦想咫尺之遥的时候,却为了照顾体弱的父亲,向现实妥协回家乡考了公务员。

2020年,在抗击"新冠"疫情的新闻报道中,"我"再次见到了在医务一线身穿防护服的胖子的身影。对于曾经的胖子来说,考上电影学院导演系的研究生,拍出自己满意的电影是他的理想;多年后,他一袭白衣冲锋在前、殚精竭虑抗击疫情时,心之所系是现世安稳、国泰民安。《等待戈多》里两个流浪汉始终没有等来戈多;《戈多来了》中的胖子却用了十余年的时间,从一个追求个人理想的青年,彻底变成了一个平凡生活的勇士。

为了心中的理想,一个人要努力到何种程度?对于人的一生来说,适可而止是人生智慧还是难以磨灭的遗憾?现代社会的功利与浮躁,使得越来越多的人放下了对理想的执着和坚守,而义无反顾的追求正是青春最闪耀的光芒之一。即使碰得头破血流,也不会心灰意冷,只要希望不灭，就永远奋斗在路上。正如文中所说："甭管弃医从文，还是弃文从医，总有什么东西愿意让人倾力而为拼死一搏永不后悔。"

我想，这才是理想与现实的真实距离。

命运与抉择

—— 读路遥《人生》

何谓人生？这似乎是个沉重且深邃的话题，有人风光无限，有人颠沛流离，有人知足常乐，有人平淡如水。见识世态炎凉，体会人情冷暖，经历必须经历的，承受必须承受的，每个人对人生的体验各不相同，唯一不变的是——人生无法重来。

路遥的《人生》并不长，短短十几万字，勾勒出农村青年高加林的人生经历及感情纠葛，展现了青年人在当时社会转型时期的奋斗与迷茫。

小说背景是 20 世纪七十年代末八十年代初的陕北农村地区。高加林高中毕业当上了小学教师，踌躇满志的他以为自己的才能和抱负终于要得以实现的时候，大队书记高明楼利用关系让自己儿子顶替了他的教师位置。面对命运的沉重一击，高加林无法面对自己莫名从一名光荣的人民教师变成了普通的农民的事实，愤怒而绝望。在这次人生的低谷中，美丽善良的农村姑娘刘巧珍慰藉了他的心灵，让他重新燃起对生活的信心与热情。

当高加林终于接受现实，准备在农村好好生活的时候，命运又垂青了他。因转业回乡的叔父的关系，高加林很快又回到了城市，并且成了

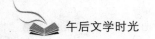

一名县通讯干事。英雄终于有了用武之地，几篇稿子的成功，让高加林成为县里的风云人物。此时，高加林重遇高中同学黄亚萍。在黄亚萍猛烈的感情攻势下，加之到大城市发展的诱惑，他艰难地舍弃了巧珍，开始了与黄亚萍"罗曼蒂克"般的热恋。

然而，命运又一次捉弄了高加林，高加林通过关系在县城工作的事被检举揭发，他因此又一次回到了农村。而此时，已是物是人非，巧珍已嫁他人。在听完德顺爷爷的一席话后，高加林也开始真实而深刻地思考"人生"这一命题。

在高加林身上，我们不难看到自己的影子。《人生》其实不只是高加林一个人的人生，是我们每个人的。在其中，有关于前程和真爱的抉择，有关于倾心和辜负的伤痛，也有关于理想和现实的纠结。命运无法捉摸，唯有抉择方显为人本色。人生的道路本来就延伸着很多分岔口，对于未来的选择我们有恐惧也有希冀。前路是未可知的，但是每一条路的选择都有其内定的规律和法则，无论何时，不能摒弃做人原则，不能逾越道德底线，只有这样人生之路才能走得踏实稳重。

读罢此书，我的头脑里一直闪现着两个词：命运和抉择。与之伴随的是另外两本书：加缪的《西西弗神话》和司汤达的《红与黑》。

在古希腊的神话中，西西弗得罪了诸神，诸神罚他将巨石推到山顶。然而每当他用尽全力将巨石推近山顶时，巨石就会从他的手中滑落，滚到山底。西西弗只好走下去，重新将巨石向山顶奋力推去，日复一日，陷入了永无止息的苦役之中。高加林的人生似乎也如此，离开土地，回到土地，再离开土地，再回到土地，在这个人生怪圈的循环往复中，高加林被命运之神玩弄、嘲笑，狼狈不堪而又似乎无能为力。

而高加林与司汤达笔下的于连则有着惊人的相似：年轻而富有才华，出身卑微，却有着对命运的不甘，有强烈的自我意识，急于去改变一切，甚至为了权势而抛弃所爱，为人所唾弃。当他们为之奋斗的理想破灭，重新回到原来的位置时，他们经过深深的反思，终于做回了原来的自己。于连在法庭上慷慨陈词，控诉了上流社会对平民青年的压制和摧残。被判死刑后，他拒绝上诉，拒绝营救，用死向不平等的社会抗议。当高加林通过"走后门"进城这件事被人告发，他面对的将是重新回到生他养他的那片土地，继续做一个农民时，他拒绝了黄亚萍和他一起到农村去生活的请求，而是对她说出了自己心中的话："……我自己一直也是非常喜欢你的。但我现在才深切感到，从感情上来说，我实际上更爱巧珍，尽管她连一个字也不识。我想我现在不应该对你隐瞒这一点……"这是他的所有的理想和抱负完全破灭，冷静反省后的自白，是他内心的真实感受，尽管巧珍已经嫁了人。

书的最后，路遥说，这并非结局。是的，不论经历多大的起起落落，生活总得向前走，无论命运带给我们什么，微笑着接受，努力地向前，勿忘本心，生活，或许会在不经意间，给你一份意料之外的惊喜。

一个祭师的回归

—— 读阿来《云中记》

阿来是我很喜欢的一个作家。他的作品中，充满着历史与现实的交汇，既呈现出历史的苍茫厚重之气象，又体现出饱含诗意的轻盈润泽之韵味。简单点说，就是"大气而唯美"。

阿来总是能以自己独特的方式构建出一个别具一格的审美世界，表达着独特的生命意识的主题。他作品中的主人公，总能让人感受到一种

纯粹的生命的力量，这种力量有着宗教的影响，或多或少带着一种宿命的意味，《尘埃落定》里的"傻子"，《蘑菇圈》斯炯，《格萨尔王》天神之子格萨尔王以及这本《云中记》里的阿巴。

《云中记》以最后一个祭师阿巴在地震四年后回云中村抚慰丧生的村民灵魂为线索，传达出作家对于生存与死亡、创伤与救赎的思考。

阿巴出生在云中村的一个祭师家庭，作为一个古老而传统的村落，云中村中的人们信奉苯教，在一群信仰佛教的村落中显得形单影只。阿巴不会招灵，却逃不开家族的传承。他当过水电员，成为非物质文化遗产传承人，当过移民村家具厂工人，不断地在多个身份中来回游走。他一直是一个"半吊子"祭师，连祭祀的仪式和舞蹈都是从非物质文化遗产传承班上学来的。地震发生后，为了安抚人心恢复重建，担任瓦约乡乡长的外甥仁钦要他做法事安抚鬼魂。为了救急，在仁钦的指点下，阿巴去卓列乡找到了七十多岁的苯教老祭师，从他那里学习了一些如何安抚鬼魂的仪式和祝祷词。当他穿戴上祭师全身行头，摇铃击鼓，走村串户，声声呼唤："回来，回来！回来了，回来了！"仿佛有一种力量帮他打开了神秘之门，顿时，他感觉自己通灵了，恍然看见每一个死去的人都活生生地来到了他的眼前。"这就是一个祭师作法时该有的状态。他想，从这一天起，自己是一个真正的祭师了。"阿巴不断重复祭师职责，如招魂一般唤醒了他的祭师血液。这是他这一生最崇高、最神圣、最辉煌的时刻。他竟然突变而成为一个通灵的真正的祭师了。他的身体里充满了奇异的能量和巨大的热情，这能量和热情都是他不熟悉的，从来没有体验过的。在寻找到自我之后，他也同即将消亡的云中村一起寻找到了灵魂的归属。

作为汶川地震之后的灾难书写，阿来对自己的要求是：写出对生命的敬畏，对人性的尊重。要用颂诗的方式写一个陨灭的故事。歌颂生命，甚至死亡，用文字放射出人性温暖的光芒。《云中记》总体上呈现出的却是一种平静的叙述和克制的笔触，作者花了大量的笔墨放在了阿巴回到云中村里独自生活的描写上，用清新的笔法记述他希望回到过去的生活，用一种平淡的文字来衬托出不可言说的悲痛与哀伤。阿来的笔下万物有灵，无论情，还是景，总是预留一个克制的距离，将感情稳稳地控制于看似平静如水的文字叙述之中。那似乎田园牧歌式的生活会让人有一种隔绝了喧嚣的宁静。但这份宁静却隐匿在一场浩劫的背后，并且即将迎来早已注定的结局。整部作品充满历史与现实的交织，地震前后情景的交错，哀伤与忧愁如山中弥漫的薄雾，萦绕在文字间，有宿命的淡然，有不屈的执着，沉默无声。当最后一刻到来，心中的震撼更是无以言表。

读了这本书，不自觉地会想起刘庆的小说《唇典》。如果说《云中记》写的是一个祭师的回归，那么《唇典》记叙的便是最后一个萨满的消失。面对即将消失的云中村，阿巴四年后再次回归，完成了招魂、安魂的大任；而老年满斗于无路可走的绝望之际，冥冥之中接受神灵的启示而种植"灵魂树"，为死去的亲人安顿灵魂、复活灵魂，而灵魂树却又被利欲熏心的不法之徒盗走了，年迈的满斗踏上寻找灵魂树的不归路，"我决心上路，我要到那座陌生的城市里去，去找我的灵魂树，去看望我流离失所的亲人，去和每一棵灵魂树说话，祭奠它们，做最后的告别"。

现在，我突然就相信，鬼魂存在一段时间就应该化于无形，从这个世界上彻底消失。化入风，化入天空，化入大地，这才是一个人真正的与世长存。

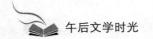

女人的战争

——读阿袁《鱼肠剑》

这是一个上海某大学博士楼305寝室中正在读博士的三个女人之间的烟火故事。阿袁运用古典与现代相结合的优美笔触，嬉笑怒骂间将女性隐秘曲折的心理情感展现得淋漓尽致，描摹了现代高知女性婚姻情感世界的风霜刀剑和花谢花开。

作者阿袁说：相对于男女关系，女人之间的关系是更生动更具张力的关系。把世界弄得五光十色波澜起伏。对此，我深以为然。

鱼肠剑，在中国古代十大名剑中排名第八，据传是铸剑大师欧冶子为越王所制，有一种说法是鱼肠剑的剑身比较细长柔韧，能够沿鱼口插入鱼腹之中，在鱼的胃肠中曲折弯转，但是当鱼肠剑抽出时就会立刻恢复原形，变得刚韧无比，熠熠生光。女人心计便犹如这鱼肠剑一般，在风花雪月中暗暗较量。

这部小说中每一个人物都十分立体，性格鲜明，使人过目不忘。心思缜密的孟繁、风情万种的吕蓓卡和相貌平平的齐鲁，截然不同的三人的聚首本就是三种人生的碰撞，三人之间的关系又如同细密关系织成的网，和风细雨中冷冷地夹杂着刀枪棍棒。加之孟繁的丈夫孙东坡，孙东坡的同学老季，吕蓓卡的师兄宋朝，还有和齐鲁有关的网络男子墨夹杂其间，真是一出好戏。

研究李商隐的孟繁，一直觉得自己是聪明的、理智的、超脱世俗的：对于吕蓓卡夜夜笙歌的生活不屑一顾；认为自己为一直单身的齐鲁"创造机会"是"杀富济贫";与孙东坡的关系则"表面看起来是夫唱妇随，其实呢，却是妇唱夫随，因为孟繁的'妇唱'十分婉约，而孙东坡的'夫随'却直白尖锐，所以让孙东坡错误地以为，他是他们家的领唱者，而孟繁是唱和声的"。但其实她的内心也是敏感、善妒的：对于吕蓓卡偷梁换柱，霸占齐鲁房间，她多次暗中提醒，想打抱不平又不愿自己同吕蓓卡撕破脸；对于吕蓓卡叫孙东坡"姐夫"十分排斥，并且尽可能地杜绝二人独处；包括孙东坡同吕蓓卡几次单独出门，吕蓓卡告诉她是去了景德镇买陶瓷器皿，她心知肚明又不说破，仿佛看戏的心态。可是她无论如何也没想到，在自己眼皮底下，被生活中最重要的人——她的丈夫和心中最看不起的吕蓓卡骗了。最终知道事情真相的时候，她才幡然醒悟，选择了沉默，选择了"十年磨一剑"。

齐鲁，一个"总能把任何一种关系变成师生关系，把任何形式的言谈，变成上课与听课"的老实本分的学术型博士。因为相貌平平，不解风情，专心学术，在其他人眼里是木讷、生硬的代名词。但没有一个女人是如此简单、无味的。她知道吕蓓卡的小心思，却因为自己对房间的喜好不同而默不作声，她也"满腹怀春事"，而且她恋爱的方式非常符合她的性格和经历。无论是在心中杀了暗恋了许久的师兄，还是跟墨说不清道不明的关系，都是齐鲁式的，表面风平浪静，其实暗潮涌动。

吕蓓卡可以说是作品中的线索性人物，不知是作者有意还是无意，同《蝴蝶梦》中传奇人物吕蓓卡同名，而且很多相似的地方：一样拥有光鲜的外表和不甘寂寞的灵魂。吕蓓卡喜欢寻欢作乐，夜生活丰富；靠小伎俩得到了阳光充足的宿舍；靠和校长、导师、师兄弟搞暧昧关系，成功地获得了博士学位；挖墙脚得到了室友的男人，等等。而且，两部作品一样，我们都无法看到吕蓓卡内心真实的感受。《蝴蝶梦》中的吕蓓卡在小说的开端已经死去，却一直影响着庄园里的每一个人，是主人公"我"感情的障碍，影响着"我"的婚姻，造成了众多猜疑和悬念；《鱼肠剑》中有孟繁的心理描写，有齐鲁的内心感受，唯独没有吕蓓卡的，她也一直活在别人的口中。

阿袁对于女性幽微曲折的心理描写可谓淋漓尽致，把人性写得深刻又细致。"女人之间飞短流长原是要相互激励的，要你来我往的，要同舟共济，要相濡以沫。高尚的行为不需要同志，千里走单骑，才能成就孤胆英雄。但堕落不一样——背后说人是非，这差不多就算堕落了，她们受儒家教育多年，对这一点心知肚明，但明知，也要故犯，因为堕落是更快乐更容易的事情。""偶尔吕蓓卡不在宿舍的时候，孟繁会挑几句，说吕蓓卡那个房间的阳台，阳台外夜晚的上海灯火，以及飘浮在阳台上的隐约的桂花香，还有男人对女人年龄的鲁钝。孟繁的言语，完全是李商隐的风格，意在言外的，曲折幽微的，而且还蜻蜓点水。也不知道齐鲁听不听得懂。"当我们从作品的字里行间读到这些所谓高知女性收敛而别样的顾盼生辉和言不由衷，常常会在暗自一笑之后陷入长久的沉思。

这部作品之所以"好读"，还有一个重要的原因是小说的语言。阿袁从不故作深沉，而是从容不迫，浅浅叙来。她总是经意或不经意地把丰厚的古文学功底丝丝入扣地融合进小说的叙述中，仿佛感受到阿袁带着审视的、略带一点嘲讽和批评的眼神观察和书写。例如第一次见齐鲁，老季问孟繁："她就是你说的花间词？"孟繁的回答是："花间词原也有很多种的，有温庭筠那样香艳绮丽的，也有韦庄那样单纯朴素的，她是后者，属于'春日游，杏花吹满头'那种。"老季又说："别说花间词了，她和词干脆都不沾边。词有长短，有韵味，她哪有？分明是格律诗，整整齐齐的格律诗。"后文就有了"于是老季把格律诗带到学校附近的茶楼……"

阿袁是写女性小说的高手，尤其擅长写女性的婚姻爱情。在她的笔下，真实地呈现出女性本来的样子以及在现实社会的处境。她常借着主人公说一些深浅适度的人生道理和生活智慧，并没有太强烈的冲击力，只是淡淡地引起你的共鸣和自省。中篇小说《鱼肠剑》自发表以来，先后获得中国小说学会中篇小说排行榜的第二名、第四届《北京文学·中篇小说月报》奖以及《小说月报》第十四届百花奖等诸多奖项，成为阿袁作品谱系中的重要一页。

幸福有多远

—— 读石钟山《幸福还有多远》

我们从早到晚，周而复始，在自己的生活圈里挣扎奋斗，追求的无非两个字：幸福。对于幸福的定义，因人而异，《庄子·秋水》中惠子对庄子说："子非鱼，安知鱼之乐？"所以，幸福没有标准，追求幸福也没有统一的方式。

小说《幸福还有多远》讲述了 20 世纪七八十年代，一个长相漂亮、心地善良的卷烟厂女工李萍追求幸福的经历，揭示了物质生活和精神生活同样匮乏的那个年代的人们对幸福的不同理解和追求。

李萍向往外面的世界，尤其对军人十分崇拜，为了改变自己的平淡生活，她将一条征婚启事塞进她平日包装的烟盒，由此把自己交给了命运，希望拿到这盒烟、看到这张纸条的人是她理想中的男人，并娶她为妻。

显然，在那个年代，李萍的行为是非常大胆的，但却可以理解，她是一个有热情、有理想、充满青春活力的女子，可是偏偏降生在一个普通的工人家庭，她聪慧、善良而美丽，有很好的工作，是卷烟厂的正式职工。出众的她，当然有很多追求者，尤其车间主任于大路对她更是情有独钟。但卷烟厂的生活让她厌恶，那冒着黑烟的烟囱似乎让她的生活没有颜色，她自诩为海燕，向往着大海，向往着外面的世界，"海燕怎样在这里生活"，出于一种大胆的构想，她把自己的命运交给了一个小小的烟盒。

李萍期待着，期待她想象中的爱情、想象中的婚姻、想象中外面的缤纷世界。她满心以为来找自己的会是一个年轻帅气的军人，结果要来娶她的人却是比她大十几岁、有过婚史的海军军官吴天亮。现实与想象的巨大差距让她退却了，但是，离开卷烟厂，离开目前的生活环境，生活在大海边的梦想仍然充满了诱惑，她最终还是决定接受吴天亮。

面对这样年轻、漂亮、纯情的女孩子，曾经饱经沧桑的吴天亮自然满意至极。他全心全意地准备与李萍开始新的生活，现实却远没有他想象的美好。当李萍看到吴天亮的驻地并非她想象的海边而是深山便很是失望，成为一个七岁女孩的继母的事实使她手足无措，而更令人绝望的是，吴天亮因为受过伤，已经失去了生育能力。

现实虽然落差很大，但理智告诉李萍，吴天亮是个好男人，情感和梦想只能放在一边，好好地跟这个男人过日子。就算没有工作，没有朋友，没有"幸福"，也应该去接受。然而战士王小毛的出现，重燃了李萍热烈的感情。不知不觉中，两颗年轻的心越走越近。一天，吴天亮和李萍发生争执，吴天亮失手把王小毛送的鱼缸砸碎之后，他们的婚姻从此也破碎了。对于李萍来说，鱼缸代表着梦想，是她面对不幸福的现实唯一保留着的梦想。

退伍后的王小毛让李萍日思夜想，随即她作出了比当年烟盒征婚更大胆的事情，离开吴天亮，去找王小毛。但命运始终没有善待大胆的她，在他们过了几年甜蜜恩爱的生活后，王小毛的意外离世，将她所有的幸福都带走了。

在李萍带着与王小毛所生的孩子艰难度日的时候，她再次遇到了吴天亮，此时的两人已经对生活和幸福有了新的理解和追求。所以，生活幸福与否，在于内心与追求是否在同一轨迹。我们总是期盼着幸福，寻找着幸福，过程中可能付出了很大的代价，时间与青春消逝了，殊不知幸福就在身边，就在我们触手可及的地方。

还记得年少时的梦吗？像朵永远不凋零的花——其实，理想化的想象，终究是会凋零的，或者是它根本不曾开花。

幸福还有多远，其实幸福一点都不远，只要你的心懂得满足、对生活懂得感恩，那么有生活的时候就有幸福。

理智与精神的平衡

——读依迪丝·汉密尔顿《希腊精神》

古希腊地区的经济生活高度繁荣、科技高度发达，产生了光辉灿烂的希腊文化，对后世产生深远影响。古希腊人热爱理性、热爱生活、喜欢思考、喜欢运动，在哲学、诗歌、建筑、科学、文学、戏剧、神话等诸多方面有很深的造诣。这一文明遗产成为整个西方文明的精神源泉。

在谈论希腊的著作中，美国学者汉密尔顿的《希腊精神》以其强烈的主观色彩，充分翔实的内容，深入浅出的语言，通顺流畅的行文，成为极具吸引力的一本。

《希腊精神》出版于 1930 年，作者介绍了东方文明与西方文明、希腊的理智和精神的协调、东西方的艺术、优秀的文学家以及希腊人的宗教和特点，描绘了希腊辉煌时代的思想和艺术成就。汉密尔顿高度赞颂了希腊的理智与精神的平衡，点明希腊取得辉煌成就的原因——希腊人理性、自由，重视整体性。

理性贯穿了希腊文化、政治、思想、艺术以及历史等方方面面，希腊人坚持只有人类理智本身才是管理权和统治权的依据。西方关于公民的权利和义务、宪法和政府机构、法律面前人人平等、法治政府、理智的辩论、尊重个人、对人类智慧的信心等观念，都源于希腊的民主自由思想。

希腊人重视体魄的健美，充满游戏精神，热爱竞争，同时又十分讲求规则和公平。希腊没有职业运动员，也没有职业诗人、职业哲学家、职业军人。对生活的热爱，对自然的不断探寻和永不泯灭的好奇心，使得希腊人能文能武，多才多艺。埃斯库罗斯是个剧作家，还是演员、化妆师、剧务负责人，他设计了很多希腊戏剧演员的服装，还更新了舞台布景和舞台布置，他为雅典的戏剧定下了规矩；希罗多德，古希腊历史学家，他将他的所见所闻客观记录下来，积累成《历史》这一鸿篇巨制；修昔底德曾经是雅典的一名将军，同时也是写就《伯罗奔尼撒战争史》的历史学家；色诺芬是一名战士，同时将万人雇佣军大撤退的故事写成了《远征记》。这种生生不息的力量才使这个时代成为经典。

书中用不同时代的文学家的故事和作品把希腊的历史串联起来，展现了希腊的历史变迁，使读者能够真切体会到古希腊的文学艺术之美。作者用欧洲艺术铺陈的美与希腊艺术庄严朴素的美做比较，引出希腊的思想在文学上的渗透，希腊文学正如希腊雕塑一样，不尚雕琢、行文朴素；又选取英语诗歌和希腊诗歌中相同的描写对象，用英语诗歌和希腊诗歌对比，说明希腊诗歌中不需要天马行空的想象力、华丽的辞藻、纷繁复杂的修辞，而是与众不同的简单朴素的美。

关于希腊人对诗歌，或者说对文学的热爱，书中有这样一段描写：

"很久以前——确切的日期已无从查考，但大约是在公元前45年——某个日暮降临的时刻，一支希腊的舰队在爱琴海上一个岛屿附近抛下了船锚。当时希腊正欲称霸海上，这支舰队将在翌日清晨对那个岛屿发起进攻。那天晚上，舰队的总指挥官，传说中说的不是别人，而正是伯里克利本人，派人去请他的副手来旗舰上啜谈。于是你就会看到他们坐在战舰高高的尾楼上，头上撑起一顶华盖来遮挡夜露。侍从中有一个英俊的少年为大家斟酒，此时伯里克利就因他想起了那些诗人，并引用了他们的一句诗，诗中描写这个小伙子年轻俊美的面庞上闪烁着'紫光'。旁边那位年轻的将军不大同意：他从来都认为那个形容颜色的词选得不合适。他更喜欢另一位诗人把年轻的脸庞形容成玫瑰般的颜色。伯里克利反对他的看法：正是同一位诗人在另一个地方也同样把年轻可爱的光彩形容成紫色。谈话就这样进行下去，每个人都援引一句适当的话来回答对方。餐桌上的谈话转而成了优雅玄妙的文学评论。可是，第二天早晨战斗开始的时候，向那个岛屿发起攻击的正是这些人，他们不但骁勇善战，而且指挥有方。"

还有另外一则故事，当雅典陷落的时候，斯巴达人要彻底摧毁这座城市，他们要将所有的建筑物夷为平地，雅典卫城连一根直立的柱子也不留下。就在这一天的前夜，他们召开了盛大的庆功会，负责庆功会中的诗歌朗诵部分的那个人 —— 甚至斯巴达人的宴会上也一定要有诗歌 —— 背诵了欧里庇得斯的一段诗歌，参加宴会的那些人都是在这次战斗中艰苦奋战的粗粝的战士，但在这个伟大的时刻，聆听着那美妙、动人的诗篇，他们忘掉了胜利，忘掉了复仇，他们一致认为一个能产生这样杰出的诗人的城邦绝对不应该遭到毁灭。于是，诗歌拯救了雅典。

当然，汉密尔顿在高度赞扬古希腊的同时，由于并不真正深刻理解东方精神，存在着大量对于东方的偏见和误解，也较少触及希腊人野蛮、残忍等人性的弱点，略显主观与狭隘，但总体来说，这本《希腊精神》仍然不失为一本全面了解希腊文明的好书。

吕　颖

吕颖，1985 年 6 月出生，本科毕业于渤海大学汉语言文学（师范）专业，在职研究生毕业于东北大学公共管理专业，现任辽宁省作家协会机关党委四级调研员。参加工作以来，曾在省作协办公室、网络文学部工作。个人读书感言：阅读是让自己获得更多人生经历的最好途径，不仅延伸了人生的长度，拓宽了人生的广度，还丰富了人生的厚度！

寻爱与救赎

—— 读孙惠芬《寻找张展》

好的作家是透过故事，向读者传达人物、社会、生活间错综复杂的关系，是让读者在阅读的过程中有所体验、有所感悟、有所触动，拨动读者心弦并产生共鸣，《寻找张展》做到了。

这是一个讲述"寻爱与救赎"的故事，里面刻画了八位母亲形象。包括"我"，张展的母亲，张展的"交换妈妈"，"我"的外甥女祥云，以及"我"的两位好友祝简和闫姐，还有张展失去女儿的大姨和之后有了孩子的斯琴。虽然我还不是母亲，也不知道作为母亲的艰辛与对孩子那种道不明的爱究竟是怎样一种感觉，但是小说里的母亲形象却实实在在给了我不小的震撼和一种本不该有的共鸣，与其说是作为母亲的共鸣倒不如说是作为孩子的，做她们的孩子究竟会是种怎样的体验？

"我"是小说里最正面的一位母亲，通达、自省，愿意和孩子做朋友，不过多地干预孩子的爱好与发展，就是这样一位母亲，也会恐慌、反思孩子是不是有离家出走的念头，是不是自己的言行或是思想制约了自己的儿子，是不是自己做得还不够好。在不断与张展思想碰撞的同时，发现、反思自己教育上的问题，进而重建自己对孩子这一代人的认知。

而对我触动最大的应该是母亲祥云，在"我"心中曾是天使一般存在的人物，在自己女儿的心中却宛如恶魔、疯子，当"我"知道她对女儿施以精神暴力，想以此质问她的时候，这朵祥云居然还会委屈却又心安理得地说："我冲外人笑，是外人跟我没有关系，她是我孩子，她爸是我丈夫，跟我有关系，我对他们好，当然不能给他们好脸儿。"这种在丈夫那里受到了委屈，觉得对自己不公的女人，又会把多少恨转嫁到孩子身上。这种"和没关系的人在一起是一朵祥云，和有关系的人在一起就是疯子"般的人物，在我们身边又有多少？扪心自问，我们自己是不是这样的人呢？对最亲近的人恶言相向，对陌生人却能和颜悦色。

下一位母亲祝简，在书中对她作为母亲身份的描述并不多，反倒是对她的职业——"大学老师"这个形象有不少着墨，但这并不能削弱这位母亲的代表性。祝简在没孩子之前曾是一个小说迷、翡翠迷，当"我"为孩子成绩忧心的时候，曾经特别羡慕和嫉妒她对"玩味艺术的忘我之境"，可谁又承想就是这么个人，当孩子上了小学，也会同"我"般"深陷现实的泥淖"，羡慕起"我"的孩子已经上了初中。不管你曾经是一个多么洒脱、率性而为，拥有自己一方热爱之人，但当你成为母亲后，都会变得不再那么洒脱，你会有所牵绊、有所顾忌，开始为一个小生命牵肠挂肚，开始为他日后的发展处心积虑，从此套上望子成龙的"枷锁"。我想这是每位母亲都不可逃脱的宿命。

写到了祝简，那"我"的另一个朋友——闫姐，就该登场了。写她不是说她和祝简是对立面，恰恰相反，我觉得她也是爱儿子的，当她知道儿子不能随她心愿成为强者，她便放纵了他，让他随意而为了，但当儿子有了一点点进步，能"不用打砸抢，能赚零花钱"的时候，我想她是兴奋到要昭告天下的，虽然嘴上曾经说"看他把老子的钱都花完了再怎么办。乞讨？打砸抢？我才不管，反正我俩养老的钱不会给他"，但心里却也无时无刻不牵挂。这点就让闫姐成为"我"的一位另类朋友，"我"是那个遇一点小事就惊慌失措的人，见她却如同照镜子，照出我的完好无损，照出她不怕把事情搞砸的洒脱。这也是为什么每每"我"看见她儿子鲍远上火到不行，她却能坦然接受，这应该就是另一种母亲的状态吧——拥有对孩子无限包容与接受的心态。

下面这两位在小说里出现的篇幅并不多，之所以把她们单提出来，是觉得她们非常有代表性。张展的大姨，一个失去女儿就如同失去灵魂的母亲，因为失去了孩子开始记恨整个家族，记恨那些带走她女儿却不让她发声叫喊的人，那些她曾引以为豪、倚托的亲人。另一个是斯琴，虽然母亲这个形象，曾经作为悬念让"我"对她孩子的父亲一直存有疑惑，当谜底揭晓时，却也无外乎落于偶像剧俗套的真相，但这个真相却又那么合乎情理。当一个女人迷恋一个男人，却又不能在一起的时候，留一个他们的孩子，也许是对她这种爱恋最好的献祭，也是对她爱的人一种痴迷的留恋。两位母亲书里没有过多表现她们与孩子之间的互动，只是告诉我们孩子对于她们究竟意味着什么，一个是活下去的理由，孩子没了，也便失去了好好活下去的力量；一个是爱的延续，孩子的存在就是对爱人的无声眷恋。究竟孩子对于她们代表什么？一种符号？一个象征？一个表达内心某种情感的出口？

在张展的信中多次提到了母亲，提到了她在张展面前的状态，宛如"斗架公鸡似的"，这么看来张展的"叛逆"也不是毫无缘由的。在张展的信中他这样描述，母亲教育我的话中最多、最常见的一句就是"妈妈嫁给一个乡村穷大学生，就是看到他成功的潜能，你不能辜负妈妈的选择，你得好好学习，将来当更大的官"。这句话里不仅否定了父亲，否定了他们的结合，同时也否定了孩子本身，否定了让他好好学习不是为了实现他个人的价值，而是为了能当比父亲还大的官。这种对孩子的教育，多么伤人，像一根长钉刺痛张展的心，也麻醉了他的心，从此叛逆的火苗就在他心中熊熊燃起。书中描写张展母亲的段落很多，但让我印象最深刻的是下面这处。十一岁的张展因为家里没饭，肚子又饿，自己依照着从小吃部看来的手艺烙了张土豆饼，之后便引起父母间关于"文明与落后，进步与倒退"的那段争吵。我惊呼的不是别的，而是在母亲说了"随

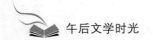

根儿，爷俩留恋穷滋味"那番言论彻底激怒父亲之后，母亲释放出的状态。信里的张展本以为母亲会扑到床上号啕大哭，从而一场战争以父亲的胜利宣告结束，但是他错了，"不是我高看了父亲，而是我低看了母亲"，她不但没有哭，反而扑哧一声笑了，"由愤怒到笑，这是一个陡峭的过渡，可她愣是像一个天才的魔术师，轻巧地就滑了过来"，至此"爸爸终于滑出真理，落到了谬误的泥潭"。母亲的笑，真是太具杀伤力了，这是一个拥有政治智慧的女人，而非一般女人能做到的，让我不得不再次惊呼张展母亲这个人物形象的塑造，作者真真抓住了这类女人的精髓。

而交换妈妈又不同于张展母亲的塑造，作者"我"并没有正面接触过张展母亲，对她所有的描述，都是从张展信中了解到的，而交换妈妈耿丽华却是实打实与"我"打了两回交道。对于这个女人，"我"也是极不喜欢的。与她的两次交谈都让"我"有"一种难以抑制的厌恶涌到胸口"，无法忍受。她对于张展那种盛气凌人的态度，那种我是你的寄主就要对你负责的狂妄与自大，真是让人厌恶至极。书中张展唤这位交换妈妈为"压缩饼干"，书中有一段张展对耿丽华的描写，"她的表情犹如一块压缩饼干，古板、缜密、暗淡，那里挤压着再灵活的肢体动作都无法掩饰的凝重"，就我的理解，压缩饼干就是一种没有营养、毫无生气、干瘪到令人难以下咽的食物，而耿丽华就是这样的人物，与她接触就让人噎得掉渣儿，浑身不舒服。

张展的信，是让他与这个世界，做了一个深刻而透彻的交谈和倾诉后，便消失了。没有人能真正得到别人的理解，因为自我本就是自己的感知与认识，脱去了"自己"这个限定，也便没了自我，自我是不需要从别人那里获得认同与理解的。这么看来文末"信"的消失也未尝不是一件好事，它完成了一次张展的自我救赎。救赎这种事，只有自己完成，才能获得真正的解脱。

WUHOU WENXUE SHIGUANG ■

这是一场求仁得仁的爱情故事

—— 读马尔克斯《霍乱时期的爱情》

买这本书是在 2020 年新冠疫情的时候，奔着书名和马尔克斯名气买的，但是当时并没有去读它。而这次能选择这本书其实是个很偶然的契机，让它再次进到了我的视野。不知道大家有没有过和我同样的感受，就是人生中某段特殊时期，会出现一本书陪你度过或是走出那段时期。与其说是你选择了它，不如说这本书选择了你，这么说感觉有点宿命论了，但是冥冥之中自有安排。这里想给大家一个建议，就是一定要选择经典，当你人生困惑时，一定要选一部经典著作去读，从中也许你会找到生活的答案。

（一）小说名字由来

小说名字《霍乱时期的爱情》由来，"爱情"我觉得很好理解，因为整本书都在围绕这个主题而写。那么为什么叫"霍乱时期"，其实整本书读下来，"霍乱"出现的地方屈指可数，那为什么作者还要这么叫呢？谈谈我自己的一些不太成熟的想法。文中有三处提及"霍乱"让我印象最为深刻。第一处就是女主人公与医生的相遇，也与霍乱有关——当时女主人公被误诊为霍乱，才邀请医术更为高超的医生前去为她确诊，之后才成就了他们的婚姻。第二处是男主人公的母亲在得了老年痴呆症以后，几乎忘记了所有事情，但她在弥留之际还记得自己儿子经历过一场霍乱。她是把儿子的相思病记成了霍乱，可能在她的认知中儿子的相思病就如霍乱一样，差点夺走了儿子的生命。第三处就是在文章的结尾，当那艘带着他们逃离世俗偏见的邮轮缓缓升起代表"霍乱"黄色旗帜的

时候，"霍乱"这个代表恐惧与死亡的病，却为男女主人公创造了一个可以让他们爱情肆意蔓延的真空地带。"霍乱时期"不仅交代了整本小说的背景，而且在关键几处都成功推动了情节的发展。

（二）叙事风格

小说第一、六章节写的是老年时期，第二、三章节描述的是青年时期，第四、五章节写的是中年时期。这种将倒叙、顺序混杂的叙事方式，打破了一般爱情小说"起因——发展——高潮——结局"的叙事结构。

在描写老年时期的第一章里，作者似侦探小说的开头，进而引出了医生的死亡和男主人公的出现。第二章回顾了男女主人公年少时的爱情往事。第三章讲了女主人公与条件优渥医生的结合。第四、五章交叉描写了中年时期医生与男主人公各自的生活，并且浓墨重彩地勾勒了男主人公那看似荒淫无度的众多爱情经历。经过前几章的铺垫，第六章随着时间顺利过渡到了老年时期男女主人公的爱情。作者这样的叙事方式打破了小说原本两条主线在内容和形式上的发展，却使得小说获得了意想不到的效果。

每个章节叙事、衔接、过渡，读起来让人感到非常流畅。视角自由地切换，在一件事的叙事过程中，因牵扯到某个人或是事甚至是某个物件引出关于它的前世今生的展开。小说打破时间顺序，非线性叙事的风格，看似混乱的时间线叙事中，却自有空间、事物、人物作为引线的叙事，比如小说第一章出现的鹦鹉，引出了医生与女主人公婚姻生活的种种琐碎，介绍了鹦鹉为什么会出现在这个房子里，它现在在家中的地位，以及最后引起医生意外死亡的伏笔。文中这种因为一个事物或是人物牵扯出主要人物不同时期发生的故事的地方比比皆是，这种写法也贯穿了整本小说。

再举一个例子。这是小说第二章里的一段话。

这是爱情之火熊熊燃烧的一年。无论在他还是她的生活中，除了想念对方，梦见对方、焦急地等信并回信，便再没有其他事情。在那如痴如醉的春天，以及接下来的第二年，他们再没有面对面地讲过话。甚至于，自从他们第一次见到彼此，直到半个世纪后他对她重申自己的誓言，在此期间他们再也没有单独见过一面，互诉爱语。但在最初的三个月，他们没有一天不在给对方写信，有一段时间甚至一天两封。面对自己助燃的这把吞噬一切的烈火，埃斯科拉斯蒂卡姑妈都有些害怕起来。

就是这么简简单单的一段话，里面却包含太多的信息，有对过去的介绍、现在的描述，甚至还有对将来的暗示，各种时态混杂在一起，成为马尔克斯最具个人特色的写作风格。

（三）作品主旨

究竟什么是爱？

在这本"爱情百科全书"里，既让我看到了对爱情的憧憬，也看到了爱情的现实；既写出了婚姻的美满，也写出了婚姻之外诸多可能……它让我们从传统爱情观、婚姻观，甚至是道德观中跳脱出来，在肉体与灵魂所拥有的"爱情"基础上，重新对"爱"下了定义，"凡赤身裸体干的事都是爱。灵魂之爱在腰部以上，肉体之爱在腰部以下"。当然这部分就需要仁者见仁了，因为我猜一定会有很多读者不理解作者所表达的爱情观、婚姻观，其实我也是仅仅在这部作品里可以接受男女主人公的爱情观，换作别的作品，或是别的作家，我想这样的形象早就成为大家唾弃的对象了，因为用当下的语言来形容，男主人公就是一个实打实的玩弄女人的"渣男"，女主人公就是个自带主角光环的"大女主"，所有男人都爱她，即使她再"作"，大家也爱她如初。

青年时期，我们追求的是纯真爱情，就如男女主人公年轻时候那样，爱得炙热浓烈，无须身体接触，甚至无须面对面的语言交流，就单靠书

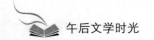

信两人都能维持两年多的恋爱关系直到求婚，私订终身。这时候的爱情其实活在两个人精神世界里，是他们幻想出来的爱情，它纯真无瑕，青涩美好，不掺杂其他。但同时它又是脆弱的，稍加外力干预，或是如女主人公那样自我觉醒后，就可瞬间从内部瓦解，原来那种幻想或是冲动就荡然无存了，这样的爱情来得快去得也快。我把它称为纯真的爱情，或是幻想中的爱情。

接下来就是现实的爱情，现实的爱情我觉得它应该首先建立在物质条件之上，就如同小说中女主人公与医生的婚姻。他们之间的爱情是建立在婚姻之上的，没有这场半个世纪的婚姻做基础，就不会成就他们直到生命的最后时刻才道出"只有上帝知道我有多爱你"般的爱情。诚然在婚姻的起初，双方并没有爱情，有的只是那么点虚荣心，婚姻的过程之中也是常伴日常生活的鸡零狗碎，但不可否认在相伴半个世纪之后，得益于通过相互扶持确定下来的稳定关系中，成就了他们谁也离不开谁的爱情，这种先生活再恋爱的模式造就了他们现实的爱情。

在男女主人公步入老年之后，他们跨越半个世纪最终走到了一起，达到了永恒的爱情。其实女主人公一开始无法接受男主人公对她施以的爱意，觉得他像幽灵一样让人厌恶，但随着一封封不提及往事，而是充满了对人生、爱情、老年和死亡的思考的信件的到来，她真正被打动，她在与女儿的争吵中，终于喊出了自己的心声："一个世纪前，人们毁掉了我和这个可怜男人的生活，因为我们太年轻；现在，他们又想在我们身上故伎重演，因为我们太老了，让他们见鬼去吧！"这才唤醒了她对男主人公最初的爱意。我想如果不是因为她痛失丈夫，感到无比孤独，也不会跨出这一步，接受男主人公。但不管怎么样，两个人还是历经波折，在船上经过一番试探、交流、释怀、接受，最后升起那面象征"向死而生"的黄旗决定永远地走下去，一生一世。

以上我把它们都定义为精神之爱或是灵魂之爱，虽然现实的爱掺杂着婚姻生活，存在肉体之爱，但它终究在精神上得到了升华。在这里我所指的肉体之爱是男主人公那二十五本笔记六百二十二条记录里出现的"爱情"，这里姑且把它也唤做爱情，因为用小说里的语言，它是属于"腰部以下的爱"，这种爱应该是爱情的基础，如果没有这种生物本能的出现也唤醒不出真正的爱情。所以爱在这部小说里应该是一个更为宽泛的概念，这是不同于东方所指的那种含蓄、纯粹的感情。基于此，我们也不能苛责男主人公在思念女主人公的过程中还与几百名女人的肉体之爱，我们无法把他定义成"滥情"，因为起码在过程中，他用身体满足与给予了对方肉体上的爱。

这就是我在标题中提到的，我说这是一场求仁得仁的爱情故事，因为每个人在这场爱情里都获得了圆满。

昆仑抉择

—— 读毕淑敏《昆仑殇》

在读《昆仑殇》之前，我对毕淑敏并没有什么印象，只觉得她是如冰心、张德芬一样写情感类型文学的作家，写女性写孩子，文字温暖。但等我真正把《昆仑殇》读了两遍之后，我发现喜欢上了她，喜欢她的写作风格，喜欢这个用"死亡"命名的故事。因为之前对她不十分了解，我还特意查了毕淑敏这个人，知道《昆仑殇》是她的处女作，她是真正在昆仑山上服过兵役的战士。查到这些，让我原有的那份喜欢又增添了些许崇拜与敬佩。接下来我想从三个方面与大家交流一下我的阅读感受。

一、笔下的人物

小说主要写了六个人物和一匹马。分别是：昆仑山戍边军队司令"一号"、"一号"的参谋郑伟良、"一号"前警卫员金喜蹦、号长李铁、女卫生员肖玉莲、女兵甘蜜蜜以及"一号"的座驾白牡马。人物不多，但是每个人物都有各自的性格，没有那种脸谱式的人物。短短几万字的中篇，就能让读者把这些人物记下来，记住他们的故事，足见作者的功力。

这几个人物里，我最想和大家聊聊的就是"一号"。大家觉得"一号"作出在昆仑山条件这么恶劣的地方进行野外拉练这个决定是对还是错？我猜有人肯定会觉得"一号"是一个自私的人，为了他所谓的"尊严"不顾自己部队的死活。其实我也有过这种气愤，阅读的过程中，有几次描写"一号"的心理活动，我都认定了他就是个刽子手，一个为了自己那点私心不顾战士死活的司令。但整个故事读完，尤其是读了两遍之后，让我突然间觉得我似乎有点理解他、懂他了，甚至愿意原谅他了。我想这就是作者的厉害之处，写活了一个人，这个人并不完美，但是他有他行为的合理性，这就是我一直很在意小说人物行为合理性的问题。这部作品做到了，所以我喜欢它。

说回人物，"一号"有司令的绝对威信、有将才的睿智（与敌人军官那次对话，体现出他是如周总理一样睿智的人，那句"叫作尊严"，听着让人热血沸腾）、有政委般能统一全军思想的好口才，同时还有让人钦佩的处事艺术（对待金喜蹦，如何安抚这个受了惊吓的兵，让他留有最后的尊严，如何利用士兵的自尊心激发出他们内心的刚强）。以上种种都足以说明"一号"是个不一般的人物，他有头脑，口才好，会做思想工作，有自己一套做事办法，身上还有功勋，这么看来，他的确可以称得上是一位让人信服的司令。可为什么我们又会觉得他武断，他穷兵黩武呢？小说中我找到了几处证据，一是在拉练前期他为什么最后还是决定"不成立指挥部，不设副手"，我想他就是想制造出来一个只听他一个人命令的部队，任何人都不能提出异议。这也为部队后面遭遇种种毁灭性灾难埋下了伏笔。二是小说中他下达了五次命令，正是他的这几次命令将这支部队最后推向了深渊，"决定高原野外拉练—登顶路线—冲锋一律轻装—穿越无人区—并没有付诸实践的翻越雪山"。可以说，他的每一个决定，都带走了一个年轻战士的生命。小说里几个主要人物就是在这些决定后牺牲的。金喜蹦死在山顶，李铁冻死在用生命吹响冲锋号之后，肖玉莲和白牡马都死在了无人区，而郑伟良死在即将翻越雪山前。几乎每个人的死都和"一号"脱不了关系，这么算下来，他的确就是个"想要登报、想要升迁、想要和人比高下"的自私之人。

但不知为什么，我对他依旧恨不起来。作为一名军人，作为昆仑防区最高军事指挥官，他必须重视使命，他要为国家和人民训练出一支高素质、能适应高原环境的边疆守卫军。

还有我想和大家探讨一下，文末他到底离没离开昆仑山部队？其实我更希望他回去，因为如果他真的去赴任的话，我觉得未来的日子他会在无尽的懊悔与别人的谩骂中忧郁地死去，我终究还是挺怜悯这位悲情的"幸存者"。

二、小说的描写

接下来我想和大家分享几处小说中我很喜欢的章节，我觉得它们是那样的美，作家本人的文字和语言真是让我尤为喜欢，很难想象这会是她的处女作。

小说第一章节中有两处关于"烟"的描写，用的比喻很形象，很有画面感。"摆在铺着墨绿色军毯会议桌子上的所有菜碟，都盛满了烟蒂，像富足好客的乡下人端上来的菜。散落在地面上的烟灰，薄白细腻，看得出都是些上等货色""空中，弥漫着烟雾。起初，它们是柔弱的，若有若无地积聚在房屋的最高处，随着时间的推移，它无声无息地卷曲重叠增厚，一寸寸蚕食着清朗的空间"。

还有我觉得作者很会使用颜色，下面这段描写，作者用笔下的文字勾勒出昆仑日出的极致美。"高远的天穹，缓缓地变幻着紫色。先是乌紫，继而是绛紫，然后依次为马莲紫，苜蓿紫，铃兰紫，藤萝紫，最后，成为艳丽夺目的玫瑰紫。紫，是红与黑的女儿，比她的哥哥——染出碧海青天的湛蓝，更为纯净……"

还有整个故事中，让我眼圈泛红的就是白牡马死去的段落，文字传达出的那种忧伤让人无法释怀。"白马突然睁开眼睛，澄清的眼珠善良地毫无幽怨地望着他，但不久便涣散下去，暗淡下去，最后终于像两个瓷球似的固定住了。"

文中还有很多这样的段落，语言简洁准确、文字细腻优美，画面感极强。

三、表达的情感

这里我想讲的是文中两处很精彩的对话，或者称其为对峙或是挑战更为合适。一处是郑伟良与"一号"关于是否穿越无人区的对峙，一处是两位幸存者甘蜜蜜与"一号"的对峙。两处对话"一号"都是被谈话人，接受着下属或是晚辈对自己的挑战和质问。两处谈话看似都是"一号"输了，与郑伟良那次，"一号"词穷后反而改用最恶毒的言辞攻击对方；与甘蜜蜜那次，理亏的他缓缓站起，走出了自己的房间。但从两次谈话结果来看，似乎他又赢了，因为最终都是按照他的命令去执行的。

这里我有一些个人理解。文中郑伟良与"一号"的对话，郑伟良说的那一番话我尤为赞同，也引起了我的一些思考。他说："人们对现代战争的认识，以为有了精神就能够打胜仗。其实，战争的物质性是异常直接的。吃苦不是目的，只是一种达到胜利的手段……抛却了这个实质，反而津津乐道于复制苦难本身，不正违背了先辈们的意愿吗……从这个意义上讲，单纯追求苦难而忽略军人生命的价值，正是对传统的背叛。"这种质问，也许正是作者作为军人的一次反思。如何继承前人留下的精神，

WUHOU WENXUE SHIGUANG ■

是选择照搬照抄，原封不动地保留？还是与时俱进，跟进时代地继承？我想这是我们始终要思考和面对的问题。文中虽然没有给我们明确的答案，但我想，大家心中应该早有定数。

人人心中都有一把鱼肠剑

—— 读阿袁《鱼肠剑》

读阿袁这部小说有种读钱锺书《围城》的感觉，一是描写对象相同，写的都是知识分子；二是用的笔法相似，语言犀利诙谐；三是表达的主题相近，写的都是男女之间的博弈。

小说故事发生在上海某所大学中的三个女博士身上，分别是住在同一个房间里的孟繁、吕蓓卡和齐鲁。人都说三个女人一台戏，既然是三个高智商的女博士，那么，这样子的一台戏自然也就更加曲折生动、更加精彩纷呈了。小说中的三位女博士，作者曾经借用孟繁的眼光，进行过这样的一种形象描述："孟繁觉得挺有意思，或许一个人的研究真会影响到她的性格和思维，不然，她研究李商隐，就有李商隐的缜密和曲折，吕蓓卡研究明清戏剧，就有戏剧中小旦的长袖善舞；而齐鲁，整日读'关关雎鸠，在河之洲'、'上耶，我欲与君相知'这样的古朴诗文，不知不觉亦变得古朴了？""不是没有这种可能，然而也可能是另一种结论，那就是一个人的性格与思维决定了她的研究对象。或者她本来身体里就有李商隐，所以研究李商隐，吕蓓卡本来就是个小旦，所以研究戏剧，而齐鲁本来就是简单朴素的，所以她干脆返璞归真，回到几千年

前的先秦文学里面去。"我想通过这么两段描述，即使没看过小说的读者也能猜出来人物七八分的性格。小说中孟繁就如李商隐一样城府极深、内心曲折、多思缜密；而吕蓓卡的确就如小旦一样，妖娆曲折，妩媚动人；齐鲁则显得过于简单，不谙世事，遭遇曲折。没错，形容她们仨我都用了"曲折"，但曲折之意却各不相同。孟繁的"曲折"多少是说她的心眼，吕蓓卡是说她的手段，齐鲁则是她的经历，确切说是指她的爱情之路。

再用文中的语句简单概括一下故事中的人物。一个是缜密曲折的"李商隐派"，与擅长曲径通幽的理论学博士老公徘徊在"夫唱妇随"与"妇唱夫随"之间，亦步亦趋，为了从三流大学挤进二流大学，听任老公反用美人计；一个是"春日游，杏花吹满头"的"花间词"，只是轻轻地摇一摇，就有漫天关注的眼光跌落，据说她的博士入门证是从导师那儿公关来的，毕业论文也全由一位男博工蚁捉刀；再一个是怀揣"黄花胸"的"格律诗"，白天是一本正经的女博士书痴，晚上摇身变成白天不懂夜的黑，和网上情人缱缱绻绻双宿双栖。连同书中出现的几位男博士，共同展现出几位博士之间在情感问题上的钩心斗角尔虞我诈。在三位女博士中间，阿袁笔墨最多，刻画也较为精彩的应该是孟繁和吕蓓卡之间的恩怨情仇，但我偏偏被书中另一个人物——齐鲁所吸引。我觉得她是在我认知中和女博士形象最为接近的人物，也是第一个让我明白"鱼肠剑"究竟为何物的人物。

阿袁在刻画齐鲁这个人物时凸显了人物两大特点，一是酷爱学习，或者干脆就是只知道学习；二是其貌不扬，在三位女博士之中算是最差的，即使她年龄最小，也是毫无优势。正因为如此，即使已经老大不小的齐鲁，却也没谈过一次真正的恋爱。暗恋过一阵子自己的师兄，但对此毫不知情的师兄，最后却和别人喜结连理，以至于齐鲁只能在内心深处用鱼肠剑把师兄"杀死"了事。但阿袁似乎并没有完全放弃她，而是给她安排了一场与"墨"相识的网恋故事。但我想看过长篇《鱼肠剑》的人，应该都清楚这场网恋转到现实世界时是多么的不堪与难以启齿。好在中篇里，让"墨"就这么消失在虚拟世界中，没在现实世界里出现。这也是我更喜欢中篇这个版本的原因。有些东西如果直白地讲出来，真是美点全无，直让人觉得现实世界真是龌龊不堪。但也正是借助于这一段网恋的描写，阿袁极深刻地把齐鲁作为一个现代人肉体与精神之间的一种分裂状态，以相当艺术的手法表现了出来。从当下中国大学的实际情形来看，女博士只会有增无减，而在这些女博士中间，像吕蓓卡那样的长袖善舞者毕竟是少数，恐怕还是像齐鲁这样的情感愚钝不解风情的女博士占大多数。由此看来，齐鲁这条线索在《鱼肠剑》中的存在，就是十分必要的。正是通过齐鲁这样一个形象的勾勒刻画，阿袁对于女博士们所普遍面临的情感困境，进行了一种颇具人性深度的艺术探究。

阿袁在《鱼肠剑》创作谈中提到：女人都有自己的鱼肠剑，都是学者，也都是剑客。孟繁藏了剑要刺吕蓓卡，吕蓓卡藏了剑要刺孟繁——当然这个女人的剑舞得更花哨一些，不仅要刺孟繁，也刺其他人，小说中的每个人，几乎无一例外地都中了她的温柔一剑，甚至几剑。而且她的剑也更邪恶，花红叶绿，却毒如蛇蝎。不仅书呆子齐鲁躲不过，即使高手孟繁也躲不过。齐鲁的剑术是最差的，所以，她的鱼肠剑几乎是用来自戳的——虽然在意念里，她也戳他，但意念总归只是意念，在现实里，别人毫毛未伤，而她却遍体鳞伤。阿袁说齐鲁这个人物会让她想起一首叫《鱼肠剑》的诗，引用到这里，用来注解齐鲁这个人物，也用来注解阿袁这篇小说：

夕阳衔山／一骑如飞／问那没入烟尘的背影是谁／有星自天穹跌落／灯已朦胧入睡／我在前世佩剑独行／趁午夜时分梦回／像一尾历尽艰辛的鱼／追逐天河之水／沿途无数的吊钩使我遍体鳞伤／唯青铜剑的月光相随／点一路清辉

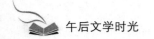

　　欧冶子的锤声叮当的远／一剑如箫横吹／请拿我做剑石磨砺／淬火的龙泉是千年陈酿／我已深醉／甘愿那削铁如泥的寒光／一节节潜入腹内

　　从前世走到今生／独行剑客感觉已累／灯下一支饮空的酒瓶／一本线装的龙泉方志／人已安详如鱼肠剑／却以锋刃试生命之美

一个并不感伤的消亡故事

——读阿来《云中记》

　　因为6月一整月都很忙，我曾经一度以为这部将近三十万字的小说我会读不完，但没想到，我居然把它读下来了，可见我是从心底里喜欢阿来，喜欢他这部小说的。读了小说才知道阿来在作家圈子里有位好友，同是茅盾文学奖的获奖者——麦家，记得上回我就提过很喜欢麦家的《人生海海》，原来喜欢一个作家，会连带着他的喜欢而喜欢，这就是人们常说的爱屋及乌吧，有点扯远了。下面说说我为什么喜欢这部小说，它有什么地方吸引我。

　　首先，是它的故事。打开这本不算薄的书，翻到它的扉页，你会看见这么两行字：

献给"5·12"地震中的死难者

献给"5·12"地震中消失的城镇与村庄

　　然后你就会明白这是一本什么内容的书，通过书名你会猜到，这里记录的，是一个叫作"云中"的村庄的故事。看到这种带有悼念意味的献词，说实话，刚开始我真的怕我读不下去。我怕它会是记录那些在灾难面前人们无助的挣扎与痛苦，以及灾后一个个支离破碎的家庭久久的疗伤与愈合的故事。这让我想起来冯小刚拍的那部《唐山大地震》，电影虽然震撼，感情刻画得也很细腻，但观看后，会让你掉进那个悲怆的故事里，很久出不来。不过很感谢阿来，他从一个全新的视角，是我不曾想到的切入点，讲述这个村庄消亡的始末，以此来纪念汶川地震这段历史。

在《不止是苦难，还是生命的颂歌——有关〈云中记〉的一些闲话》里阿来道出了为什么故事是在汶川地震十年后才写出来，在这里我把它节选出来与大家分享：

那时，很多作家都开写地震题材，我也想写，但确实觉得无从着笔。一味写灾难，怕自己也有灾民心态。这种警惕发生在地震刚过不久，中国作协主席铁凝率一团作家来灾区采访，第一站就是到四川作协慰问四川作家。我突然意识到在全国人民眼中，四川人都是灾民。那我们写作地震题材的作品，会不会有意无意间带上点灾民心态，让人关照、让人同情？那时，报刊和网站约稿不断，但我始终无法提笔写作。苦难？是的，苦难深重。抗争？是的，许多抗争故事都可歌可泣。救助？救助的故事同样感人肺腑。但在新闻媒体高度发达的时代，这些新闻每时每刻都在即时传递。自己的文字又能在其中增加点什么？黑暗之中的希望之光？人性的苏醒与温度？有脉可循的家国情怀？说说容易，但要让文学之光不被现实吞没，真正实现的确困难。

我唯有埋头写我新的小说。唯一的好处是这种灾难给我间接的提醒，人的生命脆弱而短暂，不能用短暂的生命无休止炮

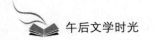

制速朽的文字。……我要用颂诗的方式来书写一个陨灭的故事，我要让这些文字放射出人性温暖的光芒。……

以上就是阿来创作《云中记》的一些感言，当然，我这里只是节选了一部分，如果感兴趣，大家可以找来读一读。

对于写作，我一直认为是非常私人化的，如果你真要把它与时代、责任诸如此类高大上的词汇挂钩，我想也只能说是作家本身散发出的智慧与责任。他内心如果是平静和善的，他的故事多半都有阳光；内心是愁苦的，再快乐的故事，底色也是灰蒙蒙的，所以我对阿来上面那段话感触很深。他不是为了让人记住这个灾难而写了这个故事，不是为了祭奠或是提醒世人记住大自然的威力而写这个故事，他只是单单地为了抚慰一下他十年前的亲历所带来的创伤，为了给自己放不下的记忆一个交代，才写下了这个故事。这个故事完完全全就是为了寻求内心的平静，所以他才会选择"阿巴"这个人物，选择了"云中村"这个村庄。即使它是虚构的，但里面的人、事、景、情却处处是真实的。就像村民对解放军的态度，对志愿者的态度，对新闻记者的态度，我觉得那些都是最最真实的状态。

再来说说它的结构，这也是我喜欢它的第二个原因。仅从目录来看小说的叙事结构并不复杂，符合正常的时间逻辑，叙事呈线性结构，从第一天写到第七天，从第一月写到第七月，最后再到云中村山体滑坡彻底消失那一天。但是小说里的第一天是从云中村整体搬迁到移民村的第三年开始的，地震发生时的状况和地震发生后三年多时间里的事情一直都在用倒叙的方式还原。所以这个小说倒叙、插叙的地方特别多。而且主人公阿巴是一位非物质文化遗产传承人，一位祭司，同时还是有文化的技术员，是一个感情细腻的人，所以通过他的回忆又牵出了云中村百年的历史，他的父辈、云中村的祖先乃至村子整个历史。有时候读起来会有恍恍惚惚、记忆交错的感觉，但整体读下来并不困难，跟着阿巴的思绪前行，你就会体味出那种游离于清醒现实和癫狂梦幻之间的感觉，这也是阿来为你营造出来的书中新世界。

以上就是我对这本小说几点感受，希望阿来能凭借这个故事再次问鼎茅盾文学奖，成为最年轻的两次获奖者。

写给青年人的话

——读路遥《人生》

路遥的《人生》是"午后文学时光"活动开始以来读的第一本书，把它作为第一，其实是受到了滕贞甫主席的启发。他说，它比《平凡的世界》更适合青年人来读，因为它是路遥的成名作，有了它才有后面的《平凡的世界》。我喜欢路遥的《平凡的世界》，所以《人生》这本书我要好好读一读。

书的正文前印有这么一段话："人生的道路虽然漫长，但紧要处常常只有几步，特别是当人年轻的时候。

"没有一个人的生活道路是笔直的，没有岔道的，有些岔道口，譬如政治上的岔道口，事业上的岔道口，个人生活上的岔道口，你走错一步，可以影响人生的一个时期，也可以影响一生。"

这是柳青《创业史》中的一句话。

当青年人面对抉择时，应该如何展开自己的"人生"，这也许正是滕主席推荐它的理由，他不仅留给我们一个问题，其实也更希望我们在

书中找到答案。处在人生的十字路口，年轻的我们应该如何选择？

这本书讲的故事并不复杂，可以一口气把它读完。它主要以20世纪80年代陕北高原的城乡生活为时空背景，描写了高中毕业生高加林回到土地又离开土地，再回到土地等人生际遇的变化，以及他同农村姑娘刘巧珍、城市姑娘黄亚萍之间的感情纠葛，以此来展现艰难选择的悲剧。我想从三个方面说说我对这本书的感受，即"三真"：真风貌、真人物与真感情。

真风貌：这本书描写的乡村与城市景象，是那个时代特有的，那种明显的对立，无法调和感，也是在高加林态度上明显表露出来的，作者用非常生动的笔触描画着这样两种完全不同的世界。这两个世界里出现的景、物、人截然不同。乡村是贫瘠的，它的那层灰色是吹不散的；可它静下来，将身陷爱情的人包裹时，这里又可以瞬间变得鸟语花香。县城又是另一番景象，这里有商店、机关、电影院、篮球场，有让人为之心动、不肯离去的建筑，但这些建筑终究打着深深的阶层烙印，留不下、也容不下那些不属于这里的人。

真人物：有的小说在塑造人物时往往很容易出现脸谱化倾向，就如同在儿童眼中把人简单分为"好人"和"坏蛋"一样。而人的思想其实是多变的，人性是复杂的，绝对不能简单脸谱化，就如同主人公高加林，你就不能简单地将之定性为"好人"或是"坏人"。还有高明楼、黄亚萍，你统统没法对他们简单地贴上标签，因为他们的形象是丰满、立体的，他们的"坏"，有时也能激发出你的同情，觉得他们都是事出有因，甚至会主动帮他们开脱。而书中让你觉得绝对"正"的人物——刘巧珍和德顺老汉，由于他们自身阶层的局限性，又使他们在小说中无法获得真正的圆满。这就是作者塑造人物的巧妙。

真感情：路遥笔下的人物是丰满的，流露出的感情也这般真挚，你能感受到作者对这片黄土地的热爱，这里的人们质朴，这里的青年人个个朝气蓬勃，即使他们被父辈设定好了生活，但他们依旧热爱着生活，顾好自己的本分。书中展现出的种种情感，让你觉得震颤，有的朴实，有的热烈，甚至狂躁，但都是自然地流露，水到渠成。

故事的结尾，当高加林再次回到土地，内心升起了一个非常形象的比喻，"桥"与"虹"，他说"他希望的那种'桥'本来就不存在；虹是出现了，而且色彩斑斓，但也很快消失了。他现在仍然面对的是自己的现实"。借着高加林的内心独白，作者在之后也发了一段长长的感慨：

> 一个人应该有理想，甚至应该有幻想，但他千万不能抛开现实生活，去盲目追求实际上还不能得到的东西。尤其是对于刚踏入生活道路的年轻人来说，这应该是一个最重要的认识。
>
> 可是，社会也不能回避自己的责任。我们应该真正廓清生活中无数不合理的东西，让阳光照亮生活的每一个角落；使那些正徘徊在生活十字路口的年轻人走向正轨，让他们的才能得到充分的发展，让他们的理想得以实现。祖国的未来属于年轻的一代，祖国的未来也得指靠他们！
>
> 当然，作为青年人自己来说，重要的是正确对待理想和现实生活。哪怕你的追求是正当的，也不能通过邪门歪道去实现啊！而且一旦摔了跤，反过来会给人造成一种多大的痛苦；甚至能毁掉人的一生！

我想这是作者通过作品想表达的心声。社会不要逃避自己的责任，它要给青年人奋斗的土壤、施展才华的天地，不要用各种条条框框圈住他们，禁锢他们；而青年人，也要怀揣自己的梦想，踏踏实实地将之融入现实生活中去，不要荒废自己的青春，不要走偏自己的路。

我喜欢这个故事，喜欢路遥，就是因为他的作品从来不会让人绝望，

让人失去动力。即使结尾，我们能想到高加林再次回到农村将会面对什么，我们也不会替他感到绝望，因为他毕竟才只有二十四岁，他的人生才刚起步。村民们对他的宽容，让他知道乡亲们是不会抛下他的。青年一代，是不会被社会所抛弃的，人生还是可以继续的，即便他选错了一次，即便前面还会有新的沟沟坎坎，但未来依旧还是有希望的……

明天（9月27日）就是路遥中篇小说《人生》入选"中国改革开放四十周年最有影响力小说"一周年的日子，就让我们在这里重读《人生》，感悟初心，不枉此生，不负韶华。

活着，才可能看到幸福

—— 读余华《活着》

"美国民歌《老黑奴》，歌中那位老黑奴经历了一生的苦难，家人都先他而去，而他依然友好地对待这个世界，没有一句抱怨的话。"这是余华在书中序言提到他创作《活着》的初衷，正是因为这首民歌打动了余华，萌生了他的创作，他想写一个承受苦难却仍能乐观面对的故事。他想传达这样一个道理：人是为了活着本身而活着的，而不是为了活着之外的任何事物而活着。

《活着》讲述了这样一个故事：地主少爷福贵嗜赌成性，终于赌光了家业，穷困之中福贵因母亲生病前去求医，没想到半路上被国民党部队抓了壮丁，后被解放军释放，回到家乡他才知道母亲已经过世，妻子家珍含辛茹苦带大了一双儿女，但女儿凤霞不幸变成了聋哑人。真正的悲剧从此才开始渐次上演。家珍因患有软骨病而干不了重活；儿子因与县长夫人血型相同，为救县长夫人抽血过多而亡；女儿凤霞与队长介绍的城里的偏头二喜喜结良缘，产下一男婴后，因大出血死在手术台上；而凤霞死后三个月家珍也去世了；二喜是搬运工，因吊车出了差错，被两排水泥板夹死；外孙苦根随福贵回到乡下，生活十分艰难，就连豆子都很难吃上，福贵心疼苦根便给他煮豆吃，不料苦根却因吃豆子撑死……生命里难得的温情被一次次的死亡撕扯得粉碎，只剩一头老牛伴随着老了的福贵在阳光下回忆往事。

起初，我以为这是一个压抑到让人无法自持，单讲苦难的故事，于是迟迟不敢去读它，不想让本来平静的内心产生如小说人物一般的痛苦感受。后来看了太多对这本书的评价，我还是禁不住打开了它，然后便一发不可收拾地一口气把它读完。原本以为它会是一本帮助失意人走出困境的书，用的是"比惨"的方式，通过感受苦难，对比自己那点困难不值一提，从而让你忘却自身的不幸。但读后我发现自己错了。它的确是一本可以带你走出人生困境的书，只不过它用的方法和我想的并不相同，它教会你感受生之希望，学会捕捉不幸生活中的点滴欢乐和幸福。苦难会提升我们对幸福的敏感度，这本书就是教会我们捕捉幸福的能力，从而让人们面对苦难的时候能生出活下去的勇气和力量。正所谓"留得青山在，不怕没柴烧"，这也许就是大家推荐这本书的理由，它不是一本单纯讲死亡与苦难的书，而是一本让人看到希望教人活下去的书。

余华最初本想以第三人称叙述这个故事，打算用旁观者的角度来写福贵的一生，可是写作并不顺利，困难重重，因为用旁观者的视角来看福贵只能算是一个苦难中的幸存者，无法真正表达出自己想要表达的东西。所以后来当余华采用第一人称来写，障碍突然就消失了，很顺利地完成了《活着》。以福贵的视角写他自己的一生，不但可以表现出他的

不幸，更能写出在他的一生中所体验到的幸福。没有这些许的幸福，没有家人及周遭给予他的温情，就不会使他获得活下去的勇气和面对生活的力量。这才是小说最想表达的。

小说中的温情，让人在这个悲情故事中看到了曙光。当福贵从战场死里逃生回到家中，得知龙二在土地改革运动中被划为恶霸地主做了他的替死鬼时，妻子家珍安慰道："我也不想要什么福分，只求每年都能给你做一双新鞋。"家珍怀着对命运的感恩劝慰福贵，使他认识到"家珍说得对，只要一家人天天在一起，也就不在乎什么福分了"。为让有庆读书而将凤霞送人，凤霞偷偷跑回来后，福贵终因舍不得将她再次送人，决定"就是全家饿死，也不送凤霞回去"。当家珍病重卧床不起觉得自己已成为废人而失去活下去的勇气时，福贵对她说："按理说我是早就该死了，打仗时死了那么多人，偏偏我没死，就是天天在心里念叨着要活着回来见你们。"福贵的话给了家珍信心，鼓励她继续生存下去。这些亲情的温暖让福贵有了生活的信念，给予了他希望，增强了他对苦难的承受能力，最终将内心的苦难消解殆尽。

从一个人延伸到四代人，最后都化成尘土，只剩下一个人。虽然在这个过程中仍旧是活着，但所经历的却使生命的深度截然不同。尝尽人生苦味后，此时的活着，就不仅仅是生命的存在，更多的是内心的平和。就如同福贵老人最后说的："我是有时候想想伤心，有时候想想又很踏实。"即便福贵老人最后只有一头老牛相伴，他的亲人都先他而去，但他仍有回忆亲人的能力，让他相信他有世上最好的妻子、最好的子女、最好的女婿和外孙以及在他生活中出现的点点滴滴……这些记忆足以支撑他活下去，因为只有好好地活下去，这世上才有人去回忆他们、怀念他们，讲述他们的故事。

世界本不该非黑即白

—— 读郑执《生吞》

　　《生吞》这本书是我读得比较快的小说，大概用了两个晚上。就本书作者郑执本人，作为"铁西三剑客"成员之一，让我很自然地同其他两个作者班宇和双雪涛比较，最近一年陆陆续续也读了他们的一些作品，把他们三人写的同类型小说放到一起，比如双雪涛的中篇《平原上的摩西》，班宇的中篇《冬泳》，相较下来，我更喜欢郑执。他的作品结构巧妙，叙事很抓人，点到为止的留白，都是我喜欢他的原因。当然我的比较并不客观，我用长篇和中篇进行比较，的确有失公允。

　　田璐推荐这本书的时候，说它堪比中国版的"白夜行"，我还真就把《白夜行》又看了一遍，之前对日韩改编的电影印象挺深刻，这回重看小说，的确又有新意。但对比下来，就我而言，还是更喜欢《生吞》。故事从"鬼楼"前的一场奸杀案开始展开，十七岁少女死亡的背后，是一段深埋在五个少男少女间残酷的青春往事。下面我就说说喜欢这个小说的几点原因：

　　一是"结构"。我觉得这个小说叙述视角很有意思，看过这个故事的读者都会觉得这本小说第一男女主人公应该是秦理和黄姝，可是小说里唯独没有以他俩为视角来写的章节。有从王頔（dí，美好）视角切入写少年往事的，有从老刑警冯国金视角写那几起命案的。唯独没有写黄姝和秦理的视角，所以才会给读者留下无限的想象空间，纠结于他们俩究竟有没有爱情，这点倒是和《白夜行》很像，我现在都猜不到，小说

里的雪穗到底爱不爱亮司？这也许就是作者高明之处，我不给你答案，让你自己去猜。

二是"节奏"。郑执对故事节奏把握得特别好，每个章节，里面又分成几部分，在这几部分里不停变换叙事人，刚开始看的时候可能会有点混乱的感觉，但到后面会使你阅读更有兴致，越读越"上头"。而且我觉得郑执的笔法，不像双雪涛那样常用短句，总喜欢说一半留一半；也不像班宇那样喜用对话，什么都描写得那么琐碎。郑执就刚刚好，介于两者之间，该交代的都交代，不会让读者不停地猜；该留白的就留白，让读者自己去联想，找到之间的联系。

三是"人物"。里面除了绝对的反面人物殷鹏、老拐以外，其他人物的塑造都没有绝对的黑与白。就比如冯国金，他应该是小说中的正面人物，但是，因为他有自己的私心，想保护自己的女儿娇娇，迟迟没有说明女儿和黄姝本就相熟的事实，从而耽误了案情的侦破。就如同作者所说，"我们每个人都有软肋，有了软肋，就无法像从前那般横冲直撞，那般坦荡荡了"，正是因为这个正面人物的不完美，才使人物更加完整和丰满。

在我看来，小说里的人物行为乃至命运是其性格决定的，是受小说故事情节推动的。甚至从某种意义上说，作者也决定不了。不能是你安排他杀人他就能杀人的，安排他是英雄他就能救人的。这里面每个人都有自己的动机，而这些动机又让他们在不断的选择中作出一些或对或错的事。

想聊聊我对书名《生吞》的个人理解。我觉得这个书名很形象地给大家展示出生活乃至生命的无力感。这个故事开头就给人一种冰冷、肃杀的感觉，主人公王颃获奖作文题目《黑白战争》更是对小说内容的高度概括，这是一场人性的黑白之战，但让人感到无能为力的是，黑总是要比白多，在黑白战争中，白总是轻而易举地被生吞。有人想坚守住他的那块白，如秦理，如黄姝，他们想始终善良、纯粹。可是纯粹的人，最终却还是被所谓的"纯粹"生吞。

最后附上一段郑执在《面与乐园》里的一段话，很喜欢，分享给大家。

我们的一生也都是由两种地方组成，

一种是你留守或者驻足过的地方，

另一种是你永远都无法到达的近处或者远方，

当这些地方和这些人有一天终将会消亡的时候，

肉身和所谓的现实都会灰飞烟灭。

但是他们的灵魂可能会留下一种遗址，

很像历史的遗迹，

因为大家去外面旅游、参观历史遗迹的时候，

你看它们并不是因为这些东西还在这儿，

而是因为这些东西曾经在这儿。

所以我想这些灵魂的遗址可能会跟那些遗迹一样，

等待着被人用某种方式，

从命运的轮回的暗河中打捞出来，

被重新地解构、被重新地塑造、被重新地发挥想象，

最后化身成一种不分高低贵贱的永恒，

所以我猜文学可能是那种方式。

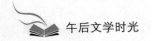

战争的本质不过是一场"骗局"

—— 读海明威《永别了，武器》

我很喜欢译林出版社这个版本的代前言，它为我读懂这部作品起到了很大作用。由于个人的偏好，虽然小说我没能很顺畅地把它读完，但通过这篇"导读"，我还是取得了一点收获。下面与大家分享一下：

我们都知道海明威是美国 20 世纪最伟大的作家之一，获得过诺贝尔文学奖，代表作有《太阳照常升起》、《丧钟为谁而鸣》和那部无人不知的《老人与海》，他本人经历过两次世界大战，个人经历同样非常传奇，作为"迷惘的一代"的代表作家，不管是笔下塑造的人物，还是作品中所表达的思想都是具有极强反战情绪的。虽然海明威的作品我读的不多，但是他的风格，却在很早之前就已经在我心中根深蒂固了。谈起他，我们就会想到"硬汉"这个词，单从照片上看，他的模样也是完全符合硬汉这个形象的。而他的作品中很多都是他的亲身经历，甚至很多作品的主人公也更像他自己。像他这种经历过战争的人，去描写战争的残酷，去表达这种反战思想是更具说服力的。

小说讲述的美国青年亨利在第一次世界大战后期志愿参加红十字会驾驶救护车，在意大利北部战线抢救伤员的故事。在一次执行任务时，亨利被炮弹击中受伤，在米兰医院养伤期间，得到了英国籍护士凯瑟琳的悉心护理，两人陷入了热恋。亨利伤愈后重返前线，随意大利部队撤退时，目睹了战争的种种残酷景象，毅然脱离部队，和凯瑟琳会合后，逃往瑞士。结果凯瑟琳在难产中死去。

　　这是小说的一个梗概，听起来并没有什么特别出彩的地方，但是如果深究小说的意象或是说作者想要通过作品传达的思想，在这方面，小说本身其实是有很多巧妙设置的。这本书的书名为"A Farewell to Arms"，你可以把它译为"长辞武器"或是"长辞怀抱"，不难看出小说是暗示有两个主题的，恋爱和战争。书里有一半的篇幅是在写亨利的"爱情"，从起初对凯瑟琳的调情，不知道是否喜欢，到后面确认感情，结为夫妻，这部分情感变化的描写，还是挺细腻的。恋爱的勾魂摄魄与战争的惊心动魄，交织成本书的主题。而文中充斥着那种不祥的意象——雨、怀孕、死亡，也暗示会是一场悲剧。小说主角亨利，并不是战争的"参与者"，更准确地说他仅是一位"旁观者"，正因为如此，他才能放弃战争，而以逃兵的身份投入神圣的爱情，他选择了"生的恋爱"，摒弃了"死的战争"。但最终残酷的战争也能把一个"逃兵"的生活彻底破坏与毁灭掉，从这点来看，战争是不会放过任何一个人的，即使你想置身事外，也完全由不得你。亨利经历了一场不知道目的地到底是何方的战争。到最后被战争初期宣扬的"民主""光荣""牺牲"所背叛，文章最后，借着爱人之口，道出了战争的本质，不过是一场"卑鄙的骗局"。

　　最后想说说海明威的语言风格，也是在前言中了解到的，说他是"新闻体"小说的创始人。何为"新闻体"？前言中是这样描述的："他那千锤百炼的电传式的对话和简洁的内心独白，形成他独特的写作风格，开创了一代文风。"我想读过这本小说的人，应该感受还是挺深的，里面有大量的对话，但对话句子都很简短，小说除了对话就是一些环境描写，但也不会像其他欧美小说家喜欢大段大段的环境、景物式描写，海明威的文字还是相对洗练的。这也印证了前言中提到的海明威创作的冰山原则。这个形象的比喻是1932年，在他《死在午后》中第一次出现的。他把文学创作比作漂浮在大洋上的冰山："冰山运动之所以雄伟壮观，是因为它只有八分之一露在水面上。"再进一步理解，何为冰山原则？就

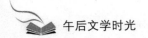

是用简洁的文字塑造出鲜明的形象，把自己的感受和思想情绪最大限度地埋藏在形象之中，使情感充沛却含而不露，思想深沉却隐而不晦，从而将文学的可感性与可思性巧妙地结合起来，让读者通过鲜明形象的感受去发掘作品的思想意义。我觉得这部《永别了，武器》就是海明威冰山原则的最佳实践。

究竟何为希腊精神？

—— 读依迪丝·汉密尔顿《希腊精神》

其实初遇这本书，并没有勾起我太多的阅读欲望，对西方世界并不那么感冒的我，自然对他们的文明起源也就没那么强烈的兴趣。所以，起初翻开这本书，多少是带有点小小抵触心理的。但是，我知道，每一本书都会有它的特点和独特的魅力，而这种难以抑制的好奇心，终于在某一个下午，让我翻开了它。

希腊是一个奇迹。为数不多的人口，如何创造出如此杰出的时代精神与艺术成就？而作为读者的我更好奇的是，作者本人为什么会如此着迷于古希腊，作为一本研究意味浓郁的专著，它又为什么能在西方世界有如此巨大的影响，且经久不衰。

《希腊精神》的作者依迪丝·汉密尔顿，生于 1867 年，逝于 1963 年，而本书问世于 1930 年。我们可以想象，一个成长在美国的德国移民的后代，在 1930 年之前，所经历或目睹的最为震撼和颠覆的事件，莫过于第一次世界大战。

第一次世界大战彻底颠覆了整个西方世界对待战争的认识。在那之前，战争不过是贵族之间的拌嘴斗殴和平民男子实现英雄梦想、取得骑士荣誉的"游戏"而已。所以，当"一战"爆发之初，各个参战国从上至下都没有对工业化时代的战争有什么深刻的认识。最终结果，就是欧洲整整一代的青年人，在保守僵化的贵族官僚的驱使下，像长着灰色毛发的牲畜（军装颜色）一样，以每天几万人的速度，倒在了索姆河和马恩河的机枪铁丝网面前。"一战"的结束，也标志着西方"黄金时代"的落幕，恐慌、颓废正在席卷曾经的"世界中心"。面对崭新的工业时代，人们交纳了高昂的学费，却看不到文明前进的方向。

不过看不到文明前进的方向，这对欧洲来说不是什么新鲜事了。而把欧洲从黑暗中世纪中解救出来的，恰恰是以古希腊为根基的文艺复兴。既然当了一次救世主，那恐怕再当一次也是合理的。

所以，依迪丝·汉密尔顿，作为一名自幼熟读古希腊著作的知识分子，就跟古今中外所有的同行一样，开始了咏古之路。古希腊作为西方世界的理想模范，在此时出现就非常合适了。正如书中所云"对我们这些眼见着一个旧世界在一二十年间就被完全抛弃的人们来说，有着非同寻常的意义"。

而作者强烈的西方中心论的思想以及优越感，与其说是从古希腊人那里发掘继承的，倒不如说是她把当时西方人的优越感放在了古希腊人身上。比如在书中，将罗马、埃及、印度以及东方国家没有能够达到像古希腊那样的民主自由艺术的原因，归结为物质上的极大优越——这和她所处的年代是分不开的。

但作者最聪明也最深刻的地方，在于她强调，"时间的巨轮从不向后转动"。她说，现代的西方社会是失衡的，应当像古希腊那样，将理性和精神重新结合并平衡起来。在最后一章，她将现代科学和古希腊科学进行了比较，认为前者的问题在于只看重理性，而忽视了精神。通过

这样的例子，她强调应该重视希腊精神的内核"个人主义"——联想到此书出版后不出十年的纳粹和昭和的阴影，应该说，她是预言对了的。

汉密尔顿这种高超的咏古，无非是想借着对希腊精神的诠释，来给"一战"后内心迷茫的西方世界，指出一条她自己认为正确的道路。也许她的答案不一定是正确的，但是，她所赞誉的，"理性与思想的平衡"，是具有现实意义的。任何一方的先行，都会为它日后的失衡付出惨痛的代价。

而我自己总结出的希腊精神，就是对理性与精神的平衡；对自由，对个人的全面发展；对身体美，对健康体魄的追求；对公平竞争的向往，发自内心对国家事务的热心，等等。

杨晶晶

杨晶晶，女，汉族，1985年生人。中共党员，研究生学历，文学硕士，毕业于西南大学，2010年参加工作，2013年考入辽宁省作家协会，先后在创作联络部、办公室工作。

WUHOU WENXUE SHIGUANG ■

唯有奋斗最可期

—— 读路遥《人生》

当《人生》这本书再次走进视线，不禁问自己，曾经的人生理想是否已消解在生活的洪流中，正在行进的人生，是否如期待那样？这部作品完成之时，我尚未看到世界模样，近四十载光阴过后，再次领略20世纪80年代陕北农村的社会风貌，感受作家对黄土地和农民的深厚感情，朴素优美的文字依旧令人动容。文学作品是对时代的书写和回应，作品呈现了改革开放初期社会发展中的现实问题，以及城乡发展对青年人的影响，挖掘出现实生活中饱含的富于诗意的美好，也揭露了一些庸俗与丑恶。作品塑造的人物是改革时代背景下芸芸众生的缩影，他们的人生充满挫折，但他们自强不息。重读《人生》，于岁月的大浪淘沙中打捞属于自己的一粒珍珠。

作品表达了奋斗是人生永恒的主题。三十二岁的路遥，奋笔疾书二十一天，完成了《人生》书稿，成就了文学经典。作品中的人物在艰苦环境中凭借自身努力追求理想，高加林进取、德顺老汉不落人后、巧珍能干、马栓要让媳妇享上城里人能享的福，无不传递出积极向上的奋斗精神。今天，我们置身于百年未有之大变局，人生课题虽与书中人物相去甚远，但偶尔纠结、困顿、痛苦、迷茫的人生际遇如出一辙。习近平总书记说，奋斗本身就是一种幸福，只有奋斗的人生才称得上是幸福的人生。新时代是奋斗者的时代，奋斗是我们每个人毕生的课题。当我们偶遇生活难题时，要迎难而上，奋力走出困局；当我们安于平稳的生

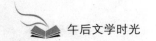

活时，应尝试为自己找寻新的目标，开拓新的方向，才不枉这一生。

作品表达了深厚的乡土情怀。德顺老汉说"就是这山，这水，这土地，一代一代养活了我们。没有这土地，世界上就什么也不会有"。老汉告诉加林，这土地他"爱过，也痛苦过；我用这两只手劳动过"。高加林几经周折，最终手捧黄土，一句"我的亲人哪"道出所有。土地，是人类生活的馈赠者与见证者。它是上古神话中的后土皇，是希腊神话中的众神之母，原始崇拜中无不包含土地的身影。土地默默不言，给予人们美好的景致，促成淳朴善良的民风；它宽厚包容，无论何时，都以博大的胸襟接纳它的子孙，并见证他们生活的悲欢。我们应该敬畏并爱惜赖以生存的土地，今天更值得反思的是，多年来城市化进程割裂了人类与土地的关联，赋予人类生命滋养和精神寄托的土地看似无时无刻不在身边，实则离我们的生活越来越远。这让人感到隐隐的哀愁，人类对土地的感情不再那样浓烈，直至离开这个世界，方能再次回归。

无论飞得多高，走得多远，人类都不应忽视这方立足之地，不该遗忘生存之本。人生之路，唯脚踏实地；征途漫漫，唯奋斗可期。

孤独的战士

——读柔石《二月》

柔石是左联五烈士之一，最初知道柔石源于鲁迅先生《为了忘却的记念》一文，鲁迅先生写道："无论从旧道德，从新道德，只要是损己利人的，他就挑选上，自己背起来。"可见柔石品性，也仿佛看到了《二月》中那个孤独的战士——萧涧秋。

青年知识分子萧涧秋因悲观失意来到了芙蓉镇，想要呼吸自然的清新空气，寻求精神的宁静自由。不料，芙蓉镇这个小社会有着更为残酷的无形枷锁，令萧涧秋陷入孤独、痛苦，最终逃离。鲁迅先生在《柔石作〈二月〉小引》中说，芙蓉镇的各色人等"在寻求安静的青年的眼中，却化为不安的大苦痛"，"他其实并不能成为一小齿轮，跟着大齿轮转动，他仅是外来的一粒石子，所以轧了几下，发几声响，便被挤到女佛山——上海去了"。

萧涧秋从小无父母，他是孤独的，这客观上形成了他感伤忧郁的性情。到了芙蓉镇，他始终觉得自己和其他几位青年是不一样的，并不信奉什么主义，看上去是最自由的人。对爱慕他的陶岚，他内心起了涟漪，却总刻意保持距离。对孤儿寡母产生怜悯之心，甚至要放弃所爱娶文嫂，以此实现理想中的救助。今天也许大部分读者无法认同萧涧秋的行为，但从精神层面思考，有其合理性。他对采莲、文嫂的救助行为，一方面源于身世的相似，自己是个孤儿，由堂姐养大，内心定是非常渴望家庭的爱与温暖；另一方面成长经历形成的孤独体验，使他性格怯懦，为自己找出诸多理由疏远喜欢的人，救助文嫂恰巧为自己精神上的缺失提供了补偿机会。萧涧秋勇敢走了出去，可在小镇，救人的高尚行为并没有战胜流言，最终导致悲剧结局。萧涧秋逃离芙蓉镇的深层原因是孤独，既无法找到解决自身孤独的良方，又无法帮助弱者解决问题，更不能改变长期以来形成的小镇风化，还怀揣一颗理想主义的心，结局只有落败而走。

钱理群先生在《中国现代文学三十年》中评价："《二月》是柔石对中国知识分子道路思考的结晶，从'五四'退潮下来的萧涧秋在芙蓉镇的短短经历，表明了在中国封建主义习惯势力面前，个人奋斗、个人理想的碰壁。小说中陶岚的个性解放主义、陶慕侃的人才教育主义、方

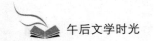

谋的三民主义、钱正兴的资本主义，各个人物纠葛在萧涧秋、文嫂的事件之中，从一个侧面表现大时代知识者徘徊、倒退的思想面貌。"今日知识分子不会产生萧涧秋式的苦闷彷徨，也断然不会采用萧涧秋的方式解决问题，但徘徊、逃避的思想面貌，多半也是有的，应有所警惕。

柔石将那个时代社会存在的问题、青年知识分子的问题呈现出来，是一种有益探寻，即便没有给出答案，毕竟勇气可嘉。《二月》抛出的问题仍值得今天反思，当下知识分子能否保持独立自由高洁的人格？是否能坚持真理价值标准行动？能否在世俗观念中不畏耳边疾风骤雨勇敢前行？《二月》已来，春天可及，值得期待。

生存与毁灭之间

——读曹禺《日出》

曹禺先生的《日出》曾一度激起人们的热情和思考，这不仅是因为剧作拥有诗与现实相融合的强大的艺术感染力，更因为剧作家以其精妙的笔法塑造了一系列独具特色的人物形象，这些人物给读者留下了深刻的记忆。人物是剧本的灵魂所在，他们生活在作者营造的特定环境之中，又以自身的能动性影响环境，他们反映着作者创作心理的发展变化，又不忘偶尔出走与读者进行心灵的对话。这些享受快乐、忍受痛苦、背负理想的人物形象，让我们感受到了日出前生存与毁灭之间的那种挣扎。

《日出》描写了一个濒临崩溃的社会，以及当时整个社会人生的诸般现象。作家从整体上营造了象征光明与黑暗的两大人物阵营。金八爷是所有黑暗势力的集合体和总头目，渗透到社会的各个阶层和领域。打夯工人拥有光明和生机，为剧中阴郁压抑的氛围增添了明快感，同时与"鬼样生活的人们"形成了一种尖锐对比，也是方达生这类觉醒者的希望和信念所在。整个第二幕始终伴随着工人们愤怒的打夯号子声，与鬼样人们发疯的生活形成强烈对比。第四幕结尾，工人们高亢而雄壮的夯歌愈响愈烈，窗外的新世界更加光明。金八爷与打夯工人自始至终都未真正走到观众面前，却拥有强大的破坏力，他们的斗争是戏剧展开的线索，他们的象征性使剧本本身得到了充实和无限延伸，不仅增加了剧作的张力，也带给观众一种独特的审美感受。

作家塑造了象征光明与黑暗的典型人物。典型人物之一陈白露，从光明陷入黑暗。她曾纯洁无瑕、知书达礼，因父母双亡不得不独闯社会，她追求个人奋斗，企图达到独立自由，但不幸走向了另一个极端，美好的品性被无情的现实扭曲。于是她用玩世不恭掩藏内心的痛楚，在她眼中"活着就是那么一回事"。尽管方达生的出现触动了她的心，可当她目睹了黄省三疯癫、小东西惨死、潘月亭破产离去，她彻底崩溃，拒绝方达生，把自己永远留给了黑暗。越是清醒越是痛苦，因此她选择拒绝，选择告别。这不仅是陈白露个人的悲剧，更是当时社会中女性的悲剧，是社会时代的悲剧。典型人物之二方达生，从黑暗走向光明。他是一个光明的探索者和追求者，在他向光明奋进的过程中，陈白露的作用不可忽视。他在惊疑、思忖中见识了令人厌恶的"有余者"，目睹了小东西的悲惨遭遇，亲自观察了"宝和下处"的非人生活。穿过层层黑暗却并未被吞噬、吓倒，小工的夯声使他感动，他觉醒了，要做一点事情。方达生从黑暗走向光明的过程代表着希求光明的知识分子的普遍觉醒。虽然他只是"空抱着一腔同情与理想而实际于事无补的好心人"。但毕竟"他们早已不用叹气、空虚的同情来耗费自己的精力，早已和那帮高唱着夯歌的人们联系在一起"。如作者所言"我写出了希望，一种令人兴奋的

希望；我暗示出一个伟大的未来，但也只是暗示着"。

契诃夫说："最优秀的作家都是现实主义的，按照生活的本来面目描写生活，不过由于每一行都像浸透汁水似的浸透了目标感，您除了看见目前生活的本来面目以外就还感觉到生活应该是什么样子，这一点就迷住您了。"象征光明的日出与春天的生机勃勃联系起来便是新事物不可阻挡的强大生命力，曹禺先生通过塑造鲜明生动的人物让读者感受到这种生命力，并获得了审美享受。

不如刚好

—— 读莫言《晚熟的人》

打开莫言新作《晚熟的人》，黄色牛皮纸，黑色书名，像成熟的麦穗，谦逊低调。合上书，我开始回想脑海中萦绕的人物形象，是不声不语的田奎，是凶残到睚眦必报的弱者武功，是晚熟的蒋二，是满嘴跑火车的文人们，是善良的小奥，是去狼窝为子报仇的三婶……书中十二篇小说大部分是写故乡人故乡事，是旧人旧事，也是新人新事。这些故事讲得平和，听的人却心潮澎湃。

书中故事贯穿了同一主题——斗。斗是人的自我博弈，是人与人的博弈，是人与自然的博弈，是人与社会的博弈。这种博弈，有血腥也有温情，有智慧也有愚昧，有无奈也有乐趣。田奎失去右手，左镰一样用得很好，是自我的较量；常林和知青干部因阶级立场而斗；好斗之人武功看不惯谁跟谁斗，把"非"斗成了"是"；"我"等待范兰妮，马秀美等待摩西，这种内心纠结何尝不是种较量；因小奥手指被鳖咬住，张二昆与打鱼人、警察间你来我往；村干部与覃桂英斗智斗勇，覃桂英利用网络颠倒是非、兴风作浪，"我"陪同母亲住院，与其说败给了男护士王寅之恶狠狠的眼神，不如说是败给了那个时代社会，然而"我"还是要硬撑着生活下去。三婶为了儿子与狼较量，仔细想，就是和命运较量，命运就像草原狼，吃掉了她的父母，把她留给了国民党，受尽成分的苦，幸运嫁给了矿工，又失去丈夫，命运又来吃掉她的孩子，她烧了狼窝报了仇，最后平静地走了。她输了吗？她赢了狼；她赢了吗？她一无所有。

作者用第一人称视角讲故事，这个"我"或是当下的我，或是年少时的我，或是还乡的我。如李敬泽先生所说："《晚熟的人》同时也是关于书中叫'莫言'的人物的故事。也就是说，现实中的作家莫言在打量着每个故事中叫'莫言'的人物，书中的'莫言'变成了被书写、被观看的人。"作品中乡土语言运用很多，如人走运时马走膘，兔子落运逢老雕。天大地大不如嘴大，爹亲娘亲不如饭亲。啄木鸟死在树洞里，吃亏就在嘴上。唱的哪出，撤响。同时作品延续了莫言语言的色彩风格，比如被打得通红的生铁，吃请荷叶嘴角流出绿汁的常林，老地主的黄眼珠子，夏天绿色的田野，秋天金黄的麦田，白棉花，滴到澡堂里的鼻血，三婶的火把，草窝里狼眼的绿光。这些色彩的自然运用为人物形象刻画烘托了浓厚氛围，同时情感表达在色彩对比中显得更为浓烈。

到底什么是晚熟？作品中蒋二说，有的人，小时胆小，后来胆大，有的人，少时胆大，长大后胆小，这就是早熟和晚熟的区别。莫言在接受采访时也回答了晚熟的意义：大器晚成、有意隐藏以及艺术上的求新求变。也许是未能领悟透彻，个人觉得无论做人还是写作，早熟晚熟都不及刚好，瓜熟蒂落、水到渠成，自然而然岂不更好。

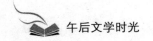

小人物的倔强

——读班宇《冬泳》

　　《冬泳》是班宇的首部短篇小说集，收录七篇小说，七篇小说的名字看上去有些寒气逼人，即便小说叙述有东北语言的幽默感加持，也使人略感沉重。七篇小说塑造的人物都生活在东北工业落寞的大背景下，这些小人物的幸与不幸，他们与生活的较量，映现出时代对于人的命运的影响。作品展现了寒冷的北方之冬，残酷的工业之冬，以及隐忍、妥协与反抗的人生之冬，七篇小说中给我印象较深的是《盘锦豹子》、《肃杀》和《冬泳》。

　　《盘锦豹子》是"我"的姑父孙旭庭的故事。他从一个准女婿开始，与"我"小姑开始世人眼中的美好生活，工作积极上进，喜得贵子。转而妻子莫名背弃，遭遇工伤，离婚，儿子不务正业，父亲离世，工作转岗，生活窘迫。后经营彩票站，遇到人生第二春，儿子也努力备考。可前妻突然回来，再次打破生活美好，拎着生锈菜刀走出来的盘锦豹子终于爆发，却被儿子拦了下来，在小徐师傅的哭声中，故事戛然而止。看到豹子"极为矫健地腾空跃起，从裂开的风中再次出世"，遂理解了豹子名字的由来。那一刻，悲凉从心底而生。作者让小徐师傅的哭声带走了读者胸中块垒，这就是真实的生活，不幸在某个时刻突然降临，接受也好，反抗也罢，生活终将继续前行。

　　《肃杀》是"我"爸和肖树斌的故事。"我"爸下岗，买了辆摩托车拉脚挣钱，遇到了爱看球赛的下岗工人、离了婚的邻居肖树斌，"我"

爸和肖树斌因足球赛渐渐熟络，"我"妈手术，肖树斌来看望，借走"我"家唯一生财工具摩托车，从此杳无音信。经过"我"爸执迷不悟的追寻，终于发现肖树斌在桥底隧道里，正准备迎接满载热情球迷的无轨电车呼啸而过，"我"爸的摩托车就停在他身旁。从此，"我"爸解了心结，为生计发起一轮又一轮的冲锋。下岗大潮下经济走向寒冬，人们在生活也走向寒冬之际，并没有失去热情，而是以自己的方式越过冬天。不知后来"我"家的日子到底怎样，肃杀的冬天之后，是否迎来了春天？然而，这似乎并不重要。如故事末尾叙述的，肖树斌儿子的女友虽穿着失去光泽的旧毛衣，迎着冷风独自艰难向前走，却是雪天异常美丽的风景。

《冬泳》是一个爱好冬泳的大龄剩男"我"的故事。"我"在老妈安排的无数相亲中，偶遇离异女人隋菲，她有一个女儿，一个流氓前夫。"我"与隋菲接触不断加深，仿佛已看到一家三口未来的美好，却最终分开旅行。原因很多，多年前"我"对落水男孩未伸出援手，"我"与隋菲父亲之死的关联，以及杀害了隋菲的流氓前夫。这一切让"我"无法面对隋菲，也无法面对自己。"我"喜欢游泳，在水里，"我"面对自己，可以安静审视自我。在起伏中，逐渐靠近岸边，嘈杂声袭来，"我"面对世人，回到另一个"我"。"池面如镜，双手划开，也像是在破冰。"破冰需要极大勇气，"我"还在不断练习，最后"我"选择逃避，之前的一切了无痕迹。但"我"相信，只要常在岸边，总会相遇。

小说集多次出现水的意象以及水中感觉描写。"我们深陷其中，没有灯，也没有光，在水草的层层环抱之下，各自安眠"（《冬泳》），"枕巾上的那对鸳鸯被一点一点漫过来的黑暗浸透，变得湿润而混浊，仿佛要扎进无尽无涯的水里，缠绕着水，环抱着水，从此不再出来"（《工人村》），"河边的不是我，我在水底""如同在水里穿梭，空气波荡，

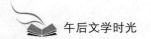
景物漂浮，生活的烦恼瞬间轻如羽毛"（《枪墓》）。作者笔下的人物喜欢被水环抱，水提供了避风港，让他们的内心安全温暖，在水下，他们还原为本我，与自己的灵魂对话，浮出水面，现实生活中的我回归，他们在自嘲与自解中倔强地生存。

温暖的光亮

——读海飞《回家》

2020年9月27日，第七批在韩中国人民志愿军烈士遗骸归国。那天中午，恰巧我在青年大街看到十二辆军车护送英雄回家。人们感慨，山河已无恙，英魂终回家。回家，这件稀松平常的事，却是战时无数人的难圆之梦。后来，我读到了作家海飞的小说《回家》。小说讲述了1941到1942年间很短的一个时间段，江南小镇四明镇上发生的战事。小说正面战事着墨不多，只有虎扑岭之战和阻挠日军行动先头部队战斗两次，更多的是展现了兵荒马乱中真实的人性。新四军、国军、土匪以及小镇上的男女老少，甚至日本战俘，联合起来反抗侵略者，只为一个朴素的愿望——回家。

作者巧妙将"回家"这一中国传统文化主题切入战争，为原本激烈残酷的战争注入了烟火气和人情味。家是中国人安身立命之本，是一种精神信仰，更是内心深处的情感依托。铁匠、裁缝、戏子、女学生、兽医、老宗族长、妓女等，在国家被侵略的背景下不约而同进入了反抗侵略者的战争。与此同时，战争更强烈地唤起了人们回家的愿望。

不只中国人，对日本战俘和法国传教士的描写也从另一侧面印证了这一主题。

作者不断转换叙述视角来表达"回家"这条主线。小说从已经年迈的小号手"蝈蝈"和孙女一起看抗战电影开启叙事，由临危受命的新四军岭北押解日本战俘香河正男到新四军驻地为核心串起一系列人物故事。在完成这一任务的过程中，各个阵营的人以完成任务即可回家为出发点，相继走到一起，从而走上了一条艰难甚至无法抵达的回家路。叙述视角在不同身份的人物之间转换，甚至跳跃到蛤蟆、山神身上，让读者感受到电影镜头般的切换感。

小说语言简约，人物描写细腻传神。新四军张团长话很少，却极具威严，"你还有家吗？""军令如山，杀！"他出场不久就牺牲了，后来他的夫人柳春芽为纪念在"回家"这场战役中牺牲的国军黄连长，将他们的骨肉取姓黄。张团长不是主要人物，却贯穿始终，成为小说基调和情节推动的关键。作品景物描写乡土气息浓厚，四明镇的乡情乡风直抵人心，美好的小镇风土，短暂温暖的梦境，反衬出人们在破败战争中对和平的向往，而新四军陈岭北和日本记者在夜晚野游时的偶遇，使人物和读者暂且走出战争，享受片刻的安宁与美好。

小说结尾，队伍行至丹桂坊，那是新四军陈岭北的家乡，他把国军黄连长仅存的手送回了家，并告诉剩下的兄弟们，谁到了家门口就可以留下，而他还要继续完成使命。家的温暖光亮牵引着战争中每个人的心，那光亮足以使人忘掉一切苦痛忧伤，无畏向前。感恩那些人们，不只英雄，让我们每天可见那光亮。

阅读札记

——读李鹿《时过子夜灯犹明》

"春蚕到死丝未尽，时过子夜灯犹明。"是著名剧作家阳翰笙悼念茅盾先生的话，作者取用为书名，应是一种致敬。这是一本历时多年，走访十四位名人的故居后写成的作品。整本书透露出作者对名人故居的热爱，因热爱而寻迹探访，作者在自身丰厚的历史文化积淀基础上，发现了诸多生动细节，将鲜为人知的名人故事娓娓道来，呈现了超出大众固有认知的名人形象。书中的十四位名人，有作家、画家、戏剧家、革命家等，作家占大多数，不仅现代文学大师鲁迅、郭沫若、茅盾、老舍都在其中，还有田汉、胡适、萧红、郁达夫、林语堂等。作者如一位江南女子，以不紧不慢、悠然自得的节奏，带领读者走进一座又一座老宅，用雅致清丽的语言讲述主人往事。

本书给了我几点启示：其一，在历史洪流中，无人能置身事外。作家们被裹挟着前行，有挣扎有妥协，最后走向尘埃。老舍最终奔向了太平湖。郭沫若面对儿子郭世英的去世，只能长时间一个人在书房，用毛笔抄录儿子的日记。其二，文学大师性情各异，却有共通的文人品质，即崇尚独立自由之精神，不论情境如何艰难，仍保持浪漫乐观的心态。丹柿小院，浸润着老舍对生活的热爱，也是他创作的源泉。他对《龙须沟》并不完全满意，感叹"对老北京人，他们吃喝拉撒睡在哪儿我都一清二楚；到解放后，可就不行啦，不下去，没有生活啦，戏不够秧歌凑"，一语道出深入生活于作家的重要性；茅盾在特殊的岁月中，封笔十二年，谢绝约稿和创作。林语堂说，"我从未说过一句讨好人的话：我连这个意思也没有"; "我始终喜欢革命，但不喜欢革命家"。其三，在家庭这个世俗单元中，文学大师们与常人并无二致。鲁迅坚持给海婴洗澡，不让护士代劳，绝不用没有烧开杀菌的水。午夜准时放下笔，陪孩子玩。为学会烧好吃的菜，郁达夫不惜花掉一个月的全部稿费，带着王映霞到上海大小馆子试菜。烟火气让人顿感文学大师亲切了许多。其四，对名人故居的保护、修缮应追求尽善尽美。故居是非常宝贵的历史文化资源，应该在尊重客观史实的基础上实现保护最大化。作者介绍萧红故居时谈到人工痕迹明显，与《呼兰河传》中那个长满蒿草的荒凉院子相去甚远，这不得不说是种遗憾。

在后记中作者写道："名人在历史的舞台上光芒四射，'家'是幕布之下的后台，名人在这里退场卸妆，还原为温柔的父亲、隐忍的母亲、忧郁的丈夫、纯真的女儿……故居，并不只是一个有名的人住过的房子，更是建筑艺术、家国往事、人格魅力的结晶。"本书从另一维度为我们了解文坛大师的为人与为文提供了可能，同时对因新冠疫情久未出行的人而言，更是一种难得的精神放松。

知识分子的坚守与妥协

—— 读阎真《沧浪之水》

《沧浪之水》2001 年首发，小说描绘了医药学研究生池大为入职后在继承、坚守中国文人固有的价值观、人生观过程中遭遇的尴尬、苦痛与动摇，展现了 20 世纪 90 年代市场经济初期知识分子的现实境遇和心

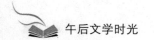
路历程，对了解当代知识分子的精神蜕变具有典型意义。

主人公池大为的父亲一生恪守清白做人的处世之道，视《中国历代文化名人素描》一书中的孔子、孟子、屈原、陶渊明、李白、杜甫等为榜样。1957年，池父因仗义执言被打成右派，在"文革"中受尽屈辱折磨，从县医院下放至穷乡僻壤成了一名乡间医生。父亲去世多年，池大为一直收藏着《中国历代文化名人素描》，始终坚守父辈传下来的精神信仰，可现实中失落、痛苦、逼仄的生存挤压让他选择"突破"自我，一跃而成了池厅长。一次回乡，他在父亲坟前，与父亲也与内心自我展开了灵魂对话，池大为说："在没有天然尺度的世界上，信念就是最后的尺度，你无怨无悔。而我，你的儿子，却在大势所趋别无选择的口实之中，随波逐流地走上了另一条道路。"最终一把火烧掉了《中国历代文化名人素描》。

《中国历代文化名人素描》的烧毁，具有知识分子精神价值观转向的象征意味。知识分子应如鲁迅先生那样具备独立的人格。坚持真理和内心准则；具有批判精神；不依傍权威与政治势力。父亲坚守的价值观，在儿子这一代被权力和金钱破坏。池大为的选择代表了转型期大部分知识分子的选择，生存环境之变使他们不再信守传统价值观，转而相信只有适者可存。池大为选择了权力，他的同学胡一兵、刘跃进先后选择了金钱。知识分子的反抗意识被现实利害一步步蚕食，他们陷入困境直至妥协。究其原因，一方面是社会转型致使知识分子产生价值观失落，从而趋向世俗；另一方面是思想深处的传统士大夫情结令知识分子在庙堂前显得软弱无力，而屈于权力。

小说还塑造了一位闲云野鹤般的人物晏之鹤，可以说，晏之鹤是池大为的精神导师。他年轻时与池大为有过相同的人生境遇，在权衡各种关系后选择置身世外，坚持自我，成为异类。从表面看晏之鹤洞察官场，看透一切而云淡风轻，做到了坚守初心。这种坚守直至池大为出现被打破，在帮助小池的过程中他也在不断回望过去，思考如何面对新一轮的价值选择？他并未引领池大为走自己的老路，而是助他逆袭成功，这也从侧面反映出晏之鹤对自我价值观的否定。

小说结尾展现了以小蔡为代表的后一代逐浪者，他们早已越过了池大为一代的艰难抉择，在出发时便已目标明确，且留出退路，隐约表达了作者的担忧。陈思和先生认为，"知识分子的思维定式中，不能不残留了士大夫情结。知识分子要实现真正的现代涅槃，需要断掉跻身庙堂的念想，需要有民间岗位意识，建立知识分子的专业传统和多元价值体系，摆脱知识分子对外部权力的精神依附，从庙堂走向民间"。知识分子是社会改造的精英，代表着社会的良心，他们的思想面貌和精神风格影响着现实和未来。但愿这条社会有力的动脉能够发挥应有的强劲力量。

人类宝贵的精神财富

—— 读依迪丝·汉密尔顿《希腊精神》

古希腊文明是西方文明的起源，是产生伟大精神力量之地。黑格尔曾说过，"在有教养的欧洲人心中，提到古希腊，就会涌起一种家园之感。"作者在本书中阐述的希腊精神包括热爱智慧、理性、自由，热爱事实、美、运动，倡导怀疑、公平、节制、实用，强调人的价值、主观思考、道德修养，希腊精神的辉煌在于它达到了理智与精神的平衡，虽然在那个时代只短暂闪耀了一段时间，但是对西方乃至人类文明产生了深远影响。就像作者所说，那时创造的艺术作品与所产生的思想观念，直到现在都没有被

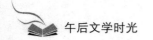

人们所超越，西方几乎所有的艺术与思想都有它们的烙印。

阅读中对希腊精神的感悟有两方面：一是启智。在"希腊的文学风格"一章中，作者写到，兰多说："希腊人翱翔于天空，而他们的脚却仍踏在地面上。"并选取希腊和英国著名作家的诗歌进行了对比，使我印象深刻。在描绘一座山峰时，拜伦是这样写的："众山之王。他们在很久之前就为他加冕／岩石是他的王位，白云是他的王袍／白雪是他的王冠"，而埃斯库罗斯只写下了"高耸的山峰，比邻群星"。后者朴素简洁的表达是开放式的，充分激发了读者想象，读者根据人生经验、即时情绪产生不同的感受，更高一筹。在"柏拉图眼中的雅典人"一章中，作者写到，伯里克利在死难将士葬礼上的演讲："你们其中有些人年纪尚轻，还有望再生儿育女，你们的悲伤可能会轻一些。对那些青春已逝的人们，我要说：你们要庆幸你们一生大半的时间在幸福中度过；记住你们的悲伤日子不会太长，要以死者的荣光自慰。"拉喀德蒙人的墓志铭上写着："啊，过路人啊，告诉拉喀德蒙人，我们遵照他们的法律，长眠在这里。"他们把事实不加装饰地摆在人们面前，冷静道出，丝毫没有诉说者本人的情感波澜，却能激起阅读者心灵的涟漪。能够感受到希腊精神之一，那就是仰望星空、脚踏实地、启迪智慧。二是公平。公平本身源于对自由和事实的尊重与追求。书中写到，色诺芬《远征记》记载，"这一万名将军临时变成的一万名法官从来没有通过一条不公正的判决"。当一个士兵冲着色诺芬说，"你骑在马上真舒服啊"，色诺芬立即从马上下来，与士兵一起行军。军中的每个人都是指挥者，军中每个人都是法官。遇到问题时，他们随时讨论表决。暂且不论它的真实性，但可以了解希腊人思想深处对自由的追求，充分信任尊重个人，充分尊重自由。这种公平从希腊文学可见一斑，那就是既关注阳春白雪也不忘下里巴人，有贵族有平民，有男人有女人，有社会重大事件也有日常生活，有惨烈的战火也有愉快的小事。还可以从对真理的热爱中感受到，"当权威和事实发生冲突的时候，不管这个权威在传统上多么神圣不可侵犯，希腊人都会选择事实。"正如亚里士多德那句，吾爱吾师，吾更爱真理。

"东西方的艺术"一章主要以埃及、印度来对比希腊，没有提到中国传统文化，如果作者对中国有所了解，这本《希腊精神》应会更加厚重。作者说："文明给我们带来的影响是我们无法准确衡量的，它是对心智的热衷，是对美的喜爱，是荣誉，是温文尔雅，是礼貌周到，是微妙的感情""自由的个人自发地团结在一起，为公众生活贡献力量，这个理想已经成为我们这个世界宝贵的财富，将永远铭记在人们心中"。从这个角度看，确实应该庆幸，人类有过希腊。

阿富汗童年往事

—— 读卡勒德·胡赛尼《追风筝的人》

近日，塔利班宣布成立"阿富汗伊斯兰酋长国"，全世界再次将目光投向阿富汗。于是我自然想到了《追风筝的人》这部小说，《追风筝的人》2003 年在美国出版，2006 年译介到中国，很多读者经由它对阿富汗有了最初的印象，十几年过去了，读者一代代更迭，像罗曼·罗兰说的那样，"在书中读自己，发现自己或检查自己"。在阅读本书时，人们回想童年时光、思考成长之路、得到心灵抚慰、找寻希望所在，也有人对作者依靠讲述阿富汗苦难取得成功持批驳态度。无论何时，当你遇见这本书，相信你会喜欢上作者平静的叙述风格和朴实的语言，并为书中描绘的童年美好以及人性真实所感动。

　　《追风筝的人》采用阿富汗富家少爷阿米尔的第一人称回忆视角，讲述他与仆人哈桑之间的故事。少年时阿米尔和哈桑是很好的玩伴，哈桑忠于阿米尔，阿米尔嫉妒父亲对哈桑的偏爱。在一次阿富汗传统风筝比赛中，哈桑在为阿米尔追风筝途中遭到恶霸阿塞夫一伙欺凌，阿米尔一路找寻哈桑，却终因懦弱不敢出声。哈桑拖着沉重的身心，像以往那样轻松带回风筝，成全了阿米尔，也为阿米尔带来了荣誉和期待已久的父爱，但这只风筝却成为阿米尔生命中无法承受之轻。后来阿米尔和父亲为躲避战乱辗转来到美国。二十六年后，父亲已经去世，阿米尔在拉辛汗叔叔信中得知，哈桑其实是父亲的私生子，已经死了，他的儿子索拉博还在喀布尔处于塔利班控制中，于是阿米尔踏上了赎罪的路……

　　小说中表达了多种主题，其中之一是自我救赎，阿米尔和父亲终其一生都在自我救赎当中。自从风筝比赛后，阿米尔的心灵始终饱受烈火炙烤，哈桑那条带着血迹的咖啡色灯芯绒裤就是永不熄灭的火源。即便"许多年过去了，人们说陈年旧事可以被埋葬，然而我终于明白这是错的，因为往事会自行爬上来。回首前尘，我意识到在过去二十六年里，自己始终在窥视着那荒芜的小径"。童年对哈桑的背叛使阿米尔一生陷入罪恶感，而更具意味的是，阿米尔自我心灵救赎的最终实现，却是哈桑的儿子索拉博成全的。书中还有一个潜在的自我救赎者——阿米尔的父亲。他是一个集正义、勇敢、聪明、自尊等一切美好于一身的人物形象，但就是这样一个人，也有不能言说的秘密，他救助贫民阶层、修建福利院、换着花样补偿哈桑等行为的背后，只不过是自我救赎的多种方式。救赎的路是艰难的，最终结果也未必圆满，阿米尔救了索拉博性命，却无法帮助他从精神的创伤中恢复。主题之二是追逐希望，风筝是希望，是孩童的快乐源泉。译者写道："在这本感人至深的小说里面，风筝是象征性的，它既可以是亲情、友情、爱情，也可以是正直、善良、诚实。对阿米尔来说，风筝隐喻他人格中必不可少的部分，只有追到了，他才能成为健全的人，成为他自我期许的阿米尔。"风筝给予阿米尔信心、力量和久违的父爱，风筝是哈桑信守的约定和心中纯洁的友情，风筝是阿米尔父亲至死守护的名誉尊严，它的上升、下沉、旋转、割断如同每个人的生命，更像是阿富汗人民飘摇的命运，寄予着他们对和平生活的无限向往。在时代的宏大背景下，即便伤痕累累，人们仍紧握手中之线，可自我拯救的力量毕竟有限。但愿人类的良知，能够让风筝给予阿富汗人民的美好再一次回归。

刘 倩

　　刘倩，「80后」，生于沈阳，辽宁大学文学硕士学位，现供职于辽宁省作家协会，做网络文学及作协网站、新媒体的编辑工作，曾短暂编辑文学刊物。日常关心各种美好事物，暂时还是一个「知道分子」，正在向进阶「知识分子」而努力。

常规反叛者的一生追寻

—— 读毛姆《刀锋》

　　20 世纪 90 年代初，国内曾经掀起过一阵毛姆热，在他的众多作品中《刀锋》的翻译时间更早，对人性思考和世界的认识更加深刻，也一直被视为毛姆的重要代表作。有的人对于男主人公拉里的人格魅力大加赞扬，也有人不认同这种虚无缥缈的自我救赎。

　　毛姆在《刀锋》中讲述了 20 世纪二三十年代，两次世界大战间隙的一段时间内，来自美国的一组人物的经历。这组人物中最特立独行、光芒闪耀的当属拉里·达雷尔。拉里从小生活在美国，父母双亡，由父亲的好友抚养长大。十几岁时赶上了第一次世界大战，年纪尚轻的他谎报年龄参加了空军。在一次作战中，拉里在军队中结识的爱尔兰好友为了掩护拉里而牺牲，目睹好友的死亡，拉里从此发生了思想、性格方面的转变。战争结束后，拉里回到美国，却迟迟不肯就业。拉里与他的未婚妻伊莎贝尔相互深爱，但因拉里不肯工作而没有完婚。拉里不仅不肯就业结婚，甚至提出要去巴黎"晃膀子"，伊莎贝尔无奈答应他两年之后再作打算。两年后拉里依然不就业，坚持"晃膀子"的生活方式，其实拉里所谓的"晃膀子"，不是游手好闲，而是通过读书探索关于人生的知识和真理，探索广大又深邃的精神领域。拉里每月有笔父辈留下的进项，靠这点钱过着清贫但能维持温饱的生活。拉里真诚地想跟伊莎贝尔结婚，但拉里提供的较为清贫的生活方式与伊莎贝尔的期望差距很大，两人都不肯让步，因此分手。这之后拉里去过煤矿、农场做工，去过德国的修道院探索宗教和上帝，去过西班牙探索艺术，还读过大量关于科学的书籍，可不论宗教、艺术、科学都没能给他指出令他满意的出路。后来拉里来到了东方，在印度他终于找到了令他满意的答案，他认为印度教能为他的灵魂找到出路，为他解释和提供人生的奥义。在他体验过与"绝对"合二为一后，他大彻大悟，他没有决定从此弃绝红尘不再堕入轮回，反而决定重回美国，去体验广大的人间。之后，拉里按照自己的计划散尽自己的一点薄产，回美国做汽车维修工和司机，从此隐身于茫茫人海。

　　一战后的美国，正是一个空前的经济繁荣发展的时代，人们普遍认为一个青年人只要踏实勤恳地工作，就既能为自己赢得体面的地位和财富，也能为国家的繁荣富足尽一份力。所以当拉里"一战"后回到美国休息了一年后还不肯就业时，他周围的亲友无一不感到费解和焦急，他们都觉得拉里的行为同正常的青年人相比，实在是非常不正常，纷纷劝拉里回归正途。伊莎贝尔的母亲认为"目前世界上，一个人总得做事。南北战争之后，有些人回来从不做事。他们是急停的累赘，而且对社会毫无益处"。伊莎贝尔的舅舅艾略特认为"拉里是一个极其平常的青年，毫无社会地位，他没有什么理由不遵从他本国共同遵守的习惯"。他还认为一个正常青年人来到巴黎无非就是要享受巴黎的浪漫奢华，混迹巴黎高尚的社交圈。并且"如果他过得是正常生活，我在里茨饭店或者富凯饭店或者什么地方总该会碰见他"。而当拉里告诉伊莎贝尔他打算到巴黎"晃膀子"，找工作也会找些汽车维修之类的工作后，伊莎贝尔说："唉，拉里，人家会当做你发疯呢。"她盼望拉里在巴黎度过两年后能想通了，恢复正常，"像正常人一样做生意"，伊莎贝尔这样形容拉里："他有时候使我觉得他非常古怪；他给我一个印象，就像是梦游者在个陌生的地方突然醒过来，摸不清身在何处似的。大战前他人非常正常。是什么使他变得这样厉害？"伊莎贝尔总觉得大战前的拉里"是一个正常的孩子，而且我们没有任何理由设想他不会成为一个完全正常的男人"。

可拉里现在的行为和选择让她觉得非常不正常，如她所说"这一切都非常不正常"。当拉里告诉"我"他打算散尽薄产到纽约做个出租车司机后，"我"也调侃地说："你应当关起来，拉里，你疯了。"拉里所选择的这种在众人眼中"不正常"的生活方式，其实是遵循内心的声音寻求人生和世界的真理，先找到自己生活的目标和意义，再把自己的智慧和能力派到世上去，使自己的人生不至于流于毫无意义或自己也搞不清楚是什么意义。如他自己所说："你没法子不问自己，人生究竟是为了什么，人生究竟有没有意义，还仅仅是盲目命运造成的一出糊里糊涂的悲剧。"而其他大部分人，他们理所当然地按照常规和习俗去安排自己的生活，而很少想过自己做的意义是什么。在大部分人眼中，努力工作为社会创造最大的物质财富就是正常之道，而较多忽视精神的探索。现代西方社会，人们对工具理性的崇拜使人们忽视了价值理性的作用，社会发展的脚步已淹没个体的发展，人们的信仰支离破碎，精神的发展已赶不上科技经济的发展，而对意义世界的探索更是被信奉功利实用的现代人视为无用。因此拉里这样一个纯粹的精神探索者让大部分人很不理解也不适应。

毛姆终其一生都在探索现实与理想、物质与精神的关系，不论是《人生的枷锁》，还是《月亮和六便士》。到了《刀锋》，这种矛盾表现得更加极端化。这体现了毛姆对自身和整个现代文明的质疑和反思。在《刀锋》中，可以看到生命即将走向尾声的毛姆，更加急迫地寻求这个困惑了他一生的问题的答案，毛姆在《刀锋》的结尾也隐隐意识到，终极答案是寻不到的，或者说是暂时无果的，"故事是几乎没有可述的，结局既不是死，也不是结婚"。因为人生是一场永不停歇的修行，每一个阶段都是"在路上"。与其说毛姆在《刀锋》中探求的是一种结果，不如说是一种稳定的状态，一种令心灵安定的入世之姿。

毛姆在《刀锋》扉页上引用了《迦托－奥义书》的话：一把刀的锋刃很不容易越过，因此智者说得救之道是困难的。每个人都会遇到

自己的锋刃，每个人都在不停地寻找自己的解救之道，然而人生的意义就在于此。

永恒的是艺术还是人性

—— 读芥川龙之介《地狱变》

芥川龙之介是日本大正时期的代表作家，在日本近代文学史上占重要地位。虽然他的文学生涯只是短短十几年的时间，但他创作了很多知名的作品。《地狱变》是其历史小说中最能体现艺术至上主义的代表作之一，有文学评论家认为这篇小说是芥川龙之介的最佳杰作。小说暗藏的是作者的人生矛盾和最终选择。因此读者通过阅读这篇作品，能够窥探到芥川龙之介对于自己矛盾人生的选择。

《地狱变》讲述了一个专注于"奇异的惊悚之感"的画师良秀，为完成老爷要求的地狱变屏风绘画，亲眼看到自己的女儿被大火烧死，并借此完成了关于"地狱受难"的描绘，以牺牲女儿留下一幅惊叹世人的名作的故事。在作者的创作中我们可以看到艺术至上思想与人性的矛盾。

首先是冲突发生的起因。权力的代表——老爷的想法是，任何人都不能违背自己的意志。艺术家良秀是即使在老爷面前，也敢说蛮横无理的话的特别存在。但良秀的艺术存在于老爷的权力所无法碰触的世界。在这一点上，良秀是现世唯一能够与权力对抗的存在。悲剧是从老爷想用自己的权力给予良秀艺术家身份的一个惩罚开始的。老爷想用杀死良秀女儿的事来维护权力的荣耀，良秀也想用牺牲女儿来夺回艺术家的荣耀。老爷当然知道良秀多么爱他的女儿，老爷也知道良秀的创作方法是"没有见过就画不出来"。良秀的这种创作方法，必然招致女儿的悲剧。从深层次说，这可以说是人性即伦理道德和艺术的斗争。

其次是冲突的结果。良秀女儿的死是这篇小说的高潮，是艺术和人性的最后斗争。良秀看到自己的女儿在他眼前被烧的时候，他吓呆了，他想飞奔过去救女儿。这是人的本能反应。那个时刻，只有爱没有艺术。也就是说，存在人性的善。火在烧的时候，能看到良秀脸上的恐怖和悲伤，使他坠入了真正的地狱。随着女儿的死，良秀唯一的善也不复存在，只剩下对艺术的追求。良秀的存在价值就是为了艺术献身，他为了艺术也牺牲了人性。这样的选择也许是他的唯一选择。

芥川龙之介对这种艺术至上是充分认可的。从小说中描写火烧良秀女儿时老爷的表情还有良秀的前后变化的表情得知，良秀"胜利"了，权力败给艺术。良秀在画上再现了地狱的场景，把女儿被烧的场面如实展现出来，给人一种心灵的震撼。文中给予这种艺术魅力很高的评价。这种评价我认为是芥川龙之介对良秀的肯定，也是芥川龙之介自己对艺术追求的叙述。芥川龙之介想像良秀那样追求即使牺牲掉自己的一切也要让艺术存活下去的理想生活方式。但是良秀在完成地狱变屏风绘画的第二天便悬梁自尽了。在某种意义上，良秀的死可以说是芥川龙之介对解决艺术和人性这对矛盾的最后的答案吧。

最后是对这种结果的思考。对于良秀的自杀，很多人把良秀称作典型的艺术至上主义者。但是，我不这么认为。我认为这是他对自身的人性失去自信而做的最后的选择而已。是因为没能够处理好艺术和人性的矛盾而做的最后的选择。女儿是良秀善良的人性的象征，艺术的基础是发现美好。随着女儿的死，良秀失去了善良的人性，艺术也就没有了创作的基础。良秀在艺术上的成功是建立在女儿的死和自己人性消失上的，所以最后良秀也活不下去而自杀，艺术和人性的矛盾最后都没有能圆满

解决。作者芥川龙之介曾说自己为了创作，把灵魂卖给了恶魔，所以他的一生也被这个矛盾所困惑。芥川龙之介对于人性是既恨又爱。这个世界在有善良人性的同时也有丑陋伪善的人性。因为芥川龙之介具有浓厚的悲剧意识，他把人性的恶放到无限大，导致人性的善缩小。所以奉行艺术至上主义的芥川龙之介为了艺术牺牲人性也是无可奈何的选择。众所周知，芥川龙之介的一生是悲剧和矛盾的一生。这种矛盾给芥川龙之介的性格、生活、婚姻和创作都带来了极大的影响。他认为这些矛盾是无法调和与解决的。

如果说芥川龙之介从《戏作三昧》开始探讨其"艺术至上主义"，那么在《地狱变》里芥川龙之介已经通过画家的遭遇确立了艺术至上的思想，哪怕是遭到最毁灭性的打击。《地狱变》里的画家良秀其实就是芥川龙之介本人的象征，芥川龙之介就像那位画家一样追求着绝对的艺术，当艺术破灭时，就只能走向死亡。从这个意义上来讲，我们也就不难理解芥川龙之介最后为什么选择自杀了。

一曲狩猎民族的挽歌

—— 读迟子建《额尔古纳河右岸》

迟子建的长篇小说《额尔古纳河右岸》发表于 2005 年《收获》第 6 期，以一位执意留在古老村落的九十岁高龄的老人的视角描述了鄂温克民族的兴衰，这位昔日曾担任部落首领的女人以沧桑的口吻叙述了数十年间这些生活在额尔古纳河右岸的人们是怎样一步一步离开这片土地的过程。

全书共分四个部分：清晨、正午、黄昏、半个月亮，既象征着一个女人由年少到迟暮的哀伤，也象征着一个民族从少壮到衰老的过程。

鄂温克民族的兴衰史是一部关于狩猎的兴衰史，这个起源于狩猎的民族同时也是我国最后一个狩猎民族。在《额尔古纳河右岸》中，她以哀伤的笔调记录下鄂温克民族逐渐消失的狩猎文化。民族文明面临着来自工业文明的深层打击并逐渐被剥离出鄂温克民族的血脉，人们纷纷从大山中的乌力楞迁往名字叫布苏的大城市，纷纷从希楞柱搬到了白墙红顶的房子，纷纷放下猎枪拿起了锄头和镰刀，驯鹿和猎犬被圈养在铁丝网编织出的"监狱"中，一个民族血液中的血性也逐渐湮灭在看不到星星的屋子里。

我们知道文明是一把双刃剑，既把先进的科学和生产力带到落后的地方，同时也往往彻底破坏了该地方传统的生命文化形态和生态环境。就像我们拆除胡同、四合院、小阁楼，建宽阔柏油大马路、高楼大厦，我们删除传说、俚语、民歌、鬼怪故事去迎合正统。

20世纪五六十年代大批的工人开始进驻东北山区，开荒。铁路、公路修到哪儿，拖拉机、汽车、火车便开到哪儿，森林被破坏，植被稀了，河流干了，动物少了。而东北的那些以狩猎为主的游牧民族，必须生活在森林里面以森林里的动植物为其生活必需品，他们驯养的驯鹿也必须生活在森林里以苔藓为食物。政府让他们把驯鹿带下山，在山下设定居点和驯鹿圈养点。可是"在根河的城郊，定居点那些崭新的白墙红顶的房子，多半已经空着。那一排排用砖红色铁丝网拦起的鹿圈，看不到一只驯鹿，只有一群懒散的山羊在杂草丛生的小路上逛来逛去。根河市委的领导介绍说，驯鹿下山圈养的失败和老一辈人对新生活的不适应，造成了猎民一批批的回归。据说驯鹿被关进鹿圈后，对喂给它们的食物不闻不碰，只几天的时间，驯鹿就接二连三地病倒了。猎民急了，他们把驯鹿从鹿圈中解救出来，不顾乡里干部的劝阻，又回到山林中。"我们

以为能给他们以我们以为的"文明"的生活，可是以狩猎为主的游牧民族却被切断了生存的根基。

面对这样的情况，作者无可奈何又痛心疾首，迟子建在接受一次采访时这样谈道："我从小在大兴安岭长大，这支部落刚好就在大兴安岭生活，虽然行政归属于内蒙古，但他们也在黑龙江这一带游猎。这支部落现在就剩两百多人了，我去内蒙古的根河追踪这支部落的时候，心情是沉重的。我痛心的是，现代文明的进程，正在静悄悄地扼杀着原始之美、粗犷之美。人类正一天天地远离大自然，心灵与天地的沟通变得越来越渺茫。我不理解，他们保存的文化，他们的生活状态，是文明的，唯美的，我们为什么自以为是地把'落后'这样一顶帽子扣到他们头上？我们用所谓的'文明'形式做了一次现代社会的野蛮人。"

作者更加敏锐地感觉到，现代文明的扩张不但破坏了鄂温克人一直坚守的生存领地等一些外在的东西，而且极大地冲击和影响了新一代鄂温克人的价值观念和生活方式。在这样的冲击下，是坚守民族传统还是追随现代社会，是在森林里坚持游牧生活还是在定居点享受现代生活，是选择萨满还是选择医生成为鄂温克人的严峻挑战和艰难选择。可怕的是鄂温克人已经从坚守走向无奈妥协，从原来老一辈的抵抗外部诱惑转而变为年轻一代人的内部主动自觉。书中老一辈的最后一个酋长说："我不愿意睡在看不到星星的屋子里，我这辈子是伴着星星度过黑夜的。如果午夜梦醒时我望见的是漆黑的屋顶，我的眼睛会瞎的；我的驯鹿没有犯罪，我也不想看到它们蹲进'监狱'。听不到那流水一样的鹿铃声，我一定会耳聋的；我的腿脚习惯了坑坑洼洼的山路，如果让我每天走在城镇平坦的小路上，它们一定会疲软得再也负载不起我的身躯，使我成为一个瘫子；我一直呼吸着山野清新的空气，如果让我去闻布苏的汽车放出的那些'臭屁'，我一定就不会喘气了。我的身体是神灵给予的，我要在山里，把它还给神灵。"而年轻的一代在选择森林还是下山的时候，大都选择了下山，九月在激流乡当上了邮递员，并与汉族姑娘结婚；女画家依莲娜先后与汉族工人和记者结婚生活；帕日格主动融入现代都市社会；索玛不但厌恶森林生活，而且接受了"性自由"的观念。可是，鄂温克人离开了生养他们的山林后，就这样适应了吗？不是的，他们脆弱无助，迷失了自我，也丢失了家园。迟子建曾不止一次感慨，如果他们仍生活在自己的部落，没有来到灯红酒绿的城市，他们也许就不会遭遇生活中本不该出现的冲突。她这样感慨着所谓的文明——"这股弥漫全球的文明的冷漠，难道不是人世间最深重的凄风苦雨吗！"她这样感慨被文明挤压得下了山的鄂温克人的生活状态——"他们大约都是被现代文明的滚滚车轮碾碎了心灵、为此而困惑和痛苦着的人！只有丧失了丰饶内心生活的人才会呈现出这样一种生活状态。"迟子建其实也借助这片广袤的山林和游猎在山林中的这支以饲养驯鹿为生的部落，写出人类文明进程中所遇到的尴尬、悲哀和无奈。他们受到现代化文明的一步步蚕食，没落而逐渐走向式微。作者为身处现代文明挤压下的他们的处境感到无比的焦虑与心痛。

如果之前的情感积蓄是涓涓细流的话，我想这里伤怀的情感就是激流飞花，它是促成迟子建创作《额尔古纳河右岸》的推动力。在作品中，这个民族挺过了自然灾害，挺过了俄军入侵家园对他们的烧杀抢掠，挺过了晚清政府开发金矿对额尔古纳河右岸森林的破坏，挺过了日本人残酷的血腥统治，可是最后他们却没落于现代文明之下。

20 世纪英美女性图鉴

—— 读迈克尔·坎宁安《时时刻刻》

迈克尔·坎宁安的长篇小说《时时刻刻》刻画了弗吉尼亚·伍尔夫、劳拉·布朗以及克拉丽莎·沃恩三个不同时期、不同地点、不同身份的女性因一本小说《达洛维夫人》而产生联系的故事。在时间上，则为我们展现了由 20 世纪早期到中期，再到 20 世纪末的女性在以男性为主导的社会中的生存困境以及实现自我价值的过程。三个女性的不同经历，分别对应着女性意识发展的不同阶段。不同的命运也展示了由 20 世纪初一直到 20 世纪末女性意识的觉醒、反抗以及最终实现。

弗吉尼亚·伍尔夫——女性意识的觉醒

1923 年的伍尔夫正处于第一次西方女性主义思潮的余韵中。同时，她也是女性主义作家的代表。她认为一个女人必须有自己的一间屋子才能写作，这种思想在她的《一间自己的屋子》里就有所体现。而现在的她失去了"屋子"。因此，她必须寻找一个方法来解放她自己，不被社会和任何人禁锢。伦敦象征着自由，而伍尔夫所在的里士满郊区更象征了那种未开化的文明，女性主义思想无法触及的地方。那里的人们思想顽固，不理解伍尔夫。如仆人内丽，对她来说，每天的一日三餐才是最重要的，她是典型的传统妇女的形象，被家庭和社会禁锢，是"房中的天使"。而对于仍生活在维多利亚时期的古板思想下的女性，如伍尔夫，她渴望自由，一直寻找能让自己解放，也让达洛维夫人解放的方法。最终，她找到了——她装着一兜石头，沉进了河中。这对伍尔夫而言，并不是结束，而是新的开始。她找到了出路，找到了实现自由的方法。这也是女性主义意识觉醒的表现，伍尔夫只能通过改变自身去寻找自由，寻找生存的空间。

劳拉·布朗——女性意识的反抗

劳拉·布朗是生活在 1949 年美国洛杉矶的一位典型的中产阶级家庭主妇。尽管住在大房子里吃穿不愁，有深爱她的丈夫和儿子，肚子里孕育着新生命，可是她却感到无比空虚，她失去了自我，找不到自己存在的价值，一直在跟绝望做斗争。直到她开始阅读小说《达洛维夫人》，这成为影响她一生的转折点。这本书使她觉醒，激起了她埋藏已久的女性勇气，让她勇敢面对社会和家庭的指责，重获新生。她开始寻找解放自我并得到真正自由的途径。在家里必须承担贤妻良母角色的劳拉没有自己的空间。为此，她甚至选择去了一家旅馆寻找平静，并试图像伍尔夫一样以自杀得到解脱。但是，她选择了继续活着，不被社会和家庭困扰。这也是女性意识逐渐发展的体现。女性不再仅仅通过身体的解放得到自由，而是上升到了精神层面，得到新生。她的离家出走于她而言是生命的新篇章，她终于实现了自我。

克拉丽莎·沃恩——女性意识的实现

五十二岁的克拉丽莎·沃恩是生活在 20 世纪末纽约的一名图书编辑。她与同性伴侣萨拉以及女儿生活在一起。与此同时，她正在筹备为前男友理查德获得文学奖项而举办一场晚会。理查德身患艾滋病，深受疾病和精神的折磨，克拉丽莎把支持照顾理查德作为自己的使命。晚会当天下午，理查德从窗户跃下，结束了自己的病痛，也结束了对克拉丽莎的束缚。虽说与伍尔夫以及劳拉相比，生活在现代的克拉丽莎似乎拥有更多的自由。然而，她所背负的对理查德的责任，与同性伴侣萨拉生活的不尽如人意以及女儿父亲的缺失都对克拉丽莎造成了巨大的痛苦和迷惘。与伍尔夫及劳拉相比，克拉丽莎似乎逃脱了家庭里丈夫的枷锁。然而，

对理查德的悉心照料显示了她仍被束缚着，只不过这束缚来自于她自身对自己男性角色的要求。而理查德的自杀，对克拉丽莎来说，是真的解脱。女性终于不仅从社会家庭以及男性主导下逃脱，更是将潜移默化中为自己戴上的枷锁彻底打破。她得到了真正的自由，实现了女性身体与精神的双重独立。

英美文学中的女性意识体现的是随着生产力的发展、经历了漫长的历程发展起来的，过程中女性意识也由浅及深，由只关注个人情感到关注女性群体再到关注社会的发展。这个漫长的发展过程不仅对女性自身的发展有重要的意义，对社会的进步也有不可分割的影响。通过《时时刻刻》中对三个女主人公陷入生活的迷茫、寻找自我价值过程的描写，坎宁安为我们完美呈现了从20世纪初一直到20世纪末女性意识的发展。从伍尔夫的女性意识的觉醒，重获身体的自由；到劳拉挣脱社会和家庭的枷锁，重获自己的精神空间的女性意识的反抗；最后到20世纪末的克拉丽莎，彻底摆脱了男性对女性潜在的影响，通过理查德的自杀重获自由，自己的女性意识最终得以完全实现。

克拉丽莎对女性意识的最终实现，对当时仍被社会和家庭束缚的现代女性来说意义重大。女性必须摆脱外界给予的一切枷锁，以积极乐观的态度，像劳拉那样以非凡的勇气直面社会，只有这样才能实现女性的真正解放。

老舍笔下的中国市民形象

—— 读老舍《四世同堂》

对国民精神的思考和批判，从 20 世纪 20 年代的鲁迅，到 40 年代的钱钟书，很多现代作家都在作品中有所涉及，在这些作家中，最生动形象描绘国民精神的还要说是老舍先生，他虽然没有针对这一问题发表过自己的见解主张，但是他用作品让我们感受到了国民精神无处不在的普遍性和复杂性。

以鲁迅为代表的作家国民性批判的主要对象是农民，他们对城市市民阶层关注不够，老舍对市民阶层国民性的批判，在一定程度上弥补了鲁迅国民性批判的不足。与同时代其他作家相比，老舍致力于从文化的视角观察与表现市民生活，通过审视他们身上国民性的弊端，思考传统文化的出路问题。在创作中，老舍既有对中庸守旧、顺应天命的人生哲学的批判，同时也有对追求新潮而浅薄无知的新派市民的嘲讽。

旧派市民形象。在中国众多的城市中，传统文化在北京和北京人身上保存最为完好。长期生活在具有浓郁传统文化氛围的皇城帝都，老北京市民在人生态度和生活方式上都固守传统，他们身上集中体现了中华民族温顺本分、重礼节的民族性格。与此同时，传统文化中的旧礼教旧思想又将他们荼毒成麻木自私、保守苟且的傀儡。他们因循守旧、顺天由命，身陷民族危机而不自知，仍幻想在这片即将灭亡的土地上保全自己，这在老舍小说中的旧派人物身上得到充分体现。《四世同堂》中的祁老太爷就是其中的典型代表，他身上集中了老北京市民文化的"精髓"。

他是小羊圈胡同里封建大家庭里善良正直的大家长，一辈子都安分守己，怯懦地回避政治与一切纷争，对外面世界的变化毫不关心。他固执地守着他四世同堂的大家庭，不允许任何人前来破坏。他对日本人打到北京的消息漠不关心，他所担心的是"只怕庆不了八十大寿"，失了礼节。在日本侵略者即将袭来之际，他还天真地认为用"存着全家够吃三个月的粮食与咸菜""关上大门，再用装满石头的破缸顶上"的法子就可以在乱世中消灾避祸。他对来抄家的便衣点头哈腰，害怕受连累而不敢探望遭受日军凌辱的老邻居，只想明哲保身，苟且偷安。

新派市民形象。新派市民形象是老舍小说中的另一类形象。随着资本主义的入侵，西方资本主义城市文明也同时传入中国。但在传入的过程中，有些人却买椟还珠，只注重在形式上追求西方文明，而抛弃其精髓部分，这部分人就是所谓的"新派市民"。这些人物身上，集中体现了现代城市文明中的负面性，老舍在描写他们时批评更为尖锐，讽刺意味十分浓厚。《四世同堂》中，受过新思潮洗礼的祁瑞宣，虽然怀有冲破封建藩篱、追求自由的理想，但是他作为祁家的长房长孙，受着传统文化的束缚，在强敌即将入侵的危急关头，在尽忠、尽孝的选择中迟疑了。虽然他最后"找到了自己在战争的地位"，但是这一选择却是在他经历了被捕坐牢、父亲的惨死、钱诗人的遭遇、二弟的堕落等一系列变故之后才被迫行动的。

正派市民形象。所谓正派市民形象是老舍塑造出来的理想人物形象，这类形象符合传统道德的要求。这类形象是老舍在汲取传统道德中值得赞赏的部分后，塑造出来的理想市民形象。如《四世同堂》中生活在小羊圈胡同里避世隐居的旧文人钱默吟等，虽然社会的动荡、生活的艰辛迫使他们走出了自己的家庭，但是他们并没有放弃自己对家庭的责任。这类人物是老舍早期以知识救国为理念塑造出来的理想人物。

五四运动后，一部分中国知识分子在西方文化的冲击下，开始全面否认自身的文化传统，完全走向了西化。但不久他们就发现，全盘西化并不能解决中国的现实问题。作为一个生长于北京的穷人和末世旗人，老舍对传统文化有深厚的感情。在西方文化的冲击下，老舍曾徘徊、迟疑、苦闷过。在经过多次的否定与失望后，老舍逐渐形成了一种独特的文化心态：一方面他反对国粹派的文化保守主义和崇洋派的全盘西化论，另一方面对西方现代文明中积极进取的精神和传统文化中重义轻利的优秀品格给予肯定。

让你看见他们的尊严之痛

——读毕飞宇《推拿》

毕飞宇的《推拿》虽以盲人群体为写作对象，但实际上却构造了一个完整的现实社会缩影。毕飞宇以一个特殊的群体、特殊的视角反映了现实社会。毕飞宇笔下的盲人推拿师们出于命运和性格等原因，各自陷入纠葛，但各自又有着不同的选择，由此走向不同的结局。但在这些盲人推拿师身上有着一个鲜明的共性，就是极度重视与坚守自己的尊严。小说似乎把"盲人"与"健全人"放在了两个不同的世界，在这两个世界的对比中，更显示出人性尊严的可贵。

盲人的世界是一个残缺的、凄苦的世界，因此也是一个异常渴望尊严的世界。身体的不健全不仅带给他们意识与心理上的伤害，而且还激发了他们比健全人更加强烈的自尊心，以经济独立或生存独立为追求来弥补生理上的缺陷，以达到自身的完整性与正常性。正如毕飞宇在《推拿》

中所说的"健全人永远也不知道盲人的心脏会具有怎样剽悍的马力"。比如都红初中二年级的钢琴演出，在那场演出中一向有天赋的都红却发挥失常，她的心情十分低落，满满的懊丧与那种想哭的欲望揪紧了她的心，结果真正让她揪紧的却是那全场雷动的掌声与主持人夸张的赞美，她感到的是苍凉。特别是当都红退场的时候，"女主持人搂住了都红的肩膀，扶着她，试探性地往下走。都红一直不喜欢别人搀扶她。这是她内心极度的虚荣。她能走。即使她'什么都看不见'，她坚信自己一定可以回到后台去"。都红的坚信，是她对自身完整性的执着，她的极度虚荣，其实恰恰是可贵的自尊，毕飞宇在这里用一个令人心酸的表达，讽刺了健全人世界对盲人世界的伤害，侧面表现了大多数健全人对尊严的忽视与不理解。都红放弃了音乐，这也是她对自尊的一种执着，甚至决绝的维护。

这种尊严还包含着一种对优越性的渴望，即成功欲望与追求完美。他们渴望证明自己，渴望被尊重；他们拒绝同情，拒绝怜悯。他们是独立的，是不逊色于任何健全人的，并且他们是能比健全人过得更好的，是可以追求优越性的。盲人是残疾人，但他们不是残废，也不想成为残废，"残废"这个词语是对他们最大的侮辱与最深的伤害。残疾意识激发盲人比正常人更加旺盛的成功欲望与完美追求。这种剽悍的马力带给盲人一种无论多么艰难仍旧勇往直前的动力。比如沙复明的"原始积累"，他惨不忍睹地牺牲自己的健康去追求成功。年纪轻轻，他就患上了颈椎病和胃下垂。他每一次的晕都提醒着一样东西——"钱"，即"本"。正因为如此，沙复明每晕一次，他的眼睛就亮一次。"沙复明几乎不要命了，没日没夜地做。"沙复明爱上了"本"，他想要成功。在沙复明作为打工者的时候，他是被盘剥的，他想要成功，就必须要疯狂地进行"原始积累"。当病痛发作的时候，他总是忍着，静默着，直到后来"痛"转化为了"疼"。

　　毕飞宇营构了泾渭分明的"盲人"与"健全人"两个世界。在盲人世界中，因为残疾，他们有着与生俱来的焦虑、耻辱，以及被命运抓涉后的精神创痛，还有那些健全人无法感知的尴尬与困顿，但是他们从不自轻自贱、甘愿落后，而是顽强生存，为维护自我的尊严进行着绝望而忧郁的抗战。而与之形成反差与对立的，恰恰是毕飞宇笔下的健全人世界，他们忽视尊严，遗忘尊严，甚至丢失尊严。作品中最为典型的形象是王大夫的弟弟——一个"活老鬼"，他好吃懒做，赌博成性，自私自利，天天被追债却又天天"在外潇洒"，内心极度不负责任，口头禅就是"多大事"，心里只想着不劳而获，依赖哥哥，甚至荒谬地控诉与哥哥不同的命运"你们为什么不让我瞎？我要是个瞎子，我就能自食其力了"。

　　毕飞宇在《推拿》的创作中进行底层叙事，书写现实，逼近真相，在这其中体现出他强大的思想力度与独特的表达方式，与此同时，也表达了他对现实社会的希望与理想——那就是人性的尊严。虽然在残酷的利益关系下有那么多的现实寒凉纠葛，但是在道德底端，金钱之下，仍旧涌动着不能被扼杀的人的尊严——那是都红悄悄地离开，王大夫勤勉地上钟，沙复明拼命地工作；那是小孔拒绝讨好前台，金嫣追求完美婚礼，小马最后的不告而别；那是这些人在艰难苦痛中，在血汗挣扎下的坚守与捍卫。这种人性尊严的表达既是对社会单一追求经济化导致人性扭曲的批判，也是这个社会依然存在的微弱希望与作家的理想书写。这是这部小说的人性价值与思想价值，也是现实寒凉纠葛中的一道光。在《推拿》中，毕飞宇对盲人的人性尊严表达实际上就是在警醒健全人也要坚守自己的尊严，即所有人都要捍卫自己的尊严。尊严能给人带来强悍的生命、不屈的灵魂与铮铮的傲骨。在利益的纠缠下，在现实的寒凉中，社会仍旧有一道光，它就是尊严。

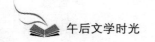

用声光影写就一首诗

—— 观费穆电影《小城之春》

电影与文学虽然是两种不同的艺术表现形式，但是两者的渊源却由来已久，早在 20 世纪 20 年代，大量的鸳鸯蝴蝶派文学作品就被改编为电影，成为当时十分受大众欢迎的银幕作品。回顾我国电影发展，我们会发现，电影不仅来源于文学内容，还有文体风格方面的借鉴。电影不仅受到小说等叙事性文体的影响，也受到了诗歌等抒情性文体的影响。抒情型的电影就是诗化、散文化风格的电影。

费穆的《小城之春》被视为中国电影艺术史上的里程碑。当时的中国，国内战争打响，社会矛盾激烈，国家处在不知何去何从的风口浪尖上，导演费穆和编剧李天济正是想借这部电影表达对于祖国的个人情怀。《小城之春》并没有直接将镜头对准现实社会，而是通过诗一般的表现手法，构建了国人状态的缩影。

诗意的主题

影片诗意的主题体现在费穆站在一个人文关怀的角度去塑造人物，无关事情的对与错，充分肯定了人的精神、情感以及人性需求。影片中只出现了五个人物：妻子、丈夫、朋友、妹妹、仆人，这样的环境表现看似不真实，但却体现了一种独特的风格，从而更突出、更集中、更清晰地体现了感情世界的人物关系。影片反映出了细腻真挚的心理情感，同时又拥有精妙独特的视听觉风格，通过运用女主人公的独白揭示了人物隐秘的内心感情，以及情感世界与现实关系的矛盾，最终达到一种诗意化的艺术追求。

诗意的叙事

首先是叙事人称方面的独创性技巧。费穆有意赋予第一人称叙述以全知视角，创造性地采用声画对位的方式，让周玉纹在叙述中采用"第一人称"独白的形式贯穿全片，赋予了其第三人称的全知功能。这样导演便通过周玉纹全知式的独白进入了诗情时空，从而在叙事手法上创造出了更为灵活的表达方式。其次，从《小城之春》的空间上来看，影片营造了一个完全封闭的、单纯化的空间环境。故事发生在一个不知名的江南小城，主要拍摄地点仅两个，一处是小城的颓墙四周，一处是礼言的家，破败的城墙隔断了与世界的联系。这样就达到了一种分离的效果，使得观众与之保持一种间离的欣赏状态，打破了银幕上所呈现的一种真实的幻觉，从而使诗情的述说成为可能。最后是故事结构的封闭性。故事的开始和结束分别是章志忱的到来和离开，就像一颗石子投向了死水一样波澜不惊的湖面，仿佛这个地方从来没有发生过这件事情，从来没有这个人来过，章志忱在戴家这十余天发生的一切就是一个完整而又封闭的片段，给人一种忧哀诗意的调调。

诗意的镜头

《小城之春》诗意的"镜语"影片中有大量富有内涵和诗意的长镜头，构成了影片独特的视角，通过简单的镜头表现了复杂的情感。比如其中一个长镜头是老黄到花园的废墟上找少爷礼言。老黄在左面的洞口看见了礼言，继而走到右边的洞口与礼言对话，镜头由左横摇向右。本以为镜头会随老黄的对话让礼言从右洞口入画，但摄影机却巧妙地从左洞口慢慢推进，随着镜头透过墙洞慢慢深入推向礼言。老黄再从右入画，此段的镜头运用可谓是别出心裁。影片中还有一个长镜头，这场戏拍摄得十分巧妙。画面内容是章志忱来到礼言的家里，戴秀给他唱歌，周玉纹给礼言喂药。周玉纹是场面调度的中心点，右侧是戴秀和章志忱，左边后面的床上坐着礼言，前景是在为礼言弄药的玉纹。戴秀唱歌吸引志忱注意，志忱几乎一直看着周玉纹，玉纹在照看礼言的同时也会看一眼章志忱。这六次横摇，礼言、玉纹与章志忱三人始终都没有在同一个画框里出现过，总有一个人在画外，从而暗示出此时他们三人的微妙关系。影片中很少有镜头的切换，大部分都是淡入淡出的叠画，这样就为片中微妙的人物关系添加了神秘的色彩。独白的贯穿和淡出淡入的运用，为影片提供了一种全知式的视角和重复式的描述方式，巧妙地表达出当时情境下人物的心理，另外语言的节奏也控制得很巧妙，细腻婉转地将情节慢慢展现出来。在这样的引导下，我们得以进入那个封闭的时间与空间，去体验那份纷繁复杂的情绪与淡淡的诗意。

费穆的《小城之春》追求意境之美、中庸和谐之道、精致唯美之景，赋予了电影更多的内涵和生命。这部电影将中国传统文化与现代电影技术和观念融合起来，营造出独具中国魅力的诗意盎然和独特韵味。当今电影市场存在泛娱乐化和商业化的现状，文艺电影在这个浮躁的电影氛围中夹缝生存。费穆诗意化的叙事风格，这种倾向于普泛的人性主题和含蓄隐秀的艺术风格更令人觉得弥足珍贵。

说的是野性，谈的是人性

——读杰克·伦敦《野性的呼唤》

享誉盛名的、被誉为"极地小说的代表作"《野性的呼唤》的成功出版奠定了杰克·伦敦在美国文坛的地位，且让他蜚声国际。小说主要讲述了一只养尊处优的宠物狗——"巴克"在经历了被贪婪园丁的拐卖，冷血驯狗人的驯化，雪地冰原的苦役，狗群中领导权的争夺、残杀，到与桑顿（最后一位主人）的生死离别后，最终回应远古的呼唤，重拾野性，回归本性的故事。

在《野性的呼唤》中，作者将人的世界和狗的世界结合在一起，在作品中既有人类社会的冒险，也有人类社会的淘金生活，作者将人类生活投射在一只叫作巴克的狗的身上，通过狗的生活来反映现实世界。

杰克·伦敦在《野性的呼唤》中所刻画的巴克就是现实生活中人性变化的一种重要体现。巴克是人的象征，是由弱者走向强者的一个代表。在周围环境发生变化的时候生存的压迫会让人爆发出最原始的野性，这个时候人性和动物本性会发生相互的转变，因为在本质上人就是一种动物，在自然环境中人类为了生存会激发出自己的动物野性。伴随现代文明的衍变发展，人们开始隐藏自己的野性，变得富有人性。但是在利益获得的面前人们的野性也会被重新唤醒。在巴克处于自然环境中的时候它的野性就会被唤醒，在性情中占据主导的地位。在巴克和人相处的过程中巴克的人性就会被唤醒。人性和野性的转换完全取决于巴克当时所处的环境，性情的体现也不过是为了能够更好地适应环境。

在《野性的呼唤》这部作品中我们能够了解到杰克·伦敦所在社会的发展情况，在 19 世纪 20 年代的时候正是资本主义发展繁荣的时期，伴随美国内部战争的结束，美国工业化水平提升，整个社会发展体现出一种向上的发展状态，人们为了能够更好地满足自己的欲求就会进行劳动的创造，这种创造性的行为也在一定程度上推进了人类文明的发展。但是人和人之间的竞争是始终存在的，人们为了能够获得更多的金钱会互相残杀，这种表现就像动物之间为了争夺某一个食物互相残杀一样。同时，无限膨胀的人性欲望和十分有限的大自然资源之间也产生了矛盾冲突。人类为了能够征服大自然就会无限制地从自然中获得利益，这种

对自然的无限制破坏使得人类和自然之间的和谐消失殆尽。在这样的社会背景下杰克·伦敦创作出了《野性的呼唤》，作者以一只狗作为整个故事的主人公，使用拟人化的手法赋予狗以人性。作者在创作的时候期望通过狗的行为来折射出人类的生活，通过人对狗的态度来展现出人性的善恶美丑。通过描写动物身上的性情变化以及动物之间的斗争来揭示出当时社会中人和人之间的残酷斗争。读者在欣赏狗和狗、狗和人类、狗和狼之间的争夺时会借此感受到人性的复杂。巴克在遭受到迫害的时候，表面上是一只狗被残害，但是实际上也在暗示资本主义社会的残酷、不公，巴克的命运在某种程度上和资本主义社会下层劳动人民的命运存在很多相通之处。在整部作品中，作者探索了人类和动物、人性和野性之间的辩证关系，在展现这段关系的时候也表现出了自己对生命的认识。

　　杰克·伦敦通过《野性的呼唤》告诉人们，伴随人类社会文明的进步和人类文明程度的提升，文明社会发展也开始衍生出更多的东西，人们在追求利益的过程中也使得一些本性中美好的品质和自己渐行渐远。在资本主义社会背景下，如果人们过度地放纵自己的欲望，不考虑是非来进行一些选择，就会使得个人生存发展逐渐脱离文明，开始步入野性的社会。为此，在面对鱼龙混杂的社会环境和各种利益的冲突时，人类在生存发展的过程中要注重倾听大自然的呼唤，注重在大自然的环境中表达出自己内心的声音，并使得个人发展更好地顺应自然规律。人性是十分复杂的，包含善良的一面和邪恶的一面，在不同的环境下人性的不同面都有可能被唤醒。如何去辩证看待人性的复杂是每个人需要思考和解决的问题。

无解的困惑

—— 读铁凝《永远有多远》

　　《永远有多远》是铁凝 2000 年首次出版的一部中篇小说，塑造了品德上"仁义、和善"、吃亏自愿、助人无悔，性格上淳厚、质朴、执着，且略有几分软弱的白大省这一女性形象。小说出版后获得巨大成功，先后获得第二届鲁迅文学奖和首届老舍文学奖，这部作品也是作家的至爱，在之后多个版本的小说集的出版中，铁凝都选取"永远有多远"作题目，因为这不确定的发问，倾注着作家对女性生存困惑的关注。

　　白大省——一个在北京胡同长大的女性，小的时候就被胡同的老人评价为"仁义"，在成长的道路上，她的身上总是呈现出"不合时宜"的善良。她是个相貌平平的孩子，脾气随和，感情丰富又早熟，长大后她希望得到来自男人的真爱，然而却受到了无数伤害，在她的爱情道路上，她最亲近、信任的人都是在不断利用她的"仁义"，达到各自的目的，白大省在一次次的真情付出后是一次次的失去。而小说中的另一个人物——西单小六，与白大省完全相反，她漂亮、撩人，她对男人呼来唤去，活得酣畅淋漓。如果说白大省是天使，那小六就是魔鬼，然而白大省最想做的就是像小六一样的人，作者显然是想用小六作为白大省的反衬，白大省对于小六的羡慕让读者不得不思考她改变自己的合理性和可能性。

　　被世人称赞的白大省并不想成为她现在已经成为的这种人，"由于这点是她秘密的梦想"，所以西单小六实际上是她心中艳羡的对象。她

对改变自己和他人的习惯性的关系有一种崭新的向往。她的羡慕是有其合理性的。因为每个女人都希望自己成为一个完善而自由的人。每个女人都希望自己得到男人的爱。那么为什么这本有合理性的追求和向往在白大省身上却得不到实现呢？

一来是大众对她不可改变的认可，"我"这个表姐对白大省的评价判断和姥姥喋喋不休的责骂以及胡同里老人的评价。"我"看出表妹的善良后，生活中的许多事情都在利用她的善良；二来是学校的教育，从小到大她一直是老师心目中的好学生，她一向热情帮助大家；三来是工作后赢得了包括值班室大妈的夸奖，白大省一以贯之的热情善良，使每个男友都认定她是一个好人，在他们的眼中，她可以是母亲、哥们儿，却偏偏不是好的女朋友，所以她的爱情注定是失败的，她的追求注定无法实现。

白大省也有自身的矛盾，一方面她羡慕小六，想做那样身心自由的女人；另一方面她受到的教育使她道德感极高，自觉不自觉地去做一个公众心目中的好女孩。换一个角度看，在她的骨子里已把自己的女性意识置换为母性，她对几任男友的关心和无私的付出更多的已是母性的关怀。所以白大省一直在矛盾困惑中生存，她对历任男友无私忘我的感情却都激发不出男性对她的爱恋。

铁凝对女性，尤其是白大省这样的女性有着深切的体察，她将她们性格中的美德和缺陷一起暴露出来，她希望女性身上有一些野性的色彩。西单小六和小玢有白大省没有的女性魅力，她们在男性的世界里游刃有余，尽管在公众的眼里她们不是"好女人"。白大省的悲剧不只是得不到男性真正的爱，还在于西单小六是她难以学习的，即便她成为小六，她也不会幸福，因为她要承受来自外界的压力。小说的结尾，白大省终于发现自己一无所有，而且没有人认为她可能改变，她永远不可能变成她想变成的那种人，终于从心底发出了"永远有多远"的呐喊。

《永远有多远》中，白大省一次次身处劣势的遭遇表明了铁凝对已经逝去的或正在逝去的传统品格的依恋和一种迫不得已的无奈，也反映了作者对道德理想的探索，由此产生的矛盾与困惑。在时代列车隆隆的前行声中，传统的美好应不应该坚守？坚守些什么？怎么坚守？这是问题的一个方面；在时代的变迁中，除了坚守美好的传统之外，我们还应该吸纳些什么样的新内涵？怎样找到一个切合当代人的恰当的立足点？这也是问题的另一面。

在这个物欲充斥的社会，白大省是一个让人又爱又恨的女人，铁凝在小说的结尾写道："就为了她的不可救药，我永远恨她。永远有多远？就为了她的不可救药，我永远爱她，永远有多远？就为了这恨与爱，即使北京的胡同都已拆平，我也永远会是北京一名忠实的观众。啊，永远有多远啊。"这样的追问，流露出铁凝对白大省这样的女性的命运的思考，对她们生存困惑的深切关注。

如果我们都做好面对死亡的准备

—— 读毕淑敏《预约死亡》

《预约死亡》是毕淑敏新体验作品中最具代表性的一部。在这部新体验小说中，毕淑敏按照时间和空间转换的顺序，将自己在医院采访中遇到的几件事情讲述出来，并形成一个流畅的结构将故事串联起来。虽然在故事中没有构造典型的人物，没有构造典型的人物性格等，但是毕淑敏用自己的笔触将关怀事业起步初期的真实现状展现在人们的面前。

在毕淑敏的《预约死亡》这部新体验小说中，我们可以清楚看到两方面的内容：第一，《预约死亡》为我们呈现了在临终关怀事业中工作人员的工作精神，同时也为我们呈现了临终关怀事业中工作人员的人道主义精神以及善良的本性。第二，通过《预约死亡》，毕淑敏将人们对待死亡的观念呈现了出来。在这部小说中，呈现出来的死亡是神秘的，而当前人们对待死亡的观念是死亡是晦气的，也是可怕的。中华民族是十分忌讳死亡这个话题的，我们都是乐生哀死的。但是死亡又是那么的不可逆转。你可以拒绝一切，但不可以拒绝死亡。这就让我们不得不认真去审视它。

首先，作品对人们逃避谈论普通人的死亡，拒绝认识普通人的死亡进行了叙述。作品一开头，叙述者"我"就以一个假冒的肝癌晚期患者的身份出现。我故意与丈夫谈论死亡，并播放医院里录制的一些临终病人的喘息声给丈夫听。可是丈夫对谈论死亡这个话题的态度却毅然决绝，并用手幼稚地捂住耳朵，斩钉截铁地说："我不听。我不听！"还反对"我"写的关于"临终关怀"的文章。丈夫的态度是我们民族对待死亡话题态度的典型代表。健康的人拒绝谈论死亡，一是觉得死亡离我们还远，二是觉得普通人的死亡不值得我们去关注。毕淑敏借叙述者"我"对这种消极对待死亡的行为发表了她的看法。她认为大多数人死得像一块鹅卵石，说不上太重，也不至于像鹅毛一样飘起来，所以"我"应该去关注大多数人的死，关注普通人的死。

其次，作者也写出了病人家属的相对传统的死亡观念。医院住着一位弥留之际的母亲，她的儿子是博士，马上要到德国去学习。护照、签证、机票……所有事情都办好了，可是病重的母亲却成为他放不下的一个负担。母亲病重，但死期还不是那么快到来，出国留学的日期是一推再推，不能再迟去了。要么留下来照顾母亲直到她死亡，要么去法兰克福学习深造，这是一个矛盾。在学业和孝道之间，儿子选择了学业。但

WUHOU WENXUE SHIGUANG ■

是我们不能否认他仍旧是个孝子，他也认为母亲将他含辛茹苦地拉扯大，作为独子，假如他不能给老人送终的话，他的心灵将背负沉重的十字架，悔恨无穷。于是他要把母亲的骨灰带在身边，和"母亲"一起到国外去。为了解决母亲死期与出国日期相冲突的矛盾，他把母亲送到一家私立医院里，因为在那里母亲将得不到好的治疗与照顾，会很快死亡。儿子的孝道有些自私和狭隘。我们不能说他不爱他的母亲，毕竟他照顾重病的母亲已经很久了，只是因为德国那边不能再容许推迟日期才使他不得不出此下策。可是从根本上说，还是体现了他陈旧的死亡观——"儿子一定要为母亲送终"。显然，这种死亡观是不科学的。母亲是一个生命个体，她应该无痛苦地最长时间活着，我们不应该改变她的生命日程。

《预约死亡》写出了许多寻常人死的艰难与沉重。而在西方很多国家已得到法律承认的"安乐死"似乎成了大多数人解决这一问题的最好方式。面对如此苍凉无望的生存困境。毕淑敏试图探求一种具有意义的"死的艺术"，而研究死的艺术必须提供正确的、好的死亡方式，以使人能够在精神上安于死亡。那么安乐死究竟是不是最好的方式呢？对于安乐死是否对死者、对生者有意义，毕淑敏对其进行了全面的思考，同时，这种思考是复杂并且矛盾的。

一方面，毕淑敏在小说中展现了安乐死的好处。病危的人们不仅自己遭受着巨大的痛苦，而且拖累儿女们，照顾将去的父母成了后人很大的负担。身患不治之症而短时间不能去世的病人们尤其如此。于是安乐死成了很多子女和病人很好的选择。

另一方面，安乐死在中国还没能够实行，这基于安乐死的实行是有一定难度的和"安乐死"有时不一定有实施的需要这两点原因。"安乐死"涉及很多社会伦理与道德规范，它和社会群体的死亡意识和法律制度有关。

毕淑敏以医生和作家的双重身份来审视别人不太涉足的领域，她强

调生和死是一样的常理。在《昆仑殇》中，她写了觉悟的死；在《阿里》中，她写了冤屈的死；在《女人之约》中，她写了关爱的死……在这部小说中，她写了普通人的死以及这种死对于他人的影响。她通过对死亡的描述，通过对陈旧的死亡观念的剖析，深切呼唤人们正视死亡。她要缓解和消除人们对死亡精神上的恐惧和肉体上的痛苦，告诉人们"生与死仅仅是生命存在形态的转换"，可以树立"保持着人的尊严平静地迈向死亡"这样一种更为人道的死亡意识，同时呼唤更多的人都来关注临终关怀事业，因为对他人的爱护和关心，也是对自身价值与尊严的肯定，更是对人的生命的超越。

邢东洋

邢东洋，笔名邢东，男，1984年生。硕士毕业于辽宁大学。曾任辽宁省大学生村官，服务期满后在乡镇工作，2018年调入辽宁省作协。业余写诗和小说，有作品在《鸭绿江》《海燕》《诗潮》《满族文学》《中国铁路文艺》《小小说月刊》等刊物发表。

不可和解的孤独

—— 读埃里克·法伊《长崎》

"直到相当近的一段时间，我不在家时经常不锁门；我们这个街区很太平，邻居中有很多老妇人（太田夫人、阿部夫人，还有一些住得稍远一点）一天里大部分时间在自己家度过。"

上面这小段内容引述自小说《长崎》开篇的第三个自然段，是个开头。

如果把这个寄居故事类比于韩国电影《寄生虫》，那么这句描述，可以看成是一个线索，或者裂口，一个五十八岁的老妇，之所以可以无声无息地潜入男主人公志村公房独居的房子，这里，可以看作一个合理的交代。但与《寄生虫》不同，这不是一个阶级对立的故事，在我看来，埃里克·法伊这部小说的写作更倾向于对个人存在状态的纵向挖掘。

这个故事并不长，也很简单，故事发生在2008年，大背景是金融危机，全球经济衰退。男主人公志村公房五十六岁，是一名气象研究员，独居，按部就班地工作，生活节制而规律；女主人公没交代姓名，五十八岁，在救济金停发后居无定所，暗中寄居于男主人公家中。因为发现一些细小的变化，志村公房在家中安装摄像设备，发现了生活在自己房子中的寄居女人。这篇小说分别以男女主人公两个人的视角叙述，以女主人公被起诉并结束羁押后，写给男主人公的一封信结尾。

与《寄生虫》中的被寄居者不同，小说中的男主人公不是一个冷酷的巨富资本家，在第二部分寄居者视角叙述中，对他的描述是："并无特别的魅力，相貌平平，正人君子一个。"嗐，一个普普通通的人。

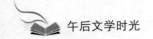

女人被捕后，志村公房独自在家的夜晚，甚至有所自责：除了一瓶酸奶、标尺上几刻度果汁、一条鱼之外，她并没有偷窃的行为，也没有暗中趁他不备时杀掉他。她仅仅是在他空下不用的，位于走廊尽头的房间里寄居，满足温饱而已。男主人公为了体会寄居者的感受，甚至亲自爬到那房间的壁橱里面：

"我想知道那会是什么样。从那里能听到什么。她曾经能够听到我什么。我很艰难地爬上了壁橱的上面一层。她曾经当过杂技演员吗？或者是舞蹈演员？竟然能那么灵巧。我在她度过了那么多夜晚的地方躺了下来。我的身体能勉强躺平，耳朵和脚指头已经贴到了这一令人窒息的小地窖的两端。但我还是坚持了下来。这是一个空间狭窄得有些可怕的舱位，就像是在一个胶囊旅店中，或者是在宇宙飞船的密封舱中。她如何能够做到呢，待上那么多个夜晚？我久久地聆听着我的公寓，并且窥伺着，是的，窥伺着她可能留下的气味，作为她曾经经过这里的标记；我真希望这床垫浸透着她的气息。愿它印下了她的形状。"

作者对日本人所谓"耻感文化"的把握和拿捏很有劲道，顺着这条通途继续深入，他走到了男主人公精神的深渊。志村公房的排异反应，不在于物质上的被入侵，而在于寄居者对自己存在状态的无情揭示。小说中有这样的描述：

"我躺在那里，一直等待着，但它始终不来。睡眠吗？不，遗忘。不是要遗忘那个于我无足轻重的可怜女人，而是遗忘我整个生存，一下子，这生存的匮乏和艰辛昭然若揭。"

在我看来，小说中有两个比较重要的节点，一是女主人公被审判时，二是结束羁押之后被释放那一刻。在未读到那里时，我曾经想象，男主人公会在这两处与女人有深入的交涉。当然，我也不觉得应该安排两个落寞者媾和，这种电视剧情节不适合出现在这里；我只是觉得，在他们继续各自的寂寥生活之前，应该相互安慰一下罢了。

但是，并没有这样。女人出狱之后，吃了碗面条。她想再去那个房子看看，来到那里，然后，看见门前挂着售卖的牌子。

老实说，读到此处我有点失落。如果，孤独是一个人与世界悬殊的对抗，那么这块售卖的牌子，则暗示着这对抗的不可和解。

不可和解，却不是像一个难缠的醉汉踉跄着摆出决斗的架势那样。回头看看本文开头引述的内容，"我不在家时经常不锁门"，不仅仅为女人提供了进入房子的开口，更是一个开放姿态的隐喻，一个曾经开放的怀抱。所以，这最终的不可和解，或许可以算是认知命运后的决绝吧。（就像另一个日本故事《东京爱情故事》中，多年后赤名莉香在人潮汹涌的街头再次看到永尾完治，笑着走开一样。）

女人与房产中介商沟通，想要见一下房子的主人，但被拒绝，于是女人写了一封长信，希望可以转交。她写得很长，把信纸想象成曾被她寄居的房子的主人，倾诉一般写下道歉和心迹。但是，在这故事的结尾，这封信不曾被收信人看到。

一个美好的故事——由几处不太可信之处想到的

——读徐怀中《牵风记》

这个故事里，有几处我不太相信的地方。比较容易说的一个例子，就是战马"滩枣"，请允许我絮叨一下。

"滩枣"是"夜老虎团"团长齐竞的战马，一直由警卫员曹水儿负责照看，很有感情。"滩枣"有个特性，就是喜欢听汪可逾汪参谋弹古琴，故事前部分有一个情节，讲汪可逾在屋子里弹奏古曲《关山月》，"滩枣"应声踏踏跑来，"哐啷一声，农家小屋的后窗从外面撞开了，一匹枣红马出现在窗口。汪可逾不免有些神情恍惚，难道真是古代一匹剽悍肥壮的军马闻声赶来了吗？定睛一看，却是'五号'首长的坐骑'滩枣'，将两扇窗户拱开，鼻孔还在喷出薄雾一般的白沫。"大牲口通人性，能作为故事重要角色，有点特殊之处无可厚非，而且，这个情节安排在结尾处还有一处呼应，是故事比较重要的地方。

在战事吃紧的时候，部队要统一处理随军马匹，上级通知，所有马匹包括各级首长乘用马在内，必须全部上交。这个"统一处理"，简单讲就是杀掉，"嘟嘟"掉。曹水儿舍不得，想了个办法，外加神枪手连长的配合，"滩枣"逃过这一劫，跑了。

"滩枣"再次出现，就是在故事快结尾的部分了。曹水儿找回之前埋进土里，已经开裂、损毁的古琴，带回他和汪参谋躲藏的溶洞。再次见到这把母亲传给自己的古琴，伤病中虚弱的汪可逾百感交集，"一把将她的古琴揽在怀里，脸紧紧贴住琴面，许久许久，两行泪水滴落在琴面上。"她小心翼翼地摘掉琴弦，在曹水儿的帮助下，净手，盘坐，将空琴摆在伤腿上，一曲曲无弦地弹奏——《高山流水》、《幽兰》、《酒狂》、《秋夜读易》、《平沙落雁》、《渔樵问答》以及《关山月》……

这一段很容易让我想到电影《钢琴师》中类似的桥段。战火中，钢琴家在满目疮痍的城市中，看见一架钢琴。他想弹，但是不能发出声音，于是他坐在琴凳上，摆出指法，在自己的脑中演奏。一片焦土上盛放的艺术之花，战火中的浪漫。

"忽然，曹水儿听到远方传来马的嘶鸣声。集中注意力倾听，哎哟！是'滩枣'，没错！"

战马"滩枣"的最后一次出场，已经是一把骨架了。风流的曹水儿吃了风流的亏，被正法。齐竞按照他留下的信息，寻到了溶洞，却并未见汪可逾的尸体。扩大搜索范围后，司令员看见一副完整的大牲口的骨架，齐竞跟上前看，认定这就是"滩枣"。"大牲口骨架，看上去都是一样的，他如何能认得出是'滩枣'呢？作为他的坐骑多年，目光所及便会有感觉，但是他拿不出证据来。"

在这里，作者并没有卖关子，很快，下一个自然段，搜寻部队就通过尾巴的特征确认了齐竞的猜测。所以，这里是在写齐竞与"滩枣"之间的某种感应。

以上内容，作为读者，我还都是可以理解的。包括已成野马的"滩枣"，在大别山溶洞外感应到了汪可逾的空弹琴语，包括齐竞与"滩枣"的心灵感应，这些或许都可以看成，人在某种极端情境下的情感反应，就像电影《钢琴师》中，衣衫褴褛、食不果腹的钢琴师坐在废墟中的琴凳上，那一刻响起的乐声，很难讲是借由音响外放出来而被我们听到的还是钢琴师脑海中的。但是……

接下来，搜寻部队发现了残损的古琴，继续找，就在一棵银杏老树的树洞里，发现了汪可逾的尸体。"她竟是站立着的。人们纷纷发出呼喊，那呼声充满了抑制不住的惊慌与恐惧。"遗体在树洞里，避开了虫蚁的啃噬，但是居然连食腐动物都敬而远之，进而保持了尸身的完整。汪可逾的尸体站立在银杏树洞里，"像是印在那里的一个女性人形，久而久之，完全与银杏老树融为一体了"。

这有可能吗？

齐竞还原了"滩枣"在死前拖着"褥垫"，把汪可逾尸体拖拽到树洞里的过程，那情节就像是一个连小孩都知道是在骗小孩的，关于动物报恩的寓言故事。

这，有可能吗？

事实上，这些问题满可以用"革命浪漫主义"来解释。但我不太愿意这样去敷衍。这篇小说，与我看过的，革命战争题材的其他文学影视作品还确实不太一样（我看过的也确实不多）。它既没写大的战略对攻，也没写小的战斗经过，没有伟人指挥部里运筹帷幄的智慧闪现，也没有吸引人的高层秘史，甚至还故意模糊读者视线，将野战军指挥官虚化为独眼龙老将军。如果说是描写战争中的爱情，确实有，但很难说那是主要方面；谈人性，又没让人物面临例如李云龙炮击城门那样特别极端的人性考验；当然，更不能看作是高大全的主旋律了，故事里那些蝇营狗苟的事情，偷人、裸照、一群妇女穿着内衣乘船渡河，作者也都没有回避，甚至在叙述躲避敌人烧山时，居然写到汪可逾憋它不住，站在曹水儿肩头尿了一泡。

人民文学出版社在2018年12月出版《牵风记》时，徐怀中先生已近九十岁（1962年徐怀中先生就写过一稿，二十万字，但烧掉了），在我看过的一篇报道中，老先生曾说：三十岁、六十岁还是九十岁创作这部小说，可能写出来是完全不同的东西。好像到了老年以后，不忙着去写，先是想，把自己作为一个个体的生命也好，夸张一些说，整个人类社会的走向你都会去考虑。我觉得不把所有的最终极的问题想好了，想通了，就不能动笔去写。

一个人的终极问题，从某种角度来说，只能是自己。一个九十岁老人，退休的少将，在声望、职称、稿酬都已不在话下的年纪，虚构一个故事，那只能是关于他自己的。

回想一下，大别山上，有一个能装下两个师那么大的溶洞，而且在战事的紧要关头，大部队都不知道找来可以进行战略隐蔽的情况下，居然被一个背着受伤女兵的，已经卸下武装的警卫员想到，并找到。这可能吗？我想，如果这是一个人的故事，那么它可能不可能都可能，因为这已经不是一个溶洞了，而成为一个桃花源。这桃花源是曹水儿和汪可逾的，也是徐怀中的，因为徐怀中就是曹水儿，徐怀中也是汪可逾。安置汪可逾尸身之后死去的战马"滩枣"，被鹰鹫啃噬得只剩下一副骨架，齐竞看见却立刻就认出了那是自己的坐骑。这也并非什么心灵感应，因为齐竞和"滩枣"都是徐怀中，他在山林中看见的，其实是自己惨白的枯骨。

很多人可能会特别讨厌如上文这样讨论小说的方法。不就是一个故事吗，何苦把它人格化，那么多隐喻，那么多真实指向，累不累，有没有这个必要啊？对此，其实我也是赞同的。在故事的结尾，和平年代的齐竞回顾一生，手书汪可逾墓志铭，了却遗憾，并以口服维生素片这样一个误会了的形式，安详平静地死去。所以，这是一个美好的故事。

一个美好的故事。徐怀中先生送给他的妻子，于增湘女士。

倒流的时光

—— 读帕特里克·莫迪亚诺《暗店街》

"右侧稍远处，刚刚停下一辆轿车，先后下来两男一女。有个男子个头很高，穿一件海军蓝呢大衣。我横过马路去等他们。

"他们走近了，越来越近，在走上林荫道之前，那高个儿男人似乎打量了我一眼。对着林荫道的彩绘玻璃窗里面，点着一些大蜡烛。这扇门太矮，那高个儿男人只好弯下腰跨进去。我确信他就是斯蒂奥巴。"

斯蒂奥巴·德·加戈里耶夫，线索中的第一个人物。

这个名字出现在一份报纸的讣告中，但不是死者，而是作为死者的朋友，列在讣告下方联合署名的末尾。按照它所提供的时间，失忆者"居伊·罗朗"（故事主人公，以下简称"我"），来到举行葬礼的那个俄罗斯小教堂旁边，希望见到斯蒂奥巴，看看从他身上能找到关于"我"的一些什么信息。

在此之前，"我"并没见过斯蒂奥巴。

这么说不准确。见多识广的保罗·索纳奇泽和他的朋若望·厄尔特尔确认地说，很久之前，"我"经常出现在斯蒂奥巴身旁。对，那准是"我"，斯蒂奥巴身边的那位。那是美好的时代。但事实上"我"完全想不起来——"我"丢失身份很久了，而此时正试图重新找回它。

有多久了呢？我手边现在没有这本小说，引文是昨天敲上去的，只靠回忆，可能不准确，不过肯定也不会差太多。故事中的此时，大约是1965年。"我"出生在20世纪最初的20年，1917年？或许更早一点。所以应该是五十岁左右。于特给了"我"居伊·罗朗这个名字和身份，他刚结束自己私人侦探的职业生涯，关闭了侦探事务所，而"我"在那儿为他做事，大约八年。

开始读这个故事时，我有点带入，以为主人公应该跟我现在差不多年纪，后来确认了时间线后，也还是不适应，经常会忘记正在寻找身份的失忆者，其实已经走进人生下半段这个事实。以上，算不得剧透，就是整个故事开始时，一点片段似的线索。

而整个小说，就是用这样一点一点的、片段似的线索连缀的。每个线索都像一张精致的画片，内容细密，相互间有一点跳跃，显得冷酷，但直接，不拖泥带水。有的章节，全部内容就是一个名字和地址，像是电影中一张字条的定格画面。我跟随着"我"，寻找自己身份的过程就像在暗房中，看着浸泡在药水中的相纸逐渐显影，然后一张张把它们拼接在一起。

开头提到的，斯蒂奥巴·德·加戈里耶夫，就出现在第一张画片中。

但他不是画片中唯一的人物。画片上，至少还有八个人，那么，"我"为什么会确信他就是斯蒂奥巴呢？作为读者，我有点担忧，怕故事因巧合推进会显得刻意，有穿帮感，所以，我想知道，"我"之所以辨认出，并且如此坚信，他就是斯蒂奥巴的逻辑到底是什么？

在叙述中，并没有明确的解释。看见他之前，"我"在教堂旁边看见了其他八个人。我没有引用此处描写，如果那是一张画片，可以想象那场景的内容：来参加葬礼的人，散聚在教堂外的小路旁，男女、老人、孩子，穿着体态都有细致的呈现，他们在画片上不是模糊的，恰恰相反，每个人的脸都清晰到可以看清表情，甚至眼角的皱纹。"我"曾猜测其中某个人是斯蒂奥巴——那个行动不便的老人，或者那个矮胖的亚洲面孔，等等。可当那个"穿一件海军蓝呢大衣"的高个儿男人甫一出现，我立刻排除了其他选项。脑袋中的一个灯泡，"啪"的一下，亮了起来。

"我"确认他就是斯蒂奥巴，但当"我"告诉出租车司机，跟上他的车时，也没有任何证据确认他就是斯蒂奥巴。如果他不是，"我"会错过真正的斯蒂奥巴，以致断掉这来之不易又细若游丝的线索，所以，此时我确认，"我"已确认他就是斯蒂奥巴。这绕口令一样的表述，并没解释清楚疑问。但是，当我写下"灯泡"那个比喻的时候，也许我已经给出了我的答案，至少是众多答案中的一种。

"我"，八岁的居伊·罗朗，退休私人侦探的助手，失忆者……他让我联想起劳伦斯·布洛克笔下的私人侦探马修·斯卡德，一个靠着点灵感和运气破案的酒鬼侦探。这个关于灵感的联想，或许是对认出斯蒂奥巴的另一种解释。但也不尽然。不要忘了，保罗·索纳奇泽和他的朋友望·厄尔特尔说过的话，或许"我"记忆中仍残存着一些印象，在见到穿着海军蓝呢大衣的斯蒂奥巴时，被激活了。也说得通。嗯，又一种解释。

这三个解释足够了。还有其他吗？

外国电影里，好像会有类似的对话：

"你叫什么？"

"乔治。"

"可你喝啤酒的样子，看起来不像乔治，倒像是比尔。"

因为想不起具体的片名，所以这是我瞎编的，大概意思如此，而我恰恰认为，类似这样的对话是成立的，名字有形象，你形容不出来，也没必要形容，但是当它和具体的某个人重叠时，是像钉子钉进木头一样紧密，还是像重影一样存在或大或小的误差，敏感一些的人，是有感受的。

当然，这个说法有点玄，并不能彻底说服我自己。好在前面答案已经足够了，不影响继续阅读这个故事，完全可以只当它是一个影影绰绰的概念。

一个人，在五十岁时，刚刚结束了自己一段职业生涯，人生的后半段，去寻找自己，这其实是一个反向自我实现的过程。记得吗，于特给了"我"一个名字和身份，居伊·罗朗，"我"用它活了八年，而失忆的时间还可以往前追溯，此时还有必要再去寻找那个不知所谓的自我吗？对于这个问题，已在尼斯养老的于特有自己的答案。那么"我"呢？我呢？

或许，名字与具体的个人之间，巨大的时间鸿沟，像是真实横亘在"我"——居伊·罗朗为名的失忆者——身旁的深渊，黑暗深邃，无法凝视，而闭上眼还会如坠落其间，耳边响起撕裂的风声。或许吧。

所以，名字和人，其实互相成全，而自我实现，往往是逆时反向的。应该是这样。

我对这样的主题有好感。用我自己写过的一首诗中的几行结尾：

像反身穿过一场瘟疫——

国王的葬礼上，我们

看见盔甲铁皮上闪耀着倒流的时光。

关于《我哥刁北年表》
叙事时间线索的联想

—— 读刁斗《我哥刁北年表》

　　《我哥刁北年表》这本书我是用 kindle 读的，亚马逊购买，正版电子阅读。用 kindle 的好处是，随时随地可以拿出来看，地铁里，公交上，熄灯后睡觉前……总之吧，效果类似于新教革命的意义，取消了读一本实体书的繁复仪式和仪式感。但与此同时也存在问题，从仪式感中解脱之后，就容易没有依凭，有轻飘感。拿我自己来说吧，读一些普及型的读物，排遣时间，找找乐子可以，但是，需要稍微投入和用心一些的就觉得不舒服——有些地方想折个狗耳朵，画条线，或者哪里的草蛇灰线突然被勾连起来需要翻找前文，就变得很麻烦。《我哥刁北年表》就属于这种。

　　为什么会这样呢？主要是，当初读的时候，这本书的时间线是被打乱的。阅读一本"年表"，觉得时间线"混乱"，这似乎有点搞笑。但如果其他读者也跟我一样，一边读，一边试图条分缕析地写出我哥刁北五十岁生日前人生的整条时间线索，肯定会得出差不多的结论。我记得我读得兴奋那几天，向一个朋友推荐这本书，我跟他说了这事，他很疑惑，看个破小说也需要这样吗？我说，第一，这小说不破，作者的表达和思想，都远远地甩开你我一大截；第二，这也是我自愿做的一种辅助。我勾起了他一点好奇，于是问我：那不同时间故事在同一章节中是怎么过渡的呢？我给他举了个例子：看过《闪闪的红星》这电影吧，潘冬子想出妙计从封锁区带出食盐那块儿有一个镜头转换，鬼子那边问：这是谁干的？画面一下子切换到一个老头，说："冬子干的！"就类似这样。

这样做的目的是什么呢？当然，最重要的，恐怕还要保留叙述过程的悬念。我不愿在这复述故事的主要线索，一方面没必要，想看的读者自然要去看；另一方面我也记不住，我读完这本书快一个月，之后也没再翻，只是总会在脑袋里冒出来，有的地方很在意，会咂摸咂摸，仅此而已。所以，我所说的悬念，只能大而化之地讲一例子，比如，前几章中有个情节，我哥刁北的妻子倪可心带着女儿在日本生活，居然会死乞白赖地给我哥定期汇钱，这是为啥？而且，前面有个地方好像提到我哥刁北的女人，不是这人啊？怎么回事？如果按照正常的时间线叙述，当然，也有别的办法设置悬念，但小说已然呈现的样子，肯定是没有问题的。而且，关于倪可心，关于我哥刁北与倪可心的婚姻关系，还有一场重头戏被安排在后半部分，所以，或许这样的时序安排，不仅是有趣的选择之一，而且是设置完美叙事策略的最好通途。

以上我所说的内容，是我个人，作为读者的一种猜测，如我前面所说：作者的表达和思想，都远远地甩开我一大截。所以这不是狂妄地评论，仅仅只是一种看法罢了，不重要，甚至如果有幸碰见刁斗老师，并且可以交流，我都不会问这个问题。

我想说的是，我对这种打乱时间线的叙事，刚刚冒出来了另外一个想法。

昨天我写了一篇回忆高考那年事情的小散文，千把字，勾起了些回忆。

有趣的是这过程中，我似乎进入了一种时间的混乱状态。我试着用简单的方法说清这件事：如果按照时间顺序，有三个我，分别是：一、高考那年的我；二、刚上班那年的我；三、在单位当上中层干部的我。写完那篇回忆文章后，在我的烟雾弥漫的记忆场域中，竟知觉一要比二和三，在时间上，离当下的我更近些。而事实上那个我应该是在时间轴上离最远的一个我啊！就着这种感觉，我又切分时间，把意识中处在不同时间序列的自己更细分成四、五、六、七，然后感受他们与当下我的时间距离，结果，以正常时间顺序来看，完全是乱的。这个顺序有什么意义吗？或者，它的顺序是怎样安排的？我不知道，我也看不出来，就是一种感觉而已，那些个不同情境中的我，并排在我脑海中出现，但如果次序以数字计，则像普通的电话号码一样没有规律。

这就对应上小说中，每个不同时期、不同面貌的我哥刁北，惶惶然出现在每处的样子了。还有必要分个先后吗？每个人都是我哥刁北：他八岁才确定了刁北这个名字，他在北京，1973 年被抓进去一次，1976 年又被抓进去一次，他先后跟三个女人好过，他……这些人是复数的我哥刁北，也是同一个，所以分清他们没有必要了。

讲这些有什么用呢？我不会神道地说这是什么出神或者入定的状态，也不会因此为小说的时间安排披上一件神棍通灵的外套，当然更不必神化作者刁斗老师，以为他其实是已经证得了第四维度或者更高维度智慧的得道高人。我只是下午没什么事，瞎琢磨了一下，觉得再看一遍这本书的时候，可以扔掉之前记录时间线索的笔记，随意而享受地，再读一遍这本书。

十年磨一剑　磨出一剑又怎样

—— 读阿袁《鱼肠剑》

其实小说的一开始，还是很吸引我的。

故事中的三个主人公，孟繁、齐鲁和吕蓓卡，甫一登场，就通过分配公寓房间钥匙这么一个细节，把人物关系、大致性格和可能展开的矛盾一一铺陈出来了。孟繁是小说展开过程中的大部分主述视角，心思缜密；吕蓓卡风情万种，爱出风头，占小便宜；齐鲁是个大龄单身书呆子。如果把 305 寝室看作一个舞台的话，那这三个性格迥异的女人，就是天然的戏剧资源。作者的这番主要设置非常筋道，事实上，在故事逐渐展开的过程中，她把握得也不错。

我不是专业评论者。作为一个读者，这篇以女博士为主要角色的小说，描写知识分子鸡毛蒜皮小事，甚至有些苟且的事情的小说，在阅读过程中，我想到了贾平凹的《废都》和李洱的《应物兄》。小说的叙述语言很细腻，有些句法的使用，让我一下子想到王安忆。我觉得这篇小说整体的叙述感觉就是张爱玲到王安忆那一脉下来的。我这是胡说，张爱玲到王安忆算不算一脉我不知道，只是我作为读者的感觉而已。

上面我举了几个例子，提到的都是可以进入文学史的大师。其实类似的比较还可以进行，比如刘震云。刘震云喜欢写鸡毛蒜皮。刘震云不只写《温故一九四二》，我觉得他很重要的文学观点是由《一地鸡毛》这部作品阐述出来的。小林家的一块馊豆腐。我提到这些只是一个侧面的比较，不能代表被举例的小说，也不能代表这部小说。这些只是在我的阅读中，给这篇小说提供一个坐标。

回到这部小说。故事在三个女人中间展开。这三个女人中，孟繁已婚，吕蓓卡跨国异地恋，齐鲁单身。女博士。作者本人，作为中文系教师，她对女博士的寝室生活的还原度是够的。我猜是够的。她写到了女生，或者说象牙塔女性公寓中的现实的女性交往，写私隐的感触，写狎昵的对话，甚至写到了网络文爱情节，尺度很泼辣，老实讲，作为一个男读者，我甚至有一种偷窥的感觉。

这些都很好。

上面提到过作者叙述语言的特质，很不错，另外为了符合中文系古典文学研究环境的特性，还有些古诗词的穿插运用，也挺妙的，这都是加分项。但是，故事读到一半之后，必不可少的，有些读者，比如我，就要开始操心故事的走向和结尾了。从孟繁的老公开始面对面接触吕蓓卡开始，我就在想作者要怎样在这上面做文章。还有齐鲁的网络恋情，没有恋爱经验，情窦在三十岁才开、才大开的齐鲁，这段感情该怎么收尾呢？

作为一篇都市通俗小说，或者说女性情感通俗小说，作者怎么写都行，最主要是有意思。当然，对有意思的理解，每个人不尽相同。于我个人来说，这篇小说，还是差了一点力道。

三个女人最后的情感走向中，齐鲁的网络恋情不了了之。孟繁呢，她的爱人最后借假离婚，假戏真唱，跟吕蓓卡走一起去了。这个结局本身没问题，但实际上，因为前文对这个人的交代，我读的时候还是有点出戏，不想就可能性来谈这个问题。小说只负责讲述，这个人物应该如何如何不具备可探讨性，虽然我确实觉得这事发生在如此这般的男人身上不太可能，但还是不探讨。我更想说这篇小说本身。

作为一位女性作者创作的女性小说，尤其还是讲述女性高级知识分子的小说，细腻有趣方面，作者做得可以了，但让我失望的是，小说整体上停留在一个相对低级的、鸡毛蒜皮的层次上面了。前文提到刘震云，我也用到了鸡毛蒜皮，他的小说就叫《一地鸡毛》。但那个鸡毛蒜皮是哲学的鸡毛蒜皮，而这篇小说的鸡毛蒜皮，就真是鸡毛蒜皮了。

女性意识，这个话题略大，退一步说，女性的情感独立，在这篇小说中，在"305"这个舞台上，在我个人看来，是一个多么好的展示机会啊：性格各异的女性，不同婚姻状况和情感方式差异所产生的碰撞，以作者的叙事功力，是可以细致展现的。但是她没这么做。

故事的结尾，孟繁得知爱人假戏真唱，爱上了风情万种的吕蓓卡，她的反应是去找到替吕蓓卡代写论文的宋朝，力图通过揭穿此事的方法来毁掉吕蓓卡的事业，以阻止爱人的移情别恋，或仅仅就是报复。小说以"十年磨一剑"结尾，好像表示孟繁毁掉吕蓓卡的决心。可磨出这一剑又怎么样呢。鱼肠剑，鱼肠剑，对于不堪独立之人，这短小的鱼肠之剑，也只能如小说中的齐鲁一般，刺死那脑海中的想象罢了。

不易回答的问题

—— 读毕淑敏《昆仑殇》

聊这篇小说之前，我想先放一段我和我妻子的家庭对话。

在家休息时，我妻子突然从手机上抬起头，问了我一个问题。她问，为什么军人都要把被子叠成"豆腐块"呢？我很随意地张口回答她，为了整齐和美观嘛。她继续问，在这上面花那么多的时间，很多时候还要耗费人力来检查，真的值得吗？我稍微认真了一点说，在一些看似没有意义的事情上花费时间和精力，是最能摧毁一个人的自我的。在一个讲求纪律，严格要求服从的组织里，比如军队，它就是要克制你，然后再重建一个崭新的你。我妻子没有当兵的经历，我也没有，所以我的话并不能让她信服，反而勾起了她抬杠的劲头儿。于是她接着问我，可是电影里那些特工，那些执行极端任务的特种兵，是要独立克服、解决各种困难和问题的呀，没有自我怎么行。我说，的确是这样的，但是他们的目标不会动摇啊，他们已被重新塑造了，体格、心智和技能，全部自我都在服从命令和完成目标的范围之内……

我的以上观点都是我的臆想，思考（如果算的话）的起始点来自于多年前我在电视上看到的一段对企业家王石的采访。他在回答记者问题时，回忆自己在新疆当运输兵的经历。他说当兵就是要服从命令，压抑自我，他不喜欢那种感觉。我与妻子的这段对话就发生在上个周末，恰好是我刚刚读完毕淑敏小说《昆仑殇》这一周的周末。

毕淑敏在《昆仑殇》这篇小说里，讲述了驻守昆仑山部队进行史无前例高原拉练的故事。关于这次拉练，从顶层决策，到部队动员，再到实际执行，其中的矛盾、艰苦以及代价和意义，小说中进行了一次全景的展示。毕淑敏是一个军人，但是在这篇小说中，对于在和平年代进行的这样一次艰苦卓绝的军事演练，作者并未如通常的军旅作品一样仅仅停留在对史诗级壮举的描述，而是通过小说人物之口，表达了一种质疑。

在故事的叙述中我们看到，对于主要人物"一号"主动向军区提出这次行动，他的目的，除了训练部队之外，似乎还有一点赢过兄弟部队"呢军帽"的个人义气，以及获得军区首长重视的好胜心。在拉练中途，面对已经造成的和未来仍然大概率可能的伤亡，小说中另一个人物，参谋郑伟良提出了不同于"一号"的行动意见："这次拉练的模式，是我军自创建以来所有最严酷训练的总和。不错，我们曾凭借这些战斗，打败过凶恶的敌人。它们在战史上大放光辉。但是，它们是否在今天还值得我们连一个细节都不更改地去重复它？作为一种精神它们不会过时，但具体实施却必须随着时间、地点、条件而变化。世界上没有僵死不变的事物，战争更是错综复杂瞬息万变的组合。硬要将战争纳入一种早已过时的模式中去，这本身就违背了战争的规律……"

郑伟良代表的是一个具有反思精神的现代军人形象，除他之外，小说里还塑造了忠诚的战士金喜蹦、司号员李铁、军医肖玉莲、千金女兵甘蜜蜜等一系列生动的人物形象。但其中最矛盾的，还是"一号"这个人物。在这个故事里，他已老迈，病体累累，他渴望荣誉和军功，却又不是那种踩踏一万枯骨的无情的战争狂人。小说的结尾处，"'一号'孤零零地站在墓地，感到难以自制的悲哀。不要登报，不要升迁，不要和呢军帽比高低，只求这高耸的土丘填回去，填回坑去，让地面重新冻结得钢铁一样坚硬"。

对于"一号"这个人物，每个读者会有不同的态度，但正如对这次史无前例的高原拉练的意义一样，在这篇小说中，作者全都没有给出自己或对或错的明确结论。挫折和磨难可以淬炼钢铁的精神，但是为了淬炼这种精神，要不要人为地制造挫折和磨难？这个问题不容易回答。

但是开篇那段家庭对话中的问题，可以回答。周一上班的时候，我问了一下在新华社工作过的同事，他说现在部队对此已没有严格要求，如果有，也就是要求美观和整洁罢了，没有那么多说道。至于王石的采访，他在后半部分又说，他曾深刻怀疑当兵的经历，直到1983年作为创业家到深圳闯荡，才意识到那段经历对自己的积极意义。

那个写小说的汉人

—— 读马原《冈底斯的诱惑》

我着手构思这篇关于马原的文章时，偶然发现了一个令人惊奇而有趣的现象——很难做到对其经典篇目有效率的复述和概括。当具有适度谨慎精神的读者，试图跳出马原设置的"语言圈套"，抽离出故事的主要脉络时，很可能会发现整个事情并不比一双码在岸边整齐的鞋更复杂。也许叙述大师的功力就在于此：他将"讲故事"这门人类古老的技艺提升到了一定的高度，在这一高度上，任何形式的浓缩和提炼都将有损原有叙事的魅力和趣味，使之成为类似对机械永动的可笑尝试。

在马原的小说中，读者看不到繁复的描写和华丽诡谲的意向。恰恰相反的是，小说家朴实的口语化表述，甚至乍看上去常常会让人觉得是因为词语贫乏而显得笨拙。然而马原的高明之处在于他利用叙述本身制造陷阱和迷宫，"把读者导入幻觉状态，让他们以为是在共同参与"小说创作的过程。在对格里耶"小说进行时态"进行有保留的批判中，马原显得机警而狡猾。

最好的例子来自于著名的《冈底斯的诱惑》第一部分。小说家用第一人称"我"的独白将我们带入故事。其中，作者对环境没有一点交代，读者只能自己从话语中找出散乱的信息然后将其拼凑出来：

一、"我"因为一件"激动人心"的事情而来寻求陆高的帮助；

二、"我"说这番话时正站在陆高的门外；

三、下着雨。

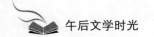

在这段独白的最后，"我"说出如下的话：

"姚亮使我们知道了你，为了这一点我感谢姚亮。

"可我一直闹不清楚，姚亮为什么要说——《海边也是一个世界》呢？我不明白这个'也'字是什么意思。莫非姚亮早知道陆高将来要上大学？知道你大学毕业要到西藏？知道注定还有一个关于陆高的故事——《西部是一个世界》？不然为什么姚亮要说——海边（东部）也是一个世界呢？姚亮肯定知道一切。天呐，姚亮是谁？"

到这里，读者已经被小说家领进了迷宫的入口，除非抵达故事的最后一个字，你休想望到出口的大门——当然，如果出口存在的话。

马原是一个善于捕捉读者心理的猎人。举一个不甚恰当的例子：同一篇小说的第七部分，在故事涉及野人的事情之后，小说家突然跳出故事加入了这么一段话：

"了解野人的奥秘在科学上有非常重大的价值，也许可以借以揭开人类起源的奥秘。野人是世界四大谜之一。百慕大'魔鬼'三角；飞碟；野人；你们谁知道第四个是什么？"

作为好奇心强的读者，你可以查阅图书馆的资料或者利用网络搜索引擎（网络普及之前的读者可怎么办啊？）来找到问题的答案，可唯独不要妄想在小说中解决这个问题。类似的例子在长篇小说《上下都很平坦》中更是屡见不鲜——描写知青生活几十万字的琐碎故事，被作者编织得像一张命运的细密之网，将你牢牢捕获。

在另一篇精彩的小说《死亡的诗意》中，马原放弃一直推崇和坚持的虚构原则，用一则流传甚广的真实故事作为故事的蓝本。并且在小说开始就一反常态，惊人地告诉读者："去年圣诞日在拉萨发生的命案是这个故事的结尾。"然而，善于思考的读者会发现，对于这样"弹性已经被它的过去时态销蚀的一干二净的"故事，作者作出了最高超和恰当的选择。

我希望他被称为八月的孩子

—— 读菲利普·贝松《十月的孩子》

一、人人都是大侦探

"10·16"惨案发生之后，负责此案的警方的怀疑对象，从 A 到 B 到 C 到 D 转换了无数次，而且还有反复。但无论是谁，我们都可以发现，重点嫌疑人都是当事人家属或者媒体舆论所怀疑的焦点。也就是说，在某种程度上，舆论左右着这一案件调查的方向。在这里，所有人都不自觉地参与进了案件的侦破。值得注意的是，朗贝尔法官本人其实并不认同对孩子母亲瓦莱丽的指控，他最终传唤她的原因，是"随波逐流"和"迫于压力"。多么可怕呀。虽然之后的笔迹鉴定也得出了瓦莱丽即乌鸦的结论，可欲加之罪何患无辞，要知道，在这之前之后，见鬼的笔迹鉴定就一直像狗一样跟随着主人指引的方向。

其实从一开始，敏感的读者就可以嗅到，最终的指控会落到母亲瓦莱丽的头上。这一点不是从小说的第二线索，即瓦莱丽主诉那一部分看出来的，作者也没在叙述中暗藏了什么不为人注意的伏笔隐线。这是人性告诉我们的。当案件开始成为媒体关注的焦点，而之前的重点嫌疑人 A、B、C 都没有有力的证据可以定罪的时候，就给"大侦探们"留下了构筑经典悲剧的引子。阅读时我从没有怀疑过母亲瓦莱丽会是凶手，但当穆利艾尔最终推翻之前的口供，使拉罗什也洗脱罪名之后，我就猜到，下一个就该是孩子他妈了。两个妻子（拉罗什的妻子和瓦莱丽）都在刚刚失去丈夫时发现怀孕，之后书中有一段表述："……年老的女人连连

画十字。她们认为，一生下来就没有父亲的孩子注定是不幸的。而记者，他们，则在心中默默念叨，这下可好了，一出悲剧的所有因素都齐全了。真是漂亮，如同古代戏剧一样。"

二、对悲剧的向往

这个故事其实跟韩国电影《杀人回忆》差不多，讲的故事差不多。凶狠的杀手、无能的警察和同样的无头悬案，但着力点不同。前者在于批判，后者在于忏悔。但最终都殊途同归于人性：对悲剧的向往以及这向往所必然导致的无情。

三、八月的孩子

对悲剧的向往以及无情，就连作者都没能逃脱出这一人性窠臼。瓦莱丽自述那条线索的最后，她说："人们没有注意到，这是一个爱情故事。而不仅仅是一个孩子之死的故事。他们没有看到的，是在所有那些年里支撑了我们不至于毁灭的东西，皮埃尔和我……"我同意这结论，但也仅限于瓦莱丽自述的那一部分。在作者主述的那部分，我们看到作者用新闻报道般的笔法冷静叙述，将司法与舆论批判得酣畅淋漓。可是同时，我也能理解真实中的皮埃尔夫妇为什么要起诉作者侵犯隐私。贝松在书名上露出了他的尾巴。我们不要忘记，那个孩子，格雷高里，他出生于八月二十四日。虽然他被人们记住的，是他离开人世的那个十月。

倒在通往极乐的门前

—— 读贾平凹《病相报告》

　　《激情燃烧的岁月》的结尾，在石光荣的弥留之际，吕丽萍饰演的褚琴记忆中开始大段大段地回忆自己的婚姻生活。争吵中缓慢爬行的日子，在泛黄的闪回中，逐渐多了许多不期而遇的温情。记得看这电视剧是很多年前的事情了，这伤感而又团圆的结尾正好迎合了那时的心智。那时的我早就过了相信"王子公主从此幸福地生活在一起"的年龄，坚信这吵闹又复归真爱的爱情才是真实，才是美好中的大美好！

　　可悲的是，我现在又不得不开始怀疑那种美好！看过的人其实都知道，吕丽萍饰演的角色和石光荣其实是组织上安排的婚姻，并且打散了一对鸳鸯。（这点和《病相报告》中主人公胡方的妻子叶素琴不太相似，但我还是很同情她。）当她最后回忆的时候，那个她少女时代曾倾心的小伙子呢？我之前认为的美好，在必要的时刻，成功地压抑住了她曾经最本能的爱情。这是不是一种大悲哀呢？

　　其实，也许任谁在那种时候，都只能回忆起石光荣，而略去那个小伙子。但我不觉得这是时间这个药片的医治结果。我更相信这是人类媚俗（昆德拉在《不能承受的生命之轻》提到的那种媚俗）的本能。《病相报告》中有一个情节，主人公胡方和江岚相逢之后，对她说，等我老婆和你丈夫死了我们在一起。多么歹毒而又多么真实啊！一对被拆散的情侣，面对更歹毒的生活，还能有什么办法呢！

　　我没看过前段时间流行的《云水谣》，但我知道它和《病相报告》

应该是相似的故事——一段被战争阻隔的爱情。《云水谣》中，女主人公最终也没能与苦守一生的男友相见。当归亚蕾饰演的晚年的王碧云在镜头中见到男友的儿子时，泪水崩盘。那泪水是委屈，是宣泄，是埋怨，但也是有情人终成眷属——荡涤灵魂的泪水啊！胡方曾对忘年交景川说，我这一辈子没活明白。但好在他能与江岚再次相逢。

老年胡方与江岚最终决定做情人（他们说这是时代给他们的唯一馈赠）。在与江岚约会前，景川的朋友訾林好心建议胡方吃几片伟哥。然而，老胡方最终就死在了这几片伟哥上。贾平凹给这部小说命名为《病相报告》，也许病相是在指涉这个社会吧，我不确定。我没本事谈社会，在这里只谈谈我理解的爱情。胡方的死法确实有些尴尬，但相比死于寂寞，他至少是倒在了通向极乐的门前。

缺少"父爱"的国家

——读约翰·厄普代克《恐怖分子》

小说讲述一个单亲家庭中成长起来，信奉伊斯兰教的黑人男孩的一段精神旅程。他高中毕业后放弃继续在大学中深造，而选择听从清真寺阿訇的旨意与安排，成为一名卡车司机。他决心参加"圣战"，准备利用卡车炸弹进行一次自杀式恐怖袭击。然而最终放弃。这部小说很容易被看作"卡拉马佐夫兄弟"式的宗教小说，从第一章中大段大段的宗教宣讲，到始终贯穿优秀男青年艾哈迈德（即主人公）与其老师谢赫拉希德思想与语言的先知箴言，似乎都在证明这一点。但我认为厄普代克的用意，并不仅仅在于文明冲突中的宗教，而更是构筑一个以父爱的缺乏为本质的美国文化的隐喻。

主人公艾哈迈德"是一个美国白人母亲和一个埃及交换学生的结晶"。而他的这个父亲"挣的钱一直就比佣人多那么一点"，到他三岁的时候"彻底绝望了。于是拔营了"。与我想当然认为的不同，艾哈迈德并不憎恨这个"拔营了"的埃及男人，相反，一直想要把自己的姓氏改回到"阿什玛威"——他父亲的姓氏。在艾哈迈德的臆想中，父亲的形象一直是正面的，是"一个温暖的黑色身影"。小说中有一段艾哈迈德对他父亲的描述，出现在他与中学里的利维老师的对话中："牙齿很白很整齐。嘴唇上有很小很整齐的胡髭。我爱干净的习惯来自他，我敢肯定。我的记忆中有一种甜甜的味道，也许是须后水，尽管掺了一点点辣味，可能因为他刚刚吃完了一盘中东菜。他很黑，比我黑，但瘦得好看。他在差不多头顶正中的地方梳了中分。"很难想象这会是一个三岁即被抛弃的男孩，对抛弃自己的父亲的描述。

然而无论艾哈迈德想象的父亲如何温暖，如何英俊，他毕竟抛弃了他。而从某种角度上说，这部小说就是艾哈迈德寻找父亲的故事。（当然，从情节上看来，这种说法无疑很牵强！）

《古兰经》中的教义对艾哈迈德的要求是严格的。然而在这一基础上，艾哈迈德又对自己的思想和行为进行了近乎残酷的自律。可以看出，他就像一个努力表现得更好的孩子那样，渴望着来自某处更多的眷顾。如果艾哈迈德的这种超标准自律行为，可以被认为与他单亲的家庭环境有关，那么"渴望的眷顾"就理应是他心中的"父亲"。而这个"父亲"在多数时候是骑着白色卜拉格飞上天堂的先知，有时是谢赫拉希德，有时是别人。如果这样理解，就不会奇怪上文引述的艾哈迈德对亲生父亲的描述了。

艾哈迈德十一岁（杰克·利维说："那是我宣布放弃小提琴，反抗父母，表现自我的年纪。"）时被送到"占据了一家美甲沙龙和一家兑现支票的店铺的二楼"的一所简陋的清真寺中学习《古兰经》。可以认为这是艾哈迈德精神上的一次"认父"行为。他从那里确立了一个男孩本应从父亲身上习得的世界观，正如他的利维老师从他的父亲那里继承的反犹太教思想一样。

然而先知毕竟太远。在艾哈迈德的生活中，先后出现的三个男人也扮演着父亲的形象。首先是谢赫拉希德，向他传授《古兰经》的阿訇。其实艾哈迈德对这个激进人物心中是有疑问的。小说中一段，描述艾哈迈德对谢赫拉希德在讨论中说出的"带有施虐心理成分"话的质疑："如先知所阐明的那样，主的目的难道不是让异教徒皈依伊斯兰吗？无论如何，他难道不应该表现出仁慈，而不是对他们的痛苦的幸灾乐祸吗？"阿訇回答道："那些从墙角和水池里爬出的蟑螂——你可怜它们吗？那些在桌食物的周围嗡嗡乱飞，抬起刚刚在大便和腐肉上刚刚跳过舞的脏脚，然后在食物上踩踩的苍蝇——你可怜它们吗？"小说中描写道"艾哈迈德确实可怜它们"但他也知道，"任何继续争辩下去的言辞或架势都会触怒老师"，所以他回道："不。"艾哈迈德渴望得到这个"父亲"的认同。另外两个扮演父亲角色的人物是查理·谢哈卜和杰克·利维。前者给艾哈迈德安排了他的第一次，后者与他的母亲"乱搞"，二者都具有相似的象征意义。

恐怖袭击最终没有实施。开始时，在小说的最后一部分中我并没有看出是什么最终使艾哈迈德放弃了这一周密且严格的"圣战"计划。直到想到"父亲"这个意象。谢赫拉希德的逃跑与查理谢哈卜（最终公开是联邦卧底）的意外死亡，都直接指向"父亲"的再次失去。那么利维老师呢？在炸弹卡车的副驾驶位置上，利维力劝艾哈迈德放弃计划时说了一句话："我觉得我不会下车，我们一起待在这里面，儿子。"利维已经在竭力扮演一个父亲的形象了。但我们知道，艾哈迈德最后也知道，他母亲已经把这个重新燃起爱欲的男人给踹了。在小说的结尾，似乎是为了与开头呼应似的，厄普代克写道："这些魔鬼，艾哈迈德心想，夺走了我的主。"

田璐

田璐，女，汉族，1989年5月出生，中共党员，大学学历，硕士学位。2011年6月毕业于沈阳农业大学农业水利工程专业，为省委组织部选调生。2011年7月参加工作。现任辽宁省作家协会机关党委办公室（人事处）二级主任科员。

念此一脱洒，长啸祭昆仑

—— 读毕淑敏《昆仑殇》有感

提起昆仑，会想到什么呢？是杜甫笔下"蛮夷长老怨苦寒，昆仑天关冻应折"的恶劣环境，还是刘禹锡写出的"百川宗渤澥，五岳辅昆仑"的壮丽景色，抑或是《山海经》里最神秘的能接神通天的奇峦？壮阔、险峻、神秘这些用来形容昆仑的词在毕淑敏笔下却串联成了一首殇歌，一首时而激昂、时而哀婉的歌。

《昆仑殇》这部中篇小说主要讲述了20世纪70年代昆仑边防战区内，一位首长为了在全军获得更高荣誉、为了打造真正的人民边防铁军而开展的一次拉练活动。在这场普通的拉练中，为了磨炼意志，首长不顾劝阻下令挺进无人区，恶劣的昆仑环境造成很多战士牺牲的故事。小说虽然寥寥几万字，却展示出了很多极具个性的人物。有善良憨厚、面临开除军籍亟待立功的警卫员金喜蹦，有不修边幅却能把号角擦得亮、吹得好的李铁，有挟恩不图报、敢于直击领导错误的参谋长郑伟良，有美丽坚强、为了入党拼出生命的卫生员肖玉莲，有虽为干部子弟却不骄纵、想用自己的能力留在昆仑山的甘蜜蜜。这些人，有不同的背景、不同的性格，却都有着一颗年轻的、火热的、忠诚的、坚定的心。

"将军西征过昆仑，战马渴死心如焚。"这样恶劣的环境，却打造出来了一支铁军。他们直面艰苦，迎难而上；他们效仿先辈，百折不挠；他们听从指挥，忠诚爱党；他们正直热情、淳朴善良。多么可爱的戍边战士，多么值得敬佩的英雄儿女！

我有多喜爱这些书中的小人物，就有多憎恨这位"一号"首长。他不坏，却是这首昆仑殇歌的"报幕员"。

这位"一号"首长，其实是一个矛盾的人物形象。他正直，看到舞台上表演敌国舞蹈愤然离席；他敬业，甘愿常年戍边与家人难得一见；他上进，在所有军团的表现中总力争最好；他铭恩，身带牦牛尾巴时刻不忘救他的恩情；他有亲和力，作为领导对下属、对士兵、对战马都能友爱包容；他有威信力，是整个昆仑防区至高无上的主宰。但同时，他自负，在伤亡惨重的情况下听不进参谋长的谏言依然决定进入无人区；他胆小，无法直面自己的决策错误，只能用拒升迁、送儿子参军这些事来缓解自己内心的谴责。在他的决定里，他的昆仑防区一定要优于其他防区，这么多人的无谓牺牲只为争一口气。激进，不只是一个人的缺点，而是一名领导者的致命伤。

毕淑敏笔下的这个人物矛盾且真实，和平年代的戍边将领，在经历热血激荡、英雄辈出的战争年代后，在从"打江山"转为"守江山"的时代背景下，求功心切的他们没有找到一条能够正确带兵、练兵、彰显英雄本色的道路。"一将功成万骨枯"，多少战士的牺牲才能换来一名将领的成功。有人说，"一号"首长是对的，即使牺牲了很多人，他也很悲痛，但他应该不后悔，因为他是在为祖国培养、锻炼一支铁军。但我不这样认为，如果这是真实的战争，将军的功成名就只是战争胜利的附属品，那牺牲在所难免。但是如果只是一场练兵演习，只是为了拔得头筹而罔顾士兵的生命，打着效仿先烈的旗号复制苦难，那这无疑是一次失败的领导决策。哪怕这位"一号"首长是身先士卒、带病拉练，杀掉爱马、先救伤员，这些都无法弥补他作为一名领导者、决策者的不称职。这么多人的牺牲去换一个负气般与对手较量成功的名声，实在太不值得。

将军一念之间的命令，却牺牲掉了无数战士的生命。听不进劝说的

"一言堂"终究变成了失败的决策。专断独行是行不通的，这时候民主作风就闪现出了光辉。毕淑敏笔下的"一号"首长本是一位艰苦奋斗、清正廉洁、爱国爱党的良将，如果在一个民主、提倡良性竞争的良好政治生态环境下，他不会为了跟其他军区争优秀而下达这样需要付出惨痛代价的拉练命令，也不会在已有伤亡的情况下，不听劝阻还要一意孤行进入无人区。这也体现出一个政治生态的问题。我们要求全面从严治党，就是要把净化党内政治生态摆在首位。这种净化，不单单是要净化那些塌方腐败、弊端丛生的实质性问题，更要注重心浮气躁、盲目攀比的潜在问题。把民主的意识树起来，把政治规矩立起来，营造风清气正的良好政治生态环境，在公平、友爱的大环境下促进良性竞争，这样悲痛的事件就不会发生了。

2021年是建党百年，我们经历了炮火纷飞的岁月，迎来了全面建成小康社会的美好生活。百年来践行初心、担当使命，不负人民的政治品格代代相传，无数共产党人前仆后继，为党和人民奉献了毕生的努力。在这世界百年未有之大变局之际，在面临愈发复杂的大时代背景下，我们更要深刻认识政治生态与民族复兴的叠加性、长期性。我们"纠四风""打老虎""拍苍蝇"，我们严明政治纪律和政治规矩，我们学党史、守初心，这些都是为了营造更好的政治生态环境。只有政治生态好了，"软环境"才会好，人心才会齐，才会彻底摆脱"一言堂""一支笔""劣币驱逐良币"等政治生态污染源。

营造良好的政治生态环境，需要我们时刻把纪律摆在前，坚守底线、不踩红线，时刻把党和人民的利益放在心中，弱化小我，着眼大局。

《昆仑殇》这篇佳作的迷人之处就在于没有绝对的"坏人"却能引发出对悲剧更深层次的思考，人物形象矛盾又真实，就好像这一切真的曾经发生过。冰天雪地里的一支"铁军"，在风雪扑面、倦马长嘶的环境下，上演着一幕幕动人心魄的故事。对也好，错也罢，那些尘封的记

忆嵌入了昆仑之巅，真的是"念此一脱洒，长啸祭昆仑"。没有人是完美的，只有争做完美的人，就好像昆仑山上的冰雪，那么瑰丽、那么圣洁，可谁又知道这是多少生命的埋骨之处呢？

小妇人的成长之路

——读露易莎·梅·奥尔科特《小妇人》有感

这是一本传世百年、充满温情与爱的书；这是一本教化世人、展示家庭伦理道德的书；这是一本以小见大、彰显女性独立自由的书；这是一本探讨成长、给予读者无限光明的书。就像书中一开始写的："一本好书，就是一轮太阳。让灿烂的阳光照亮我们前进的路吧。"

《小妇人》是围绕 19 世纪美国南北战争时期的一个普通家庭故事展开的，生动地描述了马奇一家四姐妹从懵懂少女变成小妇人的成长历程。大女儿梅格美丽端庄、温柔善良，开始有些爱慕虚荣，后来为了嫁给爱情不惧贫穷；二女儿乔个性独立、敢做敢当，从"假小子"一路成长为一名非常优秀的作家；三女儿贝丝性格内向、腼腆害羞，善于弹琴唱歌，极具音乐天赋，但因帮助他人不幸染上猩红热，遗憾离世；小女儿艾美酷爱艺术，是个漂亮的淑女，原本有些自私，爱惹麻烦，之后变得宽容大度，也收获了自己的爱情。四个小姐妹有不同的性格、不同的爱好，她们结识了很多朋友，在亲情、友情、爱情的浇灌中逐渐成长为热爱生活、扶弱助贫、坚强独立、乐观勇敢的小妇人。

在这里不得不提到她们的母亲马奇太太。她用自己美好的品性培养了四个优秀的孩子，与一般的母亲一样，马奇太太也对女儿们寄予厚望，"我期望我的女儿们美丽善良，多才多艺：受人爱慕，受人敬重；青春幸福，姻缘美满……过一种愉快而有意义的生活……金钱是必要并且宝贵的东西……但我绝不期望你们把它看作是首要的东西或唯一的奋斗目标。我宁愿你们成为拥有感情、幸福美满的穷人家的妻子，也不愿你们做没有自尊、永无安宁的皇后"。家庭教育的意义在于优良品性的传承，马奇太太在丈夫远赴战场期间，没有整日把忧郁和担心挂在脸上，而是独立教养四个女儿，培养她们的兴趣爱好：梅格擅长演出、管理家务，乔擅长写作，贝丝喜爱弹琴，艾美热爱绘画，马奇家的女孩个个都是艺术家。同时又注重塑造她们的善良品质：她让孩子们都能用自己的能力去补贴家用，在圣诞夜带着孩子们把食物分享给比自己更穷的邻居。马奇太太用她的循循善诱，教会她们独立坚强、团结互助，让她们生活在充满爱的环境里，体会着亲情带来的无限光明。在女儿低落的时候给予鼓励，在女儿犯错误的时候从不包庇，在女儿迷茫的时候指明方向。她是小妇人的典范，是一位成功的普通母亲。

　　一百年前的家庭教育方式延续到今天依然有它的借鉴价值。如今的父母有多少是只重视书本成绩而忽略了品格上引导，又有多少是靠嘴教育、不能在日常行为上做表率榜样。我们的家庭教育不应该只是知识的填充，更应该注重美好品格的养成。从家庭琐事中、从日常生活中维系亲情的纽带，树立善良、坚强、忠诚的品性。我们生活在较之和平、富强的年代，就更不应该丢失爱与温情的传承。

　　《小妇人》的故事看似平凡无奇，家庭生活的琐事貌似也很枯燥，整本书里没有华丽的辞藻，也没有引人入胜的悬念，可"温馨"两个字总是能直击心灵。家庭，是四姐妹成长的地方，也是心灵的避风港，不管遇到什么困难，总是能在家人的陪伴下用亲情渡劫、用爱疗伤。

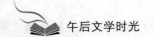

爱与救赎

—— 读雨果《悲惨世界》有感

爱，是发现美的眼睛，是洗涤心灵的清泉，是苦难中的一丝欣慰，是黑暗里的一盏明灯，是这人世间最震撼心灵的情感，是令所有罪恶瞬间倾覆的救赎。

雨果的《悲惨世界》堪称法国浪漫主义文学的代表作，是一部能够塑造三观的人类史诗。通过讲述冉·阿让一生的故事，融入了法国近半个世纪的历史，镌刻了一众经典的人物形象，在乱世中展示着人生百态。

19世纪的法国，贫苦的冉·阿让为了孩子去偷面包被捕入狱多年，在假释后又因偷盗银器再次被抓，然而主教的维护与宽容让他感受到了信仰的力量，他洗心革面，开始新的生活。几年后，他化名马德兰当市长、开工厂、帮助穷人，他成为一名受人敬仰的大人物。但是，当以前的警长沙威再次出现的时候，他的处境变得岌岌可危。其间，他的一名女员工芳汀因美貌遭到排挤，被赶出工厂。芳汀曾未婚先孕，独自抚养女儿柯赛特。为了生存，离开工厂的芳汀卖头发、卖牙齿，成为人人唾弃的妓女，最后在生命弥留之际哀求冉·阿让照顾女儿。冉·阿让原本已经摆脱沙威的追捕，但他不想无辜人代替自己成为罪犯，他主动承认自己就是当年的逃犯冉·阿让，恳请沙威给他三天时间安排芳汀的女儿柯赛特。沙威没有相信冉·阿让，冉·阿让无奈再次带着柯赛特逃亡。九年后，巴黎人民起义爆发了，平静的生活再起波澜，柯赛特爱上了共和派青年马吕斯，而冉·阿让又见到了警长沙威。他一面继续摆脱沙威的追捕，一面为了柯赛特去救参加革命游行受伤的马吕斯。在他把柯赛特交付给马吕斯照顾后，自己一人来到了教堂，知道自己命不久矣的冉·阿让坐在圣殿里，向上帝祈祷忏悔，完成了自己的一生。此时，教堂外面，蔚蓝的天空下，为了自由而奋斗的人们依然挥舞着彩旗，高声歌唱。

冉·阿让是一个并不完美的人，却代表着作者心中的理想。他是逃犯，也是一个善良的人，在所有的品质中，善良无疑是最可贵的一种。不同于其他浪漫主义作品中的代表人物，他没有极致的标签。在《悲惨世界》里，他用善良的心、宽容的爱去救赎自己、救赎身边的人。与他不同的是警长沙威，这个一生都在极致维护法律与正义的人，当发现他所追求的正义与内心情感相背驰的时候，只能选择自杀来完成自我的救赎。爱与正义，当这两个词坐在天平两端，孰轻孰重呢？显然，在雨果的笔下，爱是《悲惨世界》里完成救赎的唯一出路。

我们都曾在生活中困惑过、伤心过。多少人曾抱怨这个世界的不公平；多少人被生活搓磨得自怨自艾；多少人因为厌世而变得扭曲，甚至报复社会。境遇的悲惨可能一时没有办法改变，失去善良的本性才是最可怕的所在。没有爱的人生，无论得意还是落魄，都是失败的。书中的人物各有各的艰辛和苦难，但他们仍努力地生活着、奋斗着。愿我们每一个人，也能铭记美好、宽以待人，化悲惨为力量，寻求内心的安宁。

被道德绑架的历史

——读黄仁宇《万历十五年》有感

明朝是中国历史上最具传奇色彩的朝代之一，明朝的皇帝则更是传奇。有当过和尚的，有被俘虏的，有想当木匠的，有追求仙丹妙药的，更有近三十年不上早朝的，这位不上早朝的皇帝便是万历。

有人说，"万历中兴"，那是明朝万历皇帝在位时出现的短暂中兴局面。也有人说，明朝走向灭亡，始于万历。怀揣着不同的问题，翻开这本流行了二十年，约有二十个版本，发行量超过百万册的《万历十五年》，相信每个人都能找到自己想要的答案。

书中以万历十五年即1587年为切入点，通过七个章节从政治、军事、文化等不同角度分析了万历皇帝，首辅张居正、申时行，模范官僚海瑞，孤独的将领戚继光，自相冲突的哲学家李贽等人物。不同于以往纪传体或者编年体的史书，《万历十五年》从文学的角度阐述自己的历史观，曾一度让史学界瞠目结舌，原来历史还可以这么写。

书中作者表明除明朝开国时期的洪武、永乐两朝外，这个帝国的实质主人，一直是文官集团。首辅议事制度使得皇帝的权力基本被文官架空。而皇帝，作为万民之表率，受制于民，受制于师，受制于母后，受制于道德。他必须勤勉读书，必须有理想抱负，但又不能按照自己的意愿施展抱负。饭不能多吃，觉不能多睡。要时常查摆改正自己作为天下道德模范的代表存在的问题。天不下雨是德行不好，雨下多了也是德行不好。万历皇帝所有的娱乐都来自于"四书五经"。他不是国事的处置者，而是文官集团借以处置国事的权力象征。这就像西方的宗教一样，所谓的道德，即便贵为天子，也不得越雷池一步。而文官者，名为公仆，实为统治者。如此说来，万历皇帝三十年的不上早朝也只是为了与文官集团所秉持的规则博弈而已。

文官集团的代表人物之一——张居正。很多人说"万历中兴"是张居正的功劳。他主张的"一条鞭法"改革使得土地兼并现象得到遏制，无地农民得到安抚，王朝捉襟见肘的财政状况大为改观。可同时他教导皇帝要勤俭，死后却被查出家财亿万；他干涉皇帝的感情生活，自己却妻妾成群。他是良师名臣的典范，也是霸道的独裁者。即便生前光芒一时无两，死后却受到文官的唾弃，皇帝的抄家。终究不是个胜利者。

文官集团的代表人物之二——首辅继任者申时行。他是"潜规则"的塑造者，申时行把人们口头上公认的理想称为"阳"，而把人们不能告人的私欲称为"阴"。他把自己当成了皇帝与文官集团利益矛盾冲突缓解的桥梁，他吸取张居正独裁无善终的教训，把自己化装成了绵软的和事佬。即便如此，他依然在皇帝与文官集团的斗争中黯然落幕。

文官集团的代表人物之三——海瑞。他一直是一个存在争议的人物。他是忠臣孝子，他也是极端的道德绑架者。作为文官集团的一员，他又是规则的挑战者。他一丝不苟、逐字逐句地执行着他所谓的道德标准。为了嘴里教条的"道德"不惜几度休妻、饿死亲子。他像清道夫一样，为了名节，不顾一切。海瑞的极端，注定了在文官集团的潜规则里成为败将。

一个朝代的领导者，被"道德绑架"成了言行标本，用最无力的罢工方式反抗着无形的枷锁。一个朝代的实际掌权人，利用"道德绑架"换取利益、巩固权力，最终却又埋葬在自己设下的规则里。一个朝代的模范典型，在"道德绑架"中挣扎生存，看似忠孝，实则荒谬。所以，明朝的覆灭与其另类的体制是分不开的。道德终究填补不了制度的缺失。

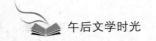

万历十五年，这是一个被"道德绑架"的历史时期。明朝，那些光辉灿烂的岁月里，也不时透露着制度缺失的荒凉。兴亦是万历，亡亦是万历。

贵与贱

——读毕淑敏《女人之约》有感

有一段时间，我喜欢读庄重性的文学作品，喜欢用一板一眼的文字来表达情感、剖析人性。毕淑敏是这段时间里我最喜欢的一个作家。王蒙曾这样评价她：我真的不知道世界上还有这样规规矩矩做文章的人。即使写了小说，似乎也没有忘记她那医生治病救人的宗旨，普度众生的宏愿，苦口婆心的耐性，有条不紊的规章和清澈如水的医心。

在毕淑敏的作品里，我能找到对人性最现实的解析。不同于撼人心魄的《昆仑殇》，《女人之约》就像是个不起眼的小夹子，却能把复杂的人心紧紧夹住，让人不得不深吸一口气去平复内心的纠结。

《女人之约》讲述的是两个身份迥异的女人之间的约定。她们一个是高高在上、独立要强、受人尊敬的国营企业女厂长，一个是肤白貌美、水性杨花、备受耻笑的女职工。她们有不同的地位、不同的追求、不同的生活方式，为了给厂子追债而达成了一个约定。在厂子资金紧缺、工人的工资都将面临发不出来的情况下，女厂长以"揭皇榜"的方式鼓动厂内有能力的人去追回债务。这种需要"脸皮厚"才能干的事最终被风评很差的女职工郁容秋揽下。但她在跟女厂长立军令状的时候，言明自己如果追债成功，挽救了厂子，希望厂长不是给予金钱的嘉奖，而是答应一个约定。美貌而充满风情的郁容秋，利用自己的美丽皮囊和能言善道的交际方式为厂里追回了大量的债务，也同时因为长期饮酒过度导致肝癌晚期。直至死前，她都希望厂长能够履行那个约定——希望女厂长能给她鞠个躬。她要在那些蔑视自己、嘲笑自己的工友前给自己"挣一回面子"。追债是她干的最出色的一项工作，现在债务已经追得差不多了，她也病入膏肓了，但是女厂长迟迟没有履行那个约定。女厂长认为她如果鞠躬了，就是自降身份，向一个下贱的、人尽可夫的女人低头，以后就将丧失领导的威严。所以直到郁容秋去世，她也没有等到那本该履行的约定。

品德的贵与贱，从来不是地位决定的。再低贱的人，也不应该在奉献了自身的价值之后就变成了可以随意践踏的破旧抹布。高高在上、受人敬仰的女厂长，在道德面前也不过是个背信弃义的骗子；而水性杨花、受人指摘的女职工却能在大义面前为挽救工厂作出牺牲。谁更高贵？谁更低贱？那些领着用郁容秋追回的债务作为工资的工友，却依然用讽刺嘲笑的话语指指点点，这样的人难道不卑劣吗？内心的肮脏又比身体的肮脏干净多少？难道努力获得的成功就不该被尊重吗？

这部中篇小说让我想到了莫泊桑的《羊脂球》，一个被人鄙视的妓女却能在饥寒交迫的时候与他人分享自己的食物、能在受人胁迫的情况下牺牲自己换取他人的平安。与那些损人利己、在他人无用的时候极尽嘲笑侮辱，而在想要利用的时候倍加关心恭维的"上等人"比，这些被鄙视和唾弃的社会"下等人"则更能展示出灵魂的高尚。

扶大厦之将倾、挽狂澜于既倒的郁容秋，心中自有大义、用悲悯换心酸的羊脂球，这些经典的人物形象各自跳跃在东西方作家的笔下，她们似乎都在告诉我们一个道理：这世间的一切善与恶、贵与贱都不是表象上那么绝对的，是相互存在的，我们能做的，只不过是顺应本心去尊重那些理应被尊重的人或事罢了。

谈中西方悲剧差异

——读汉密尔顿《希腊精神》有感

作为一名理科生，原本我以为读这样一本文学理论性强的书会很有难度，但是读了几章之后，我觉得还好，整本书行文流畅、生动，很有吸引力。以前，我对古希腊是陌生的，偶尔的了解也是通过希腊神话，而这本书开启了我对希腊、对雅典的向往，它非常立体、形象地展现了希腊的文明，是一本能让人在疲乏、烦躁的时候一下子就能沉下来的书。翻开的每一页，都能感觉到作者对于古希腊非常主观的喜爱、倾慕之情。

古希腊是一个奇迹，希腊人热爱生活，追求自由、快乐，他们依靠理智与精神的活动创造了很多惊人的成就。古希腊可以看作是西方文明的源头。这一时期，无论文学、戏剧还是雕塑、建筑都展现了人们对美好生活的认知和尊重生命的理性光芒。

整本书中，最让我有兴趣的是写悲剧的概念一章，书中写道："最伟大的现实主义小说都出自于法国人或俄国人之手。读完一本法国小说，我们感觉到的是对人类的一种绝望和厌恶，我们感到人类是那么的卑劣、琐碎和可怜。但是读俄国小说的时候我们却有一种截然不同的感受。我们在俄国人的小说中也会看到法国小说常有的那种描写人本性中的卑劣、野蛮、生活的不幸，但是我们读完之后感觉到的不是绝望和厌恶，而是怜悯和好奇，人竟然能忍受如此深重的苦难。"我曾经一度很喜欢悲剧类的小说，看不同的悲剧感悟确实不同，法国的不同于俄国的，东方不同于西方的。

下面，我想从东西方悲剧的角度来谈谈自己对于东西方文化差异的体会。我选择了两部很有代表性的悲剧做比较：《哈姆雷特》和《窦娥冤》。莎士比亚的《哈姆雷特》作为一部文艺复兴时期的作品，它继承了古希腊悲剧的优良传统，又有着独特的突破和创新。而中国的《窦娥冤》是一部地地道道的受东方内陆传统思想影响的悲剧故事，我将从三点对两者进行比较。

一、悲剧的选材不同

西方悲剧的选材多为直接的，不避讳的，敢于直接对抗统治者。《哈姆雷特》就是大胆地把丹麦宫廷作为故事的发生地，具有强烈的批判精神和怀疑态度，直观地反映人物个性，揭露人性最丑陋、最善良的一面。而东方的悲剧在选材上一般是比较内敛温润的，受儒家思想的影响道德枷锁比较重，往往只追求精神和行动上的慰藉，不采取鱼死网破的抗争，反映社会现象也几乎不会涉及统治阶级。

二、震撼心灵的角度不同

西方悲剧的主人公大多是贵族，哈姆雷特就是从一个天真的王子一步步变成魔鬼的复仇者，这种悲剧是强者与强者的对决，人文主义和英雄主义的色彩非常浓烈，哈姆雷特就是用英雄的行为唤起人们一种崇高壮烈的感情，进而达到震撼心灵的作用。而东方悲剧的主人公大多是市井的小民，是弱者对抗强者的角力赛，所有的矛盾不是直接发起的，而是被迫产生的，像窦娥反抗张驴儿也仅仅是为了不受欺辱，窦娥一直都是可怜的，更多要表达的是中华民族精神上的坚韧和含蓄，用弱者对抗强者的这种反差感来引起人们心灵的震撼。

三、悲剧的倾向性不同

西方的悲剧注重性格悲剧，是用"不为玉碎，宁为瓦全"的悲剧故事来塑造英雄的性格。悲剧主要不是写悲，而是在于表现崇高壮烈的英雄主义思想。东方的悲剧注重情节悲剧，故事的过程很悲惨，很容易让

人产生同情，但往往结局还是相对"大团圆"的。它不是为了塑造英雄，只是为了表达对现世的不满。

当悲剧形态走向世界，当悲剧精神在后世发光时，社会人士的不完美得到揭示，苦难的警钟开始敲响；人对神的、命运的、自身局限的挑战，也拉开了序幕。哭泣过，再欢笑，这欢笑才更灿烂。

剑指何方

—— 读阿袁《鱼肠剑》有感

第一次读阿袁的小说就是这本《鱼肠剑》。鱼肠剑，我们都知道，原是指专诸藏于鱼腹中刺杀吴王的兵器。其中有两个关键词，一是鱼腹，一是兵器。不同于干将、莫邪、承影、赤霄这些上古名剑，鱼肠剑是一把通体黑色的剑，是一把勇绝之剑！如果说女人是鱼，那鱼肠剑大概就说的是女人虽藏于内在、但能搅弄风云的一把利器。

这本小说讲述了一个屋檐下三个青年女博士生的故事。出身不同、背景不同、性格不同的三个人，用不同的方式演绎生活。孟繁是追随着老公孙东坡的脚步来考女博士的，她相貌平平却聪慧大方，常以洞悉一切的姿态自居；吕蓓卡是一个"万人迷"，是文学里的花间词，懂得利用自己的美貌去换取利益；齐鲁是一个"书呆子"，是文学里的"格律诗"，三十岁的年纪整日围着书本打转，从没有谈过恋爱却渴望恋爱，喜欢活在独自一人的暗影里。

小说虽然对吕蓓卡的描述更有张力，语言更丰富、更吸引人，但展示人物内心世界的只有两条线，一是齐鲁，一是孟繁。这两个人才是真正拥有且使用鱼肠剑的人。只是这两把是不同的鱼肠剑。齐鲁的鱼肠剑，是藏于内心仅用于救赎自己的剑，是一把停留于阴暗、不想拿出来晒太阳的剑。小说第一次提到鱼肠剑，是在齐鲁于内心世界里编造故事暗杀之前暗恋的师兄的时候，她的剑没什么实际攻击性，仅仅代表了一个别人眼中的书虫在黑暗的世界里寻找自己渴望的另一面时自我的救赎方式。与吕蓓卡的恣意张扬不同，她的恣意张扬留给了虚拟世界。在虚拟的世界里，她可以将自己与大家平时讨厌的、唾弃的阿婵形象融合在一起，开始一段自己渴望的、在现实中又无法拥有的爱情。而孟繁的鱼肠剑就要厉害得多了。她是一个聪明的女人，懂得趋利避害，懂得审时度势，懂得如何巧妙地维护自己的利益。她的剑是随时可以甩出去的。她看不惯吕蓓卡的行为习惯，暗地里挑拨过齐鲁；她害怕吕蓓卡对男人的魅力会波及丈夫，就总是想方设法避开两人的行动轨迹，在丈夫面前暗示却不明言她对吕蓓卡的厌恶，或者说也是一种嫉妒，女人的嫉妒；甚至在最后，她遭遇背叛的时候，她收集吕蓓卡找枪手写论文的证据准备绝地反击。这些都是她甩出去的鱼肠剑，藏于暗处却极具攻击性的剑。吕蓓卡在明面上想怎么活就怎么活，齐鲁在背地里想怎么活就怎么活，只有孟繁，她自以为是却活得很累，她努力把身边的人与吕蓓卡拉远距离，却总是适得其反。她以为在算计别人，实际又被人反算计，她不像吕蓓卡、齐鲁那样表面上看有"硬伤"，她是看似最没毛病的一个人，但实际上只有她活得最不磊落。齐鲁的鱼肠剑是没开刃的，而孟繁的鱼肠剑就锋利得多。

　　整篇小说用文学与幽默交叉的方式展开，比喻、暗喻、层层递进等手法用得活灵活现，诗词更是恰到好处、信手拈来。可以看出作者阿袁是一位极有文字功底的人。好的文学作品，是要在人物表象上复杂却又能在现实生活中找到共鸣的。吕蓓卡、齐鲁、孟繁，就是三个极具代表

性的文学青年，她们用自己的方式演绎着理想与现实。像齐鲁那般活在虚拟世界里的毕竟是少数，拥有吕蓓卡那种先天优势美丽且善于利用的更是为数不多，但是像孟繁这样普通又自诩聪明的人可大有人在，谁的心中还不住着一个孟繁呢？觉得自己最拎得清，站在道德的制高点，最能把控对方心理走向，可往往聪明反被聪明误。

鱼肠剑，这把女人善用的勇绝之剑，剑指之处，出之于无形，伤之于有形。可以自我疗伤，又可以暗藏杀机。十年磨一剑，属于你我的剑又指向何方呢？

人生如戏

——读路遥《人生》有感

马云曾说过，影响他一生最深的书就是路遥的《人生》。我们知道"人生"最大的特点就在于无法预知，所以人生的故事往往最是能找到共鸣的。故事里的我们，不是听戏者，便是唱戏人。

《人生》讲述了 20 世纪 80 年代陕北高原上一位有志青年高加林回到土地又离开土地，再回到土地这样的人生变化过程。他与农村淳朴善良的刘巧珍、城市时尚光鲜的黄亚萍之间的感情纠葛构成了书的一个发展线索。高中毕业的高加林一心想摆脱农民的身份，向往跻身于城市。最后因为走关系的事暴露又被调回农村。其实单从故事的情节来看，我想如果二十年前读这本书，一定会觉得很有震撼力，很难达到一种内心的起伏共鸣。但是对于二十年后的我们，看过太多家庭伦理剧的人来说，这毕竟是20世纪80年代的小说作品，情节设计上难免有些老套。可以说看到高加林"走后门"返城的那一段就能直接猜到他后来事业上的结局，甚至是和巧珍的结局。整本小说上半部分就像是一个"凤凰男"的落魄史，下半部分就是一个"渣男"崛起的修炼过程。高加林的悲剧不能完全说是社会背景造成的，更多的是相对丑陋的人格决定的。我不喜欢这个主人公，哪怕他所做的决定都是很多外界给予的无可奈何堆砌起来的，但是他本性上的缺陷才最终决定了这段人生的坎坷。那个年代是很苦，思想守旧、生活艰辛，跟现在没法比，但是不乏内心明亮的人，像大字不识一个却勇于追求爱情、敢于为爱放手的巧珍，像爱而不得却能孤守一辈子的德顺大叔。他们对生活都是有向往的，他们向往的是扎根现实的淳朴幸福，而高加林的向往和理想就显得有些假大空了。小说的结尾很好，是我最喜欢的地方，尤其是路遥的那段总结性的话"一个人应该有理想，甚至应该有幻想，但他千万不能抛开现实生活，去盲目追求实际上还不能得到的东西"。年轻人，还是应该脚踏实地，不能好高骛远。

我读路遥的小说，不管是《平凡的世界》还是这本《人生》，最吸引我的是他的写作手法。他对环境和心理的描写总能有很强的代入感。像开篇高加林被"下"了教师回到家中，作者用了很长一段的环境描写和他父母的一些细微的动作描写，一下子就能让读者走进那个年代。那个年代对我们这一辈来说其实是有一些陌生的，但是因为他描写得很细致，所以读起来一点都不生涩，很容易就能体会到当时的人物性格。还有书中对于德顺大叔的那一小段感情经历的叙述，很简短的两页，却能给人留下很深刻的印象。他无儿无女，却是对孩子最慈爱的老者；他打了一辈子的光棍，却是最懂爱的那个人。在路遥的笔下，他懂担当、知进退、明事理，路遥把极富正能量的人物形象全放在了德顺这个老汉的身上，不是主角却闪耀着主角的光辉。《人生》这本书，把主人公和配角都描写得很细腻，很饱满。

作家柳青曾说："人生的道路虽然漫长，但紧要处常常只有几步，特别是当人年轻的时候。

"没有一个人的生活道路是笔直的，没有岔道的，有些岔道口，譬如政治上的岔道口，事业上的岔道口，个人生活上的岔道口，你走错一步，可以影响人生的一个时期，也可以影响一生。"

人生若只如初见，谁也回不到当初。不过是感慨别人的人生大戏，然后尽力去演好自己的人生剧本而已。

敬畏自然

—— 读姜戎《狼图腾》有感

"蓝蓝的天上白云飘，白云下面马儿跑……"歌声响起时，脑海中草原的美景是否在眼前闪过？草原，多么圣洁的地方，也曾发生过太多惊心动魄的故事。《狼图腾》是一本出版过很多版本的图书，发行量超百万的小说。很多人喜欢这本书是因为震撼于草原狼身上所具备的睿智、果敢、桀骜、宽仁的狼性。而我喜欢这本书，源自人与自然抗争而产生的对自然的敬畏。

《狼图腾》讲述的是20世纪六七十年代，在内蒙古边境一望无际的额仑草原上，生活着一群让游牧民族既恨又敬畏的草原狼。狼是让牧民和草原动物闻之胆寒的对象，也是游牧民族的信仰和图腾。北京来的知青陈阵是小说的主人公，他带着策马驰骋草原的梦想来到额仑草原。当他亲眼看到牧民与草原狼的大战，自己也曾深陷狼群险中求生之后，他对草原狼产生了浓浓的兴趣。老牧民毕力格带他一起偷偷观看了群狼有指挥、有目标地协作围捕上百只黄羊的过程，草原狼仿佛有着天生的军事才能，陈阵真正被狼的智慧所折服。狼和游牧民族的牧民们一直保持着大自然形成的规则，游牧民族的人们也一直遵守着这个规则，他们敬畏狼，崇拜狼，甚至他们相信在死后把尸体放到狼出没的地方被狼啃噬，灵魂才能升天，才能见到腾格里。

然而这一切终被外来的"新世界"所打破。随着一群"外来户"来到草原，破坏了草原长久以来的自然规则。一场场血雨腥风的人狼大战，让原本静谧美丽的草原变得凄惨荒凉。"外来户"为了大力发展农业和畜牧业，对狼群进行了毁灭般的屠杀。狼在现代武器的猎杀下所剩无几，但它们即使面对死亡也没有屈服，依然高傲地扬起头颅发出悲鸣般的嚎叫。它们选择跳崖自杀、选择奔跑累死也绝不向人类屈服。宁愿有尊严地死去，也绝不束手就擒。陈阵私自养大的小狼崽，也在倔强地寻求自由，一次次想冲破铁链直至重伤而亡。至此，原始而野性的额仑草原变成了所谓文明的"新世界"。草原上没有了狼，那些曾经被狼捕食的黄羊、地鼠等破坏草原的动物疯狂繁衍，严重失去生态平衡的草原逐渐沙化。蓝天绿草的童话世界不复存在，严重的沙尘暴席卷而来。

在草原的生态系统中，人与狼、家畜、黄羊等动物应该是平起平坐、相互依存、相互制约的。人也是生态系统中的一部分。科技给了人类更多摆布大自然的机会，却也让人类尝到了自食恶果的滋味。曾经的人们认为游牧便是落后，农耕定居才是先进，殊不知一切生存的方式都要因地制宜。大自然不是人类随心所欲改造的地方，就好比历史上白人在土著人居住的原始森林发展工业一样，那不是带来文明，而是毁灭文明。

大自然有着自己的发展规律。一切幻想着改变自然的行为都将在大自然的反扑力量下被摧毁。党的十九大报告中指出，人与自然是生命共同体，人类必须尊重自然、顺应自然、保护自然。这是推进生态文明建

设的重要思想基础，体现了更为全面的价值取向和更为深刻的生态伦理。人与自然的和谐才是人类社会发展的根本价值。我们要尊重自然的基础地位，在发展科技的同时不破坏自然，始终敬畏自然，才能真正实现人类与自然的共生共荣。

热血青春

—— 读孙犁《荷花淀》有感

《醉花阴·荷花淀》

粉红一抹留人驻，轻舟通幽处。清风又徐来，半卷青纱，苇丛引西顾。斜阳洒金碧波渡，娇荷香无数。不染陈年土，挺立傲然，相逢不相误。

读孙犁的《荷花淀》的感觉是轻松、愉悦的。不同于以往战争小说所突出的刀光剑影、生灵涂炭等场景，《荷花淀》用较为清新明快的文字描述了战争状态下，一些青年人被津津乐道的故事。

《荷花淀》是一个原载于 1945 年 5 月 5 日延安《解放日报》上的经典短篇小说。抗日战争时期的白洋淀，有一群热血青年投身抗日武装。原本是家里的丈夫积极参加抗日队伍，他们为了理想，告别家人，把参军当作最光荣的使命奔赴战场。在他们的感染下，家中那些原本淳朴的甚至不识字的农村妇女也积极要求进步，在荷花淀经历了一次与敌人的斗争胜利后，毅然决然投身抗日，她们从劳动妇女逐渐成长为抗日战士。她们犹如荷花般既温柔多情，又坚贞勇敢。最终成为白洋淀上配合子弟兵与敌军作战的强劲力量。

青春，是人一生之中最美好的时光，值得在漫长的人生旅途中被无数次提起、无数次回味。不管是和平年代还是战火纷飞的岁月，那些永恒不变的，就是积极的、热血的、高声歌唱的青春。

即便是生在旧中国，即便只是务农维持生计、目不识丁的农村妇女，她们身上始终闪烁着青春赋予的积极向上的新女性光芒。她们具备传统意义上劳动妇女淳朴勤劳的美德，又兼具新时代女性识大体、顾大局的品性。在她们身上对丈夫的深情和对祖国的热爱是结合在一起的，焕发着劳动人民至真至切的人情美和深厚的爱国主义情感。

作者孙犁像绘画般刻画着整篇小说的意境。通过送别、寻夫、遇敌、战斗等几个场景的描写，将一群青年男女的热血青春跃然纸上。这种散文诗般的小说，总能让人在平淡的话语中感受着情感的深远，即使有时故事情节不连贯，但是所要展现的人物形象却能在读者心中深深扎根。

战争一定会是断壁残垣、硝烟弥漫的，但是战争时期的人们不一定就是自怨自艾、愁眉紧锁的。他们可以是载歌载舞庆祝胜利的青年男女，可以是相互理解、互相勉励进步的平凡夫妻，也可以是为了祖国和平统一而不懈奋斗的英雄战士。

读完《荷花淀》是会对如今的生活产生强烈感悟的。我们生于和平年代，习惯了秩序井然的社会法则。我们在祖国日益强盛的庇护下成长，安逸的生活里少见激情澎湃的时光。然而突如其来的新冠疫情打破了安逸，破坏了秩序。我们在积极"抗疫"之余，也深深地被青春的热血感动。"80后""90后"，甚至"00后"变成了"抗疫"大军的主力，他们用行动践行着不负祖国、不负人民、不负青春的誓言。不似枪林弹雨，亦同样的生死之搏。他们演绎着青春热血，他们为胜利引吭高歌。

历史一路走来，一代代的青年人都在背负着各自的历史使命，都在为中华民族的大楼添砖加瓦、保卫警戒。生于华夏，何其幸哉！

王艺霖

王艺霖，女，汉族，1987年生人，中共党员，研究生学历，管理学硕士学位，毕业于东北大学文法学院公共管理专业。2011年参加工作，2018年调入辽宁省作家协会，先后在机关党委办公室（人事处）、办公室工作。

永远不要低估动物

—— 读老藤《猎猞》

　　《猎猞》是老藤 2020 年发表的一部中篇小说，主要讲述了猎手金虎和派出所胡所长之间关于"猎"与"禁猎"之间发生的故事。这是一部以生态环境为主题的文学作品，从文学角度践行了习近平总书记"两山"理论。目前，在国内几乎很少见生态文明主题的小说题材的文学作品，这也从侧面反映了作者老藤作为一名作家的高度社会责任感和使命感。正如老藤在创作谈中谈道："对于文学，我怀着一颗敬畏之心，十分看重作家的责任感。文学创作需要守正创新，需要有勇气和担当去书写我们身处的伟大时代和深深热爱的这片土地。"他的作品也确实和他的创作理念做到了相互呼应，同频共振。

　　地域风情鲜明。文章开头就交代了作品地域背景，"三林区是个十人九猎手的地方，民风彪悍，擅耍刀枪，这里的居民不少都是驿站人后裔，历史上狩猎一直是他们的主业。"故事中穿插着大篇幅的美景描绘和各类珍禽野兽，"四方台是一处高山平台，三面立陡，南面缓坡，台上长满柞树、杨树和白桦。""菠萝沟长满高大的黄菠萝，林间无路，荆棘缠腿，沟底小溪边长满了小叶樟。""这是只一岁雄猞，体形硕大，毛色纯正，四只狮爪和两只带泪囊的三角眼，看上去颇具王者风范。""这是一只雄性狐狸，除了眼圈、嘴巴和四爪是白色外，其他部位通体银灰。"作品通过浓郁的地域特色描写，向读者真实展现了大兴安岭林区的自然景观、林区的风俗文化和生态。

人物形象鲜活。作品中有两大核心人物，"猎手终结者"胡所长和猎手"一枪飙"金虎。胡所长"骨相峥嵘，发须皆黄"，一到三林区担任林业派出所所长就许下要当三林区"猎手终结者"的诺言，他到三林区后收缴枪支、安装监控，胡所长时常话里有话地敲打猎手们，警告他们"别让咱们事儿上见"，对猎手有敏锐的"嗅觉"，还高度警惕、时时关注着金虎，甚至用望远镜监视金虎的一举一动。金虎是三林区最有名的猎手，虽然上交了猎枪"红箭"，但没有放弃猎手的身份和坚持，在为红獒报仇时坚持不再动枪，认为"用猎套而非猎枪捕获猞猁更能证明猎手的本事"。胡所长和金虎之间是猎手终结者与猎手之间的较量，两者之间的矛盾从故事开始一直贯穿到结尾，但二人其实都是在坚守各自立场下的信仰，虽然矛盾但并不冲突，因为他们有着对生命和自然的敬畏。

作品内涵深刻。万物有灵使猎手们对自然充满敬畏之心，猎取猞猁不叫"打猞猁"，叫"猎猞"："打，体现的是藐视，就像大人打小孩，很容易；猎，体现的是重视，就像势均力敌的两个人搏斗，需要斗智斗勇。"金虎放掉了被套的银狐，因为"站上的猎手有个不成文的老规矩，要把狐狸当朋友待"。老莫既迷信又冷漠，连红獒见到他都怕，最后死于狂犬病，他的咎由自取，给人以警示。《猎猞》使我们领悟到古人"天人合一"、"道法自然"的真谛，人与动物之间应该是和谐共存的，我们不仅受益于自然，更有责任爱护自然、保护自然。今天，面对突如其来的新冠疫情，我们更要敬畏自然，敬畏生命，共同构建人与自然和谐共生的美丽家园。

读班宇《逍遥游》

　　班宇，是出生于沈阳市铁西区的"80后"青年作家，是辽宁省作家协会签约作家，2019年作为"铁西三剑客"之一受到文学界广泛关注。第一次读班宇，就是在《收获》上发表的《逍遥游》这篇作品。读《逍遥游》的时候，是一个阴天，下班的路上，看着厚厚的云层，有种在荒原上踽踽独行的感觉，这种感觉和故事里的主人公有一种共感，这种共感叫作孤独。

　　刚开始读的时候，还有疑惑为什么叫"逍遥游"这个名字，读完之后发现"逍遥游"真的是再恰当不过了。《逍遥游》的开篇以第一人称"我"揭开了主人公许玲玲的神秘面纱，"系一条奶白围脖，坐在塑料小凳上，底下用棉被盖着脚……我靠着墙晒太阳"，这么悠闲自在的书写引出的却是一个病恹恹、一周要做两次透析的苍白瘦弱姑娘，她对生活的要求并不高，"就是天气挺好，周围没有障碍，身体也还行，有劲儿，走路轻松，自由自在"。

　　她渴望亲情。相依为命的母亲突然去世，"感觉自己也像是死了一次，都看见魂儿了"，母亲的死亡让她以最触目惊心的方式看到了生命的无常。父亲许福明对生活曾经还有渴望，他执意离婚，抛妻弃女去追求自己的幸福生活。但在得知女儿患病之后，他赔钱卖了蹬三轮车拉脚挣来的二手厢货车。前妻突然身亡后，他又背着行李卷返回家中，承担起维系女儿生命的重负。和父亲许福明的关系是生分且有隔阂的，许玲玲既对他搞破鞋偷蜂蜜等见不得人的事感到生气，又同情心疼他不能和同年龄的人一样享清福，而要被自己拖累。

　　她期待爱情。没得病之前有个在环保局上班的对象，但得病之后对象就跑没影了，对于曾经拥有的美好记忆，她是知足的。老同学赵东阳对许玲玲是有情的，他自己家庭不幸福，还对许玲玲嘘寒问暖，谭娜看出了端倪，但许玲玲也因为自己的病没有作出任何回应。

　　她向往生命。和谭娜、赵东阳三个人决定去旅行，因为身体的原因，旅行没有去很远的地方，从东北到秦皇岛。这次旅行也是她对生活充满希望的一个表现，书中是这样描写的"面前就是海，庞然幽暗，深不可测，风一阵阵地吹来，仿佛要掌控一切，低头是礁石，有卷起来的浪不断冲刷，极目望向远处，海天一色，云雾被吹成各种形状""我站了很长时间，冻得瑟瑟发抖，但仍不舍离去，有霞光从云中经过，此刻正照耀着我，金灿灿的，像黎明也像暮晚，让人直想落泪，直想被风带走，直想纵身一跃，游向深海，从此不再回头"所以在这一瞬间许玲玲是实现了自己的"逍遥游"，哪怕下山之后病痛依旧得不到改善，生活还是那么艰难，但至少在这一刻她是满足的幸福的，被大自然紧紧地拥抱着。

　　她忧郁孤独。旅行当天晚上，她的好朋友和她的暧昧对象在自己旁边发生了关系，她哭了一夜，第二天发烧了，就在受到友情和可能是爱情的背叛后，许玲玲回到家，看见父亲和现任女朋友在家中温馨做饭，她没有去打扰父亲，她坐在自己家的三轮车上，"我缩成一团，不断地向后移，靠在车的最里面，用破旧的棉被将自己盖住，望向对面的铁道，很期待能有一辆火车轰隆隆地驶过，但等了很久，却一直也没有，只有无尽的风声，像是谁在叹息。光隐没在轨道里，四周安静，夜海正慢慢向我走来。"故事也这样结束了。读到这里的时候，感觉自己周围的温度也跟着降低了，好像也跟着她一样沉浸在无尽的夜海中，许玲玲的孤独又上了一个台阶，不光是精神上的孤独，朋友、感情、家人的纷纷离开，甚至她的生命本身也要抛弃她，她只能瑟缩在自己的世界里，"想去环抱，却虚弱无力"。

道阻且长，唯有一直向上

—— 读路遥《人生》有感

　　《人生》是路遥 1982 年发表的中篇小说，也是其成名作。这是一部反映 20 世纪 80 年代社会生活和个人命运的重要作品，充满了时代变迁中的责任感和使命感，拥有让人奋发的力量，不仅在当时引起轰动，至今仍吸引着无数读者。这本书我看了三遍，每看一遍，都有新感动，都有新收获。

　　高加林是那个时代的青年奋斗者代表，在生活中艰难挣扎但有理想、有抱负并且在不断奋斗着。他虽然是来自农村，但是他有理想、有目标，拼尽全力十几年就是为了完成心中的理想——不要像父辈人一样当一辈子土地的主人。这个奋斗的青年有着满腔热血，当他的民办教师职务被高明楼硬生生挤掉的时候，他心里有着无比的恨，甚至还决心豁出命去和高明楼拼个你死我活。在田里辛勤工作的时候，一点也没有懒惰拖后的情绪，虽然开始的时候确实是有点负气，但后来却是真心地卖力劳动了。如书中写道："经过一段时间，他的手变得坚硬多了……他并且学会了犁地和难度很大的锄地分苗……他锻炼着把当教师养成的斟词酌句的说话习惯，变成地道的农民语言……"在街上卖蒸馍的时候，他表现得躲躲闪闪，就怕碰见自己认识的人会尴尬，脸面上过不去，"他感到就像要在大庭广众面前学一声狗叫唤一样受辱"。所以这个时候他在精神危机中遇上了巧珍，巧珍有着纯洁、无私的爱，激起他对生活的热爱。当马占胜为了巴结他的叔叔开后门时，他没有思考什么而是依靠这层关系，这里虽然他是依靠了其他的势力，但是我个人认为，这完全是合情合理的，也依然没有破坏高加林那个青年奋斗者的形象，可以肯定的是，高加林是有能力的，在那个社会，因为有高明楼等人的存在并不是有能力就可以有好的将来的，所以在这种情况下，高加林选择了依靠这个势力来推动自己的奋斗路。

刘巧珍，传统美德的化身，虽然她的爱情注定是失败的，但是她是一个有着中华民族传统美德的结合体——善良、贤惠，有着不被轻易打倒的精神。作品中德顺爷爷是这样描述这个姑娘的，他说：多好的娃娃！那心就像金子一样。巧珍身上的传统美德主要体现在她的善良、甘于奉献的精神上，在加林痛苦难过的时候，她勇敢地奉献出了她的爱。她是渴望爱情的，但从来不乞求爱情，这是她的自尊。失恋后，"刚强的姑娘！她既没寻短见，也没精神失常；人生的灾难打倒了她，但她又从地上爬起来了！""她留恋这个世界；她爱太阳，爱土地，爱劳动，爱清朗朗的大马河，爱大马河畔的青草和野花……她不能死！她应该活下去！她要劳动！她要在土地上寻找别的地方找不到的东西！"后来加林从城市被赶回了农村时，她也没有想过去报复他、羞辱他，而是拉回了要去村口数落加林的姐姐。"巧珍一下子跪在巧英面前，把头抵在姐姐的怀里，哽咽着说：'我给你跪下了！姐姐！我央告你！你不要这样对待加林！不管怎样，我心疼他！你要是这样整治加林，就等于拿刀子捅我的心哩……'"她那颗被狠狠伤过的心在此时居然还是向着那个曾经伤害过她的人，并且还想尽办法去帮助那个人。

从高加林、刘巧珍这些人物形象看得出作者对生活是充满了希望的，同时也对生活充满了无尽的感恩。时隔这么多年，我们再看这部作品，依旧能够看到当时的人生百态，感受他们的辛酸苦辣。路遥的人格魅力以及这部作品所散发出来的艺术魅力，给我们留下了极其珍贵的精神遗产，也给那些困境中艰难奋斗的年轻人以鼓励，给予他们前进的动力。

读石一枫《世间已无陈金芳》

　　石一枫是我比较喜欢的作家之一，作为 "70后"代表作家，石一枫从小身为"大院子弟"，对"大院文化"有着深切的认同。他的早期作品以青春成长爱情为主题，鲜明的"京味儿"风格，创作多是青春怀旧式。中篇小说《世间已无陈金芳》2014年刊登于《十月》杂志，2018年，获第七届鲁迅文学奖中篇小说奖。

　　作品采用了第一人称叙述人"我"的角度来展开叙事，"我"游离在各个阶层之间，是社会的中间派和见证人，没有明确的价值追求，多数行为都是在他人的请求和驱动之下完成的。却绝不愿意成为任何一方价值选择的同路人。就像书中写的"宁可帮闲，不做掮客"，陈金芳通过找到"我"牵线搭桥，和游走在灰色地带的暴发户 b 哥建立了生意联系，在知道陈金芳入股项目是铤而走险的时候，"我"没有规劝，"她是一个突然冒出来的旧相识，跟我谈不上什么真正的交情，我帮过她一点忙，但帮过了也就算了。这是我和她之间关系的理性总结。哪怕她一意孤行，我也没有规劝她的义务，更没有干涉她的权利"。

　　作品中，主人公陈金芳初二那年随姐姐姐夫来到北京，作为初来乍到的转校生，从一开始就被"我们"这些"坐地虎"视为"非我族类"，被看作是随时可能会消失的外来者。外来者是难以在城市扎下根来的，更何况依附于进城务工的处于社会下层的亲友。即使熟悉和适应了周遭的一切，也最终免不了离开的命运，这种情形即使在学生时代的"我们"眼中，亦是一种生活的常态，即由农村进城的社会底层人沦为最终逃离的失败者。陈金芳在饱受羞辱和歧视的环境中度过了自己的初中时代，

从那时起，"活得有点人样"可能就已经成为她拼尽全力去追寻的人生信仰，无论是日复一日在树下聆听离自己现实生活无限辽远的小提琴乐曲，还是在班里第一个抹口红、打粉底、穿耳洞，冒着被姐姐收拾的风险偷穿各种样式的衣服，陈金芳都在以自己的方式融入城市生活。然而陈金芳所有想要突破自身现状的努力，不仅没有使自己的境况得到改善，反而因此受到来自家人、同学、老师更加粗暴的对待和强烈的攻击。正如书中所说"对于一个天生被视为低人一等的人，我们可以接受她的任何毛病，但就是不能接受她妄图变得和自己一样。"陈金芳试图突破原本的生活境况，追求心中体面成功的都市生活，为此不择手段地倾尽了自己所能付出和交换的一切。纵观陈金芳的奋斗史，她从以死相逼争取留在北京的机会，到出卖身体被包养，再到伪装成表面风生水起、实则是依靠欺诈和期盼投机暴富的艺术投资界交际花，最终沦为走投无路、企图自杀的违法者和破产者，她一步一步走进了命运的深渊。

爱与和解

——读麦家《人生海海》

《人生海海》是麦家历时八年的心血之作，自出版以来引起广泛关注，读者好评如潮。对于熟悉麦家的读者而言，其享誉海内外是因为发表了《解密》《暗算》《风声》《风语》《刀尖》等一系列长篇小说，其中《暗算》获得第七届茅盾文学奖，《解密》英文版被收入英国"企鹅经典"文库，他被广大读者誉为"中国谍战小说之父"。《人生海海》没有延续之前那五本长篇小说的谍战风格，而是回归故土，解锁人性。

故事的主人公上校蒋正南有着丰富而传奇的经历，也是麦家塑造的一位超级英雄。作者运用一个晚辈"我"的视角，全方位与故事主人公一起成长。这个"我"，不仅是主人公人生起伏的见证者，而且是他晚年人生重要的参与者，直至对其如同父亲一样赡养、养老送终。麦家通过运用自传式的回归乡土的细腻诉说，与故事主人公一起和故乡实现了和解。

这本书我觉得最精彩之处就是它的人物形象非常明显，好像不是故事情节在推动这个事情的发生，而是麦家笔下的每一个人都张嘴在跟读者说话，他们是鲜明的，是活着的，我在看书的时候，甚至有一种看电影的感受，能感受到每个人物都真切地在我身边呐喊、说话、哭泣、愤怒。有的人在这本书中看到了愤怒，有的人看到了不可原谅，而我看到了爱与和解。

故事的主人公、绰号"上校"的蒋正南，他的形象几乎集合了所有男性英雄应该具备的特质：魁伟的身材、俊朗的面容、传奇的经历、顶级的外科医术、神准的枪法……致他被敌方与他有染的女人刻下他一生的隐秘耻辱。"上校"他的耻辱在于他身上文的那些字，他是一个英雄，可是他认为这些字就是他一生的耻辱，虽然这个耻辱并不是他个人所能左右的，但是它深深地烙印在了"上校"的心里，烙印在了"上校"的命运里，"上校"到最后都不能直视它，不能面对它，所以作者安排了"上校"疯掉，在我看来，"上校"的疯是一种没有和解的方式，他这一辈子没有和自己和解。"我"爷爷一辈子最在意的是门风的干干净净，他一直活在别人的心里、活在别人的议论里、活在别人的嘴里，他宁愿用自己的生命，用整个家族的幸福去换取别人的评价，最终，他选择了死亡的方式，他也没有得到和解，因为父债子偿，"我"的父亲乃至于"我"都一直在替他赎罪。"小瞎子"也没有和解，书中所有的主人公不是死就是疯，然而，"小瞎子"在最后还是在恶意地诋毁，去造谣中伤那些人。"我"是书中唯一一个真正主动和解的。"我"觉得爷爷做了不道义的事情，怀疑父亲做了不道德的事情，而"我"的方式是自己去证实，"我"需要和"我"的家族做和解。

《罪与罚》里有这么一句话"有时候我们总是用死亡和毁灭来对抗痛苦和耻辱，然而，对抗痛苦和耻辱最好的方式是，爱与生活"。我们不能左右别人的议论、别人的眼光，可是有时候我们需要学会放下，"上校"这一辈子没有放下过他觉得耻辱的事情，其实放下是一种饶过别人的善良，更是一种饶过自己的智慧，用文中的一句话"生活不是你活过的样子，而是你记住的样子"。"上校"他是一个英雄，他完全不记得自己在朝鲜战场上救死扶伤的样子，他只记得自己耻辱的样子，被人羞辱的样子，永远只记得文身文在他身上的样子，他痛苦地过了这一辈子，他所做的选择就是逃避、掩盖住那些黑暗，可是黑暗是掩盖不住的，当你企图掩盖黑暗的同时，爱和光也照不进来了。《人生海海》是一个小说的创作，我们可能没有这么跌宕起伏的人生，没有这么波涛汹涌的海浪，没有那么大幅度的潮起潮落，但是应该都有自己遭受耻辱的时光，所以要学会放下，和过去的自己说再见，要学会和自己和解，就像麦家在星空下的演讲时说的一句话"人生无路可逃，我们只能握手言和"。

不忘初心，不负时代

—— 读张平《生死守护》

　　《生死守护》是辽宁作协倾力打造的"曹雪芹华语文学大奖"长篇小说奖获奖作品，去年，在北方图书城举办了《生死守护》的读者见面会，在见面会上，张平老师与读者共同分享了《生死守护》背后的故事。作家张平是民盟中央专职副主席、中国文联副主席，被授予"人民作家"称号。他写作四十年，一直坚持现实题材的小说创作，其长篇小说《抉择》曾获得第五届茅盾文学奖，后被改编为电影《生死抉择》。《生死守护》是他的第九部作品，也是继《抉择》《国家干部》《重新生活》等作品后的又一反腐力作。张平的小说之所以如此深入人心，主要是因为他的作品总能让人感受到他的初心：以人民为中心。

　　《生死守护》中的"人民性"表现在了书中各个人物身上。一方面，小说主人公辛一飞、市委书记田震、市长李任华、市公安局副局长沈慧、刘小江等坚决捍卫、生死守护人民切身利益的党员干部，才是"真正的国家干部"，才是"有立场有信仰的共产党员"。小说正面塑造了这些人民利益捍卫者的英雄群像，他们生死守护的，是人民的生活，是人民的权益，是党和国家一直律动不止的"初心"。另一方面，通过市长李任华和市委常委、工程总指挥辛一飞暗访考察的方式，展现了人民大众的生活。棚户区的居民人数众多、成分复杂，书里是这样写的："对一个城市管理部门来说，这样的一个人口比例，再加上这样的一个居住环境，这里必然会成为恶性事件多发之地。"同时，小说特别提到棚户区的年轻人的特点："这些年轻人简单淳朴，性情真挚。爱抱团，讲义气。最见不得倚势仗富，恃强凌弱。一旦谁家遇上了什么不公正不公平的事情，就会集体上阵，倾巢出动，常常是挺身而出，一呼百应。不讨个说法，绝不罢休。"这是一个保留了传统美德的底层社会群体。他们与政府、领导之间的关系："从小到大，依靠的是政府，盼望的是政府，因此，他们打心底里听政府的话，服从政府的领导。""他们最喜欢讲真话的领导，也希望那些大大小小的领导干部都能给他们讲出更多的为人民谋幸福的话语。"他们清楚地认识到自己作为"城市的基层群众和贫困阶层"身份，"因此对党和政府的扶贫政策和安置政策充满了无限的期待和美好的憧憬"，尽管他们在为私营老板和煤矿主打工，"但在心理上对政府的依赖感则越来越强"。书中最令人激动的就是，辛一飞在棚户区的演讲，他没有搬弄千篇一律的官方讲稿，而是转述几段棚户区住户的故事。演讲产生了强烈的共鸣——不仅在现场听众之间，而且包括读者。决心做一个人民利益的守护者，辛一飞的立场显然站在棚户区居民这一边。"人民至上""人民优先"并不是空口白谈，辛一飞坐在路边吃的盒饭、脚上看不出颜色沾满泥水的皮鞋，就是人民守护者最真实的阐释。

　　《生死守护》末尾，刘小江在发给辛一飞的微信中说："一飞，你一定要站稳，一定要守住。我们有幸生活在一个大浪淘沙的时代，等到我们垂垂老矣，再回望这个时代，只要有一句就足够了：我们没有辜负这个时代。"这或许也是张平作为一个人民作家的生死守护：不忘初心，不负时代。

读毕淑敏《昆仑殇》

　　《昆仑殇》是著名作家毕淑敏的处女作，作品写的是那个荒诞年代发生在昆仑山上无人区的一次"野营拉练"，刻画了作为"拉练"组织者和指挥者——昆仑防区最高军事指挥官"一号"的形象，书不是很长，描写语言、场景刻画细腻真实，平淡却深刻，饱含深情，让人读起来有身临其境的感觉，字里行间都流露出作者的军人情怀，对昆仑山的眷顾。

　　书中没有硝烟，也没有战火，但却最惨烈。"冷。痛彻心脾的冷"，白天是"盘桓于人们视野的褐岩的冰雪"，晚上是"清冷的月光"。拉练途中"高原上一个难得的晴朗的冬夜。越是晴朗的夜晚越是寒冷。""在万古不化的寒冰上僵卧了一夜，内脏都几乎冻成冰坨了。"在这样凄冷的难以让生命存活的自然环境中，拉练部队要自带生粮野炊、露宿在冰天雪地、徒步负重行军，甚至穿越无人区。"号称万山之父的昆仑山，默默地俯视着这支庞大而渺小的队伍，悲哀地闭上了眼睛。"小说中，凄冷的自然环境中融入了拉练的战士们的悲壮、无奈、痛苦的情绪和征服而获得成功的豪情。战士们在零下四十多摄氏度的严寒中行军，肌肉僵直，神经迟钝，大脑不会思考，"只留下了一个连自己也弄不懂含义的字体——'走'。"因为"每一次停顿都伴随着不可抑制的恐惧感""血液会在停下脚步的一瞬间凝结成块"。

　　"死亡是与自然对抗的必然结果"，但这里却是由人为的选择所造成的。具体来说，这次大规模的"拉练"即"死亡行动"是昆仑防区最高军事指挥官即被称为"一号"的司令员在军区的会议上经过"三秒钟的怀疑之后主动向军区请求来的"。我读的过程中一直有许多个疑惑，

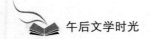

为什么"一号"舍得牺牲那么多战士去完成这个任务？为什么在面对血腥的死亡数字时，他能如此无情，淡然？

想了很久，这里面可能有他个人的目的即斗败"呢军帽"、建立"功勋"和争取提升，同时又因为他对总的"形势"的领悟和理解，还有军人的"服从"的本能，以及对军队建设和军人素质的磨炼的良好心愿和要"使昆仑部队的光辉的业绩发扬光大、永世流传"等诸种原因。这些原因成了这段历史的"动力"，从而造成了这段悲剧的历史。"一号"虽是这一悲剧的直接制造者，然而他本身也是这个悲剧时代的产物，他自己也是一个悲剧人物，一个悲壮而又荒诞的"昆仑殇"。

我觉得郑伟良在进入无人区前的建议，还有最后甘蜜蜜和"一号"的对话，就是对这次拉练的正确性与必要性的质疑。这本是一群生龙活虎的、有思想又充满感情的戍边将士，但是他们组成"一号"的部队后就成了"见首不见尾、斜置在苍茫的大地上，像一条功勋的绶带"。于是"一号"创造"一种近似狂热的献身感笼罩着"他的部队，以此铸造他的"功勋"！作者以悲天悯人的情怀创造了超出生命极限的实境，升华了"潜伏巨大危机的部队进入无人区后"逐渐坠入恐惧与绝望的深渊的虚境，由此她很慎重地为战士们的生命尊严和生命价值提出了义正辞严的质疑："我们的战士太可爱了。他们忠诚地执行每道命令，从未怀疑过命令本身。军人的忠诚无可指责，作为有权发布命令的指挥员面对这种无与伦比的信任难道不应该三思而后行吗？一个士兵手里只有一条命，而您手里却执掌着千百条生命！"

读到最后，纠结"一号"的做法究竟对不对也许已没有必要了。"圣父、圣母、圣灵般的昆仑山上出现了一行新鲜的脚印。"这是小说的最后一句话。延续？轮回？合上书，我的心中更多的是对中国军人精神的敬畏、敬佩、感恩、学习、思考……中国的边防战士们用他们的坚强，甚至是生命坚守着边境，续写人类历史上的生存神话。

苦难与信仰

—— 读史铁生《病隙碎笔》

　　《病隙碎笔》是我第一次作为"午后文学时光"茶主推荐的书。当时正值新冠肺炎疫情肆虐，面对这次疫情所有人都猝不及防，疫情影响的不仅仅是大家的身体健康、生活事业，更在很大程度上影响着大家对生活对人生的态度，我们应该庆幸，我们应该感恩，因为毕竟我们活了下来，活着就有无限的可能。就像史铁生老师所说的："生病通常猝不及防……生病是被迫的抵抗……终于醒悟：其实每时每刻我们都是幸运的，因为任何灾难的面前都可能再加一个'更'字。"

　　先来说史铁生老师，史铁生老师的名字对我们来说不陌生，我们这代人语文课本中有他的作品，但是当时并没有更深入地了解过他。我了解他是从《务虚笔记》开始的，《务虚笔记》虽然是小说，但是很散，更像是散文，网上有很多关于这本书的书评，但这本书的书评没有非常统一的观点，真的是一千个人心中有一千个哈姆雷特，不过如果说是我怎么看这本书的话，就好比有一个灵魂的我，这个我要面临人生的选择，站在我面前有计划 A、计划 B……甚至更多选择，但是我本人，肉体上的我只能选择一条路，我们常说站在生命起点上，看我们的路，都是光辉灿烂的，但是站在结点上看，我们只有一条路，但是他在书里把人生的种种选择都列了出来，你在书里可以看到很多人都有相似的情节，但是因为做了不同的决定，有了不同的人生。到后来再读《我与地坛》，我又有了新的理解，就像你把我逼上了悬崖，我站在悬崖边上，我马上要

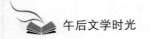

掉下去了，你还要推我一把，但是我坐在悬崖边也要给你唱首歌，告诉你，人生是非常值得的，生命非常有意义。

到《病隙碎笔》这本书，这本书有十几万字，写得非常慢，非常艰难，陆陆续续写了三年多。那段时间，他双肾功能已经衰竭，只能依靠血液透析存活。他只有利用每两次透析之间的小小空隙，表述自己思考的小片段，但这些断断续续记录下来的思绪也毫不给人以细碎之感，倒是有着内在的连贯性，而且富含人生哲理。

书中没有悲观和哀怨，而是充满豁达与开朗。即使是谈到自己的病痛、自己的残疾、自己沉甸甸的命运，史铁生也没有回避与躲闪，而是调动了生命的全部激情对生命状态和人生意义进行思考，充满着安详与智慧。

比如"生病"。他自称他的职业是生病，业余写一点东西。"生病也是生活体验之一种，甚或算得一项别开生面的游历。这游历当然是有风险，但去大河上漂流就安全吗？不同的是，漂流可以事先做些准备，生病通常猝不及防；漂流是自觉的勇猛，生病是被迫的抵抗；漂流，成败都有一份光荣，生病却始终不便夸耀""躺在'透析室'的病床上，看鲜红的血在'透析器'里汨汨地走——从我的身体里出来，再回到我的身体里去，那时，我常仿佛听见飞机在天上挣扎的声音，猜想上帝的剧本里这一幕是如何编排"。

再比如"死亡"。"你要是悲哀于这世界上终有一天会没有了你，你要是恐惧于那无限的寂灭，你不妨想一想，这世界上曾经也没有你，你曾经就在那无限的寂灭之中。"他把死亡看得如此云淡风轻。史铁生说，如果让他来选择墓志铭，他会选择这样一句话："我轻轻地走，正如我轻轻地来。"

小到我们每个人，大到我们的国家，甚至整个人类的进步史，都伴随着苦难。苦难也许会撼动身体，打击信心，使我们陷入痛苦；但是当我们最终打败苦难，战胜苦难的过程就会变成宝贵的财富。

读李云德《沸腾的群山》

　　长篇小说《沸腾的群山》，由作家李云德创作于20世纪六七十年代。描写的是解放战争时期，在解放东北辽南一座矿山——孤鹰岭矿后，恢复生产过程中，矿山党组织的领导坚持自力更生，广泛发动工人群众，一面与反革命武装、潜藏的匪特斗争；一面和保守思想以及落后的习惯势力斗争，克服重重困难，不到一年就恢复了生产，使沉寂的群山沸腾起来。

　　小说具有鲜明的时代特色，并成功地以文学手法展现历史进程。孤鹰岭矿恢复建设中一直存在两种思想的矛盾斗争，以唐黎岷、焦昆及先进工人苏福顺、林大柱和工程师张学政等为代表，坚持自力更生的方针，充分发动和依靠工人群众，努力挖掘潜力、创造条件，既快又好地恢复和扩大矿山的生产能力，以支援新中国的经济建设；以生产副矿长邵仁展、总工程师严浩等为代表，把恢复生产建立在等待经济状况好转上，依赖进口外国设备甚至外国投资，迷信不符合实际的外国经验。这实际上是当时乃至以后新中国建设过程中贯彻始终的矛盾斗争的具体生动表现，中共八大二次会议通过的"鼓足干劲，力争上游，多快好省地建设社会主义"的社会主义建设总路线，就是对这种矛盾斗争的回应和总结。

　　小说以具体、生动的笔法展现当时的社会各方面状况及其演进，描摹社会中各种人物的精神状态及其变化。人物性格塑造丰满，比如唐黎岷的沉着、老练、睿智，焦昆的干练、坚定、激昂，苏福顺的稳重、踏实，林大柱的忠厚、善思，古尚清的粗犷、勇武，邵仁展的轻信、寡断，等等，都贴合各自的身份、经历和思想，生动鲜明。同时，对不同人物的不同政治态度和思想觉悟，小说都有层次清晰的展示，对党的领导者焦昆和唐黎岘，充满褒奖和赞赏，对苏万春、苏福昌、古尚清、苏福顺等一批老工人的描写，旨在说明他们才是矿山真正的主人；对矿山的后代——青年矿工形象，侧重描写他们的基本素质，即对革命与新生活怀有天然的倾向性；而对矿山的业务干部和技术人员，则展现了他们身上的书生气和摇摆性。

读孙犁《荷花淀》

短篇小说《荷花淀》是孙犁于 1945 年 5 月在阜平山区工作时期的创作，最初发表在延安地区的《解放日报》副刊上，它的故事来源于一位从冀中回来的同志讲述的真实故事。作品并未将对人物性格、形象的刻画放在主要位置上，也无意去书写一个完整的故事，而是将笔墨更多地放在对白洋淀景物的细致描绘上。枪林弹雨的战争发生在荷花飘香的白洋淀背景下进行，也变得优美轻快、浪漫传奇，充满了诗情画意。

作品以水生回家通知水生嫂要去参军的事为开始，并未局限于水生夫妻二人的故事，而是扩展了水生父亲、孩子小华、队员以及和水生嫂一同前去探望丈夫的媳妇们等人物。小说中并未重点刻画某一个或几个人物的形象，也没有具体的主人公，而是将白洋淀人民作为一个群体，表现他们的淳朴、乐观，以及在敌人的侵略下他们的勇敢。小说中虽然出现了水生、水生嫂、小媳妇们等人物，但是却鲜少描写到人物的外貌特征，也没有着重于刻画人物的形象。小说中对于水生的外貌描写，只有简单的一句："这年轻人不过二十五六岁，头戴一顶大草帽，上身穿一件洁白的小褂，黑单裤卷过了膝盖，光着脚。"草帽、小褂、卷过膝盖的单裤，不是水生的专属特征，体现的是白洋淀水乡人民的日常穿着，对水生的身高、相貌等具体方面，都没有进行描述。对于水生嫂，则是只言片语的外貌描写都没有。小说中最令人印象深刻的是对于水生嫂的描绘：她在自家小院里编织席子等丈夫回家的场面，以及听说丈夫要去参军，女人手中的苇眉子划破了手指的情节。女人编席子时"缠绕""跳跃"两个词传神地反映出女人精湛的手艺，她在皎洁的月光下等待丈夫回家，丈夫归来后女人的第一反应是关心他为何回来得晚，随后要去端饭。水生去做其他队员家属的工作，女人便独自在院子中等他到黎明时分。这些都说明妻子的善良贤惠。水生带头响应县委的号召，妻子担心丈夫有危险，但依旧表示"你走，我不拦你"，这句话反映出在大是大非的面前，水生嫂的的确确是一个"开明一些"的妇女。丈夫离开家时，女人主动为他收拾行李，"一身新单衣，一条新毛巾，一双新鞋子"，三个"新"字表明妻子担心丈夫出门在外受苦，体现了妻子对丈夫的关怀。通过对这些细节的剖析，不难发现水生嫂这一人物身上体现出传统劳动妇女的善良、勤劳、淳朴、贤惠的品格。

整部小说中除了水生和水生嫂以外，其他的游击队队员和媳妇们都没有自己的名字。虽然说小说《荷花淀》是以呈现群体形象为目的，并没有对某一人物的专属刻画，甚至省略掉女人们的姓名，统称她们为"女人们"。但是从她们的对话和动作当中，还是可以看出她们的一些性格特征。比如她们性格中的含蓄：在丈夫走后几天，小媳妇们仍放不下对丈夫的思念，想前去探望，但是又碍于情面，不好意思直说，只能以"忘下了衣裳"、"有句要紧的话得和他说说"、"婆婆非让我去看看他"等作为借口，她们并不愿意承认去看望丈夫是自己内心的驱使，直言"我本来不想去"，等等。这些对话体现出年轻妇女们性格中含蓄、腼腆的一面，尤其是在马庄听到亲戚说："你们不用惦记他们。"亲戚的话戳穿了小

媳妇们的心思。她们觉得自己对丈夫的思念暴露在外人的面前，所以才会"羞红着脸告辞出来"。除了含蓄，小说还表现了她们性格中直率、乐观、活泼的一面。当她们探望丈夫而不得见时，心中充满失望，但是她们很快又能说笑起来，互相调侃自己的丈夫参军时如何的高兴，形容他们仿佛脱了缰的马，在这种调侃中饱含着对丈夫的抱怨和思念。在面对敌人的追击时，她们也表现出大无畏、不怕牺牲的精神，宁可牺牲自己，也绝不愿意被日本鬼子俘虏："假如敌人追上了，就跳到水里去死吧！"回程途中，她们决定要成立自己的队伍，但是她们的这一决定并不是由于政治思想的提高，也不是感受到了保家卫国的重要性，更多的是由于她们不想让自己的丈夫小看了自己。这些描写，展示了年轻妇女们含蓄、乐观、直率的性格，以及对爱人的依依不舍之情，通过人物朴素的情感呈现出白洋淀女性群体的识大体、顾大局的奉献精神。

　　总之，《荷花淀》既带着荷叶荷花香，又含着诗情画意美；既用优美诗意的语言展现了地方独有的自然风物，再现了白洋淀地区的风情美，又通过普通的日常生活写出了人物丰富的内心世界，展示出了抗日军民的心灵美。

曹瑞

曹瑞，1989 年生，毕业于吉林财经大学，在校期间曾多次获得一等奖学金及国家奖学金。毕业后，先后在教育局、团委、财政局工作，现任职于辽宁省作家协会办公室。本次精选十篇以女性为主的小说，从不同角度展现不同时期、不同身份的女人对爱情、亲情、友情的感悟。

改变，自我人生的救赎

—— 读塔拉·韦斯特弗《你当像鸟飞往你的山》

你知道，有些鸟儿是注定不会被关在笼子里的，它们的每一片羽毛都闪耀着光辉——肖申克的救赎。《你当像鸟飞往你的山》是作者塔拉·韦斯特弗的自传小说，一段充满传奇色彩的人生，一个真正鼓舞人心的故事。作品上市第一周就登上《纽约时报》畅销书榜，累计八十周位居榜首，读者票选一度超越米歇尔自传《成为》，获年度最佳图书。它的英文原名是《Educated》，却被翻译成《你当像鸟飞往你的山》，这句话出自圣经《诗篇》中的一句话"Flee as a bird to your mountain"，代表逃离和新生。这是作者塔拉本人在比较了数十个翻译后，经过几番周折，最终坚持要使用的。

你能想象到一个十七岁前从未上过学，一直生活在垃圾场的女孩，通过自学成功考上杨百翰大学获文学学士学位，之后到哈佛大学访学，获剑桥大学哲学硕士、历史学博士学位吗？这是多么传奇的人生经历！塔拉来自爱达荷州巴克峰山下的一个极少有人能想象的家庭，父母是极端的摩门教徒，排斥和政府有关的一切，认为政府不相信神的力量会迫害他们的家人，所以家中七个孩子都不允许上学，生病也不能就医。父亲不允许他们有自己的声音和思想，家中的唯一真理就是父亲的命令。他们一家人都生活在垃圾场中，塔拉的童年由垃圾场的废铜烂铁铸成，那里没有读书声，只有起重机的轰鸣，全家人每天努力做的事就是囤积物资，因为父亲相信终有一天世界末日会来临，万恶的社会将消失，腐朽的文明将被摧毁，只有他们家因为虔诚的信仰和提前准备将会逃过一劫。

她的父亲既专制又蛮横，绝不允许家中任何一个人有不同的声音，一天夜晚，一家人从奶奶家回来的路上，父亲不知疲倦地连夜开着车，因为疲劳驾驶引发了一场车祸，全家人重伤，父亲拒绝叫救护车，一家人跟随他一路连夜步行回家。隔了几年，全家人再一次去奶奶家，父亲没有总结上次的教训，依然坚持连夜开车回家，回家的路上再一次发生车祸，母亲受了很严重的伤仍然拒绝去医院，因为他们只相信上帝。塔拉的哥哥肖恩继承了父亲蛮横的性格，在家里经常因为小事对妹妹塔拉大打出手。有一次因为几句口角，肖恩大吼大叫，一把将塔拉拖到厕所，将她的头按进马桶里一顿暴打，任凭塔拉如何撕心裂肺地哭泣求助，隔壁的母亲依然无动于衷。她认为哥哥教训妹妹是天经地义的事情，而这种教育观念助长了肖恩的气焰，对塔拉长达十余年的漫长虐待，成为塔拉终身抹不去的童年阴影。

还好塔拉的世界里不全是黑暗，她的哥哥泰勒如同一束光照进她阴暗的生活，给她一丝光明和希望。泰勒是七个孩子中第一个逃离这个家的孩子，他一直坚持自学，最终离开巴克峰考上大学，他劝塔拉和他一样，离开这个家去外面看看新的世界。塔拉受够了这里的一切，她希望改变，希望逃离，希望新生。她开始准备美国大学的入学考试，对于十七年从没上过学的她而言，从头开始自学是相当困难的，在母亲的鼓励和泰勒的辅导下，塔拉终于如愿以偿地收到杨百翰大学入学通知书，她的双脚开始渐渐地离开地面，飞向另一个世界。

塔拉本以为逃离这个家就可以开始新的生活，可新的校园生活却带给她另一种磨难。在山里像野人一样与世隔绝生活了十七年，她完全融入不到现实的社会生活当中。塔拉的所有认知源于父亲的教育，但外面的世界与父亲的教育完全背道而驰，别人的普通生活在塔拉眼里如同外星世界，塔拉的生活在同学眼里也如同天方夜谭，她觉得自己同周围的一切格格不入，甚至一度想逃回家里，躲进黑暗的角落。塔拉吃个止痛药片都要克服心理障碍，因为从小父母就告诉她生病不吃药，药品会在体内留下毒素，上帝会保佑她。刚上大学时，她觉得周围那些穿着暴露的女生都是不道德的，因为在她家女孩子画个口红都要被骂不要脸何况袒胸露背。可她渐渐地发现止痛药确实能缓解她的牙疼，那些"不要脸"的女孩子明明是善良可爱的。理所当然的观念被全面颠覆，是非善恶这些最基本的价值判断全都乱了，塔拉就像一个失去平衡的人，整个世界都是转的。为了尽快追赶上其他人的脚步，适应这个社会，塔拉整日泡在图书馆中不断地学习。摆脱无知的道路并不容易，塔拉凭借毅力和信念从不及格生成了全优生，从人们眼中的怪物，变得逐渐地被大家认可。塔拉通过不断改变和重塑自我，获得去剑桥大学当交换生的机会，继而在那里攻读硕士，又成为哈佛大学的访问学者，最后获得剑桥大学历史学博士学位。

塔拉在书中写道："你可以用很多说法来称呼这个自我：转变，蜕变，虚伪，背叛。而我称之为：教育。"比尔·盖茨采访她时谈论教育是什么，她回答："教育是一个人重塑的过程，你可以选择被动接受或者选择主动拥有。当你选择了第一种，那么意味着你将重塑自我；而当你选择第二种，则是被别人塑造。也即是说如果你选择主动学习，你就是在自我重塑，自己重新打造一个不一样的自己，如果你是选择被动接受知识，那你是在被别人塑造，塑造一个别人想要的你。"而塔拉正是在不断地学习，不断地接受教育中改变自己、重塑自己。

我们无法选择自己的原生家庭，或富有，或贫穷，或欢声笑语，或争吵暴力，有句话说"父母是孩子最好的老师"，因为父母对孩子的影响是耳濡目染、根深蒂固的，家庭教育的本质可能就是人生观、价值观的复刻，也正是因为家庭的影响，很多孩子在父母固有的思维中成长，走不出父母画的那个圈。但我们可以从改变自己开始，从而改变周围的环境，我们想的是什么，我们才会变成什么样的人，只有不断地打破自己的思维认知才能不断地进步。许多人在面对新的认识时会不由自主地退缩，就像一直生活在黑暗中，突然有一束光亮照向你，照亮你的同时也会击退你。我们生活在轮回中，四季轮回，昼夜轮回，在永恒的变换中轮回，每完成一次轮回，就意味着一切未有任何改变，真正有勇气走出舒适圈、迎难而上的人并不多，真正能阻碍你前进的人从来不是别人，是你自己，只有不停改变才能保持全新的自我，时常问自己："你今天，改变了吗？"

独立女人的幸福生活

——读露易莎·梅·奥尔科特《小妇人》

作家简·奥斯汀曾经说过，女性如果为了财产、金钱和地位而结婚是错误的，但如果不考虑以上内容就结婚是愚蠢的！《小妇人》讲述的就是女性独立自主，如何在爱与金钱中依然活出自我获得幸福的故事。

《小妇人》是由美国女作家露易莎·梅·奥尔科特创作的家庭日记式小说，通过一篇一篇的小故事记录着马奇家简单而又温馨的生活。南北战争爆发，马奇先生不得不去从军，留下马奇太太独自照顾四个女儿，马奇家的四姐妹有着截然不同的性格，梅格美丽动人却有些爱慕虚荣，乔聪明独立但脾气急躁，贝思温柔善良但腼腆害羞，艾美乖巧可爱但有点小自私。那个年代的美国是没有体面的工作岗位提供给女性的，所以一个女人带着四个女儿的生活可想而知是多么的艰辛和困难，但是马奇太太从来没有抱怨过生活的艰难，她总是满怀热情地为孩子们描述美好和希望，一直灌输着正能量。她们没有被生活所击垮，反而一家人总是其乐融融。马奇家虽然生活清苦，但马奇太太时常教导四个女儿要心地善良，帮助更需要帮助的穷人，不只是穷人，就连她们富有的邻居劳伦斯祖孙俩也是她们善心的受益人。二女儿乔是家里最独立自强的，也是后期家里主要的经济支柱，她热爱写作，向往自由，不想像其他女人一样为了金钱嫁给不爱的富人做上流社会里的笼中雀，所以拒绝了追求她的富家子弟劳里，乔通过不断地努力写作，最后突破世人对女性的偏见，如愿以偿地成了大作家，后来嫁给了在纽约认识的罗尔教授，然后和丈夫一起办学校，教穷苦的孩子们读书。大姐梅格和乔的观念正相反，一心想嫁给富人借此进入上流社会，希望通过婚姻改变地位过富裕的生活，可经过多次失败的尝试后，受乔和母亲的影响，最后选择了爱情，嫁给清贫的约翰，过着平凡但幸福的生活。善良无私的贝思因为身体不好，一直待在她最喜欢的家中，在姐妹们的呵护关怀下直至去世。最小的艾美因为性格温顺，获得去欧洲游学的机会，蜕变得优雅迷人，最后和劳里相爱并嫁给劳里。《小妇人》中女孩们虽有缺点，但她们始终坚持自省和自律，曾在金钱与爱情中挣扎过，但没有因为金钱而迷失自我，最后都活出自我，得到属于自己的幸福。

这部小说非常现实，因为它可以毫不避讳地谈论金钱，并且坦诚地把金钱与爱情、婚姻甚至梦想挂钩，正视人性里趋利避害的本能，不逃避也不美化，因为真相就是真相，它不美好但也不残酷。真正独立的女性或者男性，应该不齿于谈钱，但也能明白为什么需要金钱，明白人生其实就是选择与舍弃，在认清真相后还能对生活保持幻想，不会一味地抗争也不会一味地妥协，有人把现代女性谈钱粗暴地当成一种虚荣，其实这只是一种迫切对人格独立的渴望，只不过用错了方法，正确的方法

是向内探求，而非向外索取。

何为女性独立？何为人格独立，展示了一种温和的包容之心，无论结婚与否，女性都可以保持独立，结婚不一定是禁锢，不结婚也不一定代表自由，关键在于能否在人生的不完美中找到平衡，甚至可以说婚姻能检验出女性的独立程度，始终保持自律自省，努力克服弱点，不完美的人也会得到幸福。

边疆雪山上的悲壮

—— 读毕淑敏《昆仑殇》

一群普通的军人用生命与感情写就一段回响在世界最伟岸山脉上的凯歌，但这群人却让整个昆仑背负了难以排遣的沉重。《昆仑殇》讲述昆仑防区部队在零下四十多摄氏度、海拔五千多米的昆仑山上进行军事拉练过程中所发生的故事。

故事的中心人物是一位代号为"一号"的首长，他虽然身材矮小但却是昆仑防区最高军事指挥官，有着崇高的地位和不可撼动的威严。"一号"接到总部关于进行冬季长途野营拉练的指令，内地的部队已经开始行动了，而高原部队的冬季拉练在我军历史上尚无先例，为了捍卫昆仑军人的荣誉，摘掉"老爷兵"的帽子，"一号"力排众议，一意孤行地决定在海拔五千多米、零下四十多摄氏度的严寒永冻地带，穿越无人区，进行一次史无前例的残酷拉练。同时，拉练还要求必须自带生粮野炊，必须甩开帐篷露宿在冰天雪地，必须摒弃不多的现代化运输工具，徒步负重行军，如此严酷的自然条件加上苛刻的人为要求，昆仑将士的血肉之躯与昆仑相撞，后果难以设想。在恶劣的条件下，行军队伍如一条巨龙盘卧在昆仑的脊梁上，但他们又是那样的脆弱，因为在自然面前没有谁能称得上坚强。魁梧憨厚的炊事员金喜蹦为了救战友甘蜜蜜跌落万丈深渊；号手李铁在零下四十多摄氏度的寒风中一路吹响振奋人心的冲锋号，直至耗尽了最后一丝真气；年轻貌美的肖玉莲毫无征兆地倒下后再也没能爬起来，永远长眠在荒凉的无人区；烈士后代郑伟良坐在"一号"不让检修的车中，中途坠落山涧，车毁人亡。然而"一号"面对那一串串黑色的数字时，即使心在狠狠地流血，但是一切没有退路，他必须服从上级命令，必须始终捍卫军人的精神。向上是生向下是死，头上是生脚下是死，每一个举手投足，每一次吞吐呼吸无不经历生死循环，这不仅仅是翻山拉练，而是一种将死亡置之度外的向生命顶峰、灵魂深处的攀登和超越。胜利，唯有胜利，唯有辉煌的胜利，才能像正午使人不敢直视的阳光一样，将牺牲压在脚下，使人不会注意它。在拉练的路上，太多的军人有想说却说不出的话，太多的军人失去了亲爱的战友，但战士们没有退缩，他们勇敢、刚毅、大义凛然的军人气概让人感受到一种对生命的挑战和敬畏，一个个鲜活的生命在昆仑山的怀抱里永垂不朽，一座座刚毅决绝无怨无悔的精神丰碑将在这里万古矗立。

我很敬佩中国军人坚韧不拔的意志，更惊讶于决策别人生命的人的无知、无情。我很喜欢书中郑伟良的话："战争的物质性是异常直接的，吃苦不是目的，只是达到胜利的手段，单纯追求苦难而忽略军人生命的价值，正是对传统的背叛。"作为现代的中国军人，就应该像郑伟良这样有丰富的学识，聪明的头脑，也许很多人欣赏"一号"的严格，但我不得不为他的无知和对生命缺乏敬畏之心而感到惋惜，无论何时何地，生命高于一切。

作者毕淑敏 1969 年入伍，在喜马拉雅山、冈底斯山、喀喇昆仑山交汇的西藏阿里高原部队当兵十一年，后从医二十余年。1989 年加入中国作家协会，曾获庄重文文学奖，《小说月报》第四、五、六届百花奖，当代文学奖等多项大奖，现任北京作家协会副主席。《昆仑殇》是毕淑敏的处女作，她以自己在西藏阿里高原当兵时的所见所闻为写作素材。毕淑敏小说的开篇就引入不稳定性，呈现出张力，形成叙事的兴趣核心，然后围绕兴趣核心展开叙事，同时通过对叙事兴趣核心的解读，抒写作者对社会和人生的心灵感悟。《昆仑殇》开篇就是通过他国军事卫星发现我国昆仑山上有一条奇异的曲线而引出昆仑部队在山上拉练的故事，读者被独特的张力吸引，形成兴趣核心，然后迫不及待地阅读下去。文中作者通过细腻真挚的情感描写和生动的故事情节，将读者一步一步地带进昆仑雪山，跟着高原部队一起徒步前行感受刺骨的寒风，一起敬畏顽强不屈的年轻生命。

善与恶之间的距离

——读毕淑敏《女人之约》

毕淑敏的《女人之约》不仅仅是一本讲女人的书，这里有羡慕、有嫉妒，有对尊严的渴望，也有对诺言的践踏。这本书更像是一堂围绕"人性"进行剖析的生命课，而我们每个人都在其中无所遁形。

一个名声很坏、外号"大篷车"的普通女职工和一个受人敬仰、活得最高贵的女厂长之间有着怎样的约定呢？郁容秋是厂里的一名普通女车工，说普通其实也不普通，她就像野地里的花蝴蝶，在男人堆里飞来飞去，飞得厂里人尽皆知。也正是这招蜂引蝶的本事，她成了厂里的"红人"。三角债是一个巨大的漩涡，把庞大的国营企业淹得两眼翻白。账面上看着有一大笔钱，实际上保险柜里空空如也，厂长组织的浩浩荡荡的讨债大军都纷纷败下阵来，眼看着工资发不出来，厂里急需一名讨债能手，而郁容秋就是这"揭黄榜"的人。她凭借着动人的姿色、过人的酒量和强硬的手段，靠一己之力为厂里追回了一笔又一笔的欠款。一下子从一个人人唾弃的"大篷车"，变成了人人尊敬的"英雄"。她享受着领导对她恭维的态度，享受着同事对她尊敬的目光，即使最后因为长期陪酒导致肝癌晚期，病入膏肓也不承认自己生病，就是怕失去这份难得的荣耀。

她这么卖命地要债，不为升官不为发财，而是为了和女厂长的一个约定。但直到生命的最后一刻，也没有等来女厂长履行诺言——给她鞠一个躬。一个鞠躬对于女厂长来说不算什么，但是向这样"卑贱"的女人屈膝，会成为厂内经久不息的新闻。尤其在女厂长得知她将不久于人世、再无利用价值时，更是确定了她违背诺言的想法。

小说《网内人》中有一句话："杀死人的从来不是凶器，而是，恶意。"郁容秋虽然是病死的，但她的病却和厂里的每一个人有着千丝万缕的联系。如果说郁容秋是厂里臭名昭著的"恶人"，那么其他人呢？厂里的男人们暗地里垂涎她的美色，但明面上看见她却像看见瘟疫一样躲得远远的；厂里的女人们面上与她交好，背后也是说着难听的坏话；厂长为了债务问题，当面客气，背后嫌弃。这些人冷漠的态度、肮脏的话语、背后的指点都是迫使她豁出性命走上追债道路的推手，对于郁容秋来说又何尝不是"恶人"呢。法国著名思想家伏尔泰曾经说过："雪崩时，没有一片雪花觉得自己有责任。"伤害并不是一次性造成的，而是一点点累积的，每个人对她的一点点的伤害，最终就会造成她的世界崩塌。

生活中，人们总会存在一些偏见。以偏概全，以点到面。因为一个人的缺点而掩盖他的优点，因为一个人的错误而否定他的正确，因为一个人的过去而批判他的现在。这些世俗的偏见宛如一把锋利的刺刀，狠狠地扎进"恶人"的身体里，反复摧残。而他们眼中的"恶人"郁容秋却救活了一个厂，救活了厂里的所有人，转身一变，又成了人们眼中的"善人"。

每个人都有善的一面，也都有恶的一面，善恶是并存的。而人性的最大恶在于察觉不出自己的恶，以善的名义做着恶事却不自知。善恶之间的距离可以遥不可及也可以近在咫尺，一念成佛，一念成魔，全在一念之间。生而为人，愿你我温柔善良，愿世界温暖如初。

一台刀光剑影的戏

—— 读阿袁《鱼肠剑》

鱼肠剑，古代名剑，专诸置匕首于鱼腹中，以刺杀吴王僚，故称鱼肠剑，可见，鱼肠剑不是侠士们之间的华山论剑，不是明晃晃的刀光剑影，而是藏于暗处，趁人不备，暗地里捅人背后的剑。

小说围绕博士楼305宿舍中的三个女人的情感纠葛展开故事，她们表面上风平浪静，暗地里却波涛汹涌，一个个把剑舞得风生水起。孟繁，心思缜密、处世圆滑，一个城府颇深还有点小聪明的心机女人；齐鲁，不谙世事、老实本分，一个一心只读圣贤书，两耳不闻窗外事的笨女人；吕蓓卡，风情万种、八面玲珑，一个为了达到目的不择手段的蛇蝎美人。都说三个女人一台戏，那么三个高知女人唱起来的戏更是别有一番韵味。

　　小说中每个人都在自己的鱼腹中藏了一把剑，有意无意地刺向别人，同样又都被别人刺过。心思缜密的孟繁自以为跟孙东坡假离婚的计谋不仅可以得到学校三十万奖金，还可以随着老公调任到更好的学校，夫妻俩继续夫唱妇随，双宿双飞，没想到被吕蓓卡和相濡以沫十多年的丈夫暗中算计，最后竹篮打水一场空；齐鲁看似老实，不争世事只在乎文学，但在见网友"墨"的时候也借好朋友汤毛到访的机会，替自己挡了一剑；吕蓓卡利用美色得到师兄的帮助，顺利完成毕业论文，不仅学业有成还暗地里抢了孟繁的老公，看似剑舞得风生水起，可谁又知道十年磨一剑的孟繁最后会对她作出怎样的事情，这把剑可是要比鱼肠剑锋利得多。

　　生活当中处处是荆棘，一不小心就会被刺到，你在算计别人的同时，别人或许也在算计你，就像卞之琳在《断章》中说的一样："你站在桥上看风景，看风景的人在楼上看你；明月装饰了你的窗子，你装饰了别人的梦。"人生亦如此。

　　《鱼肠剑》的作者阿袁，原名袁萍，现在南昌大学中文系任教，阿袁是个典型的学院作家，文字很华美，独具张爱玲式的神韵。阿袁的小说就像拔丝地瓜，夹起一块却总能带起千丝万缕的历史文化记忆。阿袁的秘诀无他，其实就是个"喻"，她总能把当下的人和事，与诗经，与唐诗宋词，与京剧昆曲打成一片，从而构成了一种极具张力的喻说方式。就像小说里，把孟繁、吕蓓卡和齐鲁的性格通过她们各自研究的文学对象李商隐、戏曲和先秦文化进行隐喻，更形象生动地凸显出三个女人的性格特点。阿袁写的故事在生活中不算很稀奇，不像侦探小说情节曲折，峰回路转，也不像科幻小说给人无限遐想的空间，她的故事很简单，但简单的故事却在阿袁的笔下显得熠熠生辉，人物心理的描写，故事情节的刻画都非常细腻，她能把很简单平常的事写得妙笔生花，让读者有读下去的欲望，比如文中有这样一段叙事话语："请导师当然要请吕蓓卡，不然，那顿饭不白瞎了？没有吕蓓卡在场的饭局，谁有本事把它撑下来？

导师的脸冷飕飕地如一月的冰雪，生生能把衣衫单薄的弟子冻死。而吕蓓卡一旦在，那季节就完全不一样了，那是人间四月芳菲天，有时候导师喝高了，兴起了，就到七八月。"这里阿袁在描写导师脸色变化时运用季节的冷暖变化，从一月渐渐过渡到七八月，生动形象地刻画出吕蓓卡在导师心目中的地位，颇有几分张爱玲的神韵。

但个人觉得阿袁的写作优点同样也是她的写作缺点，她写了很多关于学院的小说，例如《郑袖的梨园》《子在川上》等都离不开学校里的那点事，离不开家长里短，离不开风花雪月，文章内容简单俗套，写作风格一成不变，如果能打破桎梏，更有深度、广度地拓展题材，变换写作风格，将使文章艺术水平得到升华。

一场风花雪月的事

—— 读阿袁《汤梨的革命》

如果说《鱼肠剑》写的是三十多岁的女人们之间的革命，那么《汤梨的革命》写的就是蜜桃成熟时女人们婚后生活的革命。三十六岁的汤梨正在经历一场革命，一场既激烈又隐秘的革命。

三十六岁对于女人而言，按说是从良的年龄，是想被招安的年龄。莫说本来就是良家妇女，即便是青楼里的那些花花草草，到这年龄，也要收心了，将从前的荒唐岁月一股脑地藏到夹子里去，金盆洗手之后，开始过正经的日子。这是女人的世故，也是女人的无奈。然后就在这个黄花菜都凉了的年纪，汤梨却偷偷地开始了她一场风花雪月的事，毕竟美人的黄花菜温度刚刚好。

人群里安静的男人，如黄昏时天空中倦飞的鸟，如夜里阑珊的灯火，总能动人心弦，孙波涛就是这样像梁朝伟一样安静却又勾人心弦的美男子。他们俩相遇是因为一次市里的阅卷任务，孙波涛就是在阅卷时绽放的芬芳花朵，作为大学里优秀单身男老师，汤梨本是要给他介绍对象的，可介绍谁呢？汤梨思来想去，介绍学校里中文系老姑娘之一，最老实呆板，长相最普通的齐鲁。要说齐鲁其实也不算丑，眉是眉，眼是眼，就如一篇四平八稳的文章，让人看了后没有任何吸引力，尤其在汤梨这篇华美文章的对比下，显得更平庸无奇。所以说，从一开始，汤梨给孙波涛介绍女朋友就有几分不安好心。像这样美好的男子又怎会看上如此平庸的女子？碍于汤梨已经结婚的事实，孙波涛借着与齐鲁相亲的机会，每次都找汤梨作陪，一来二去，他与齐鲁依然相敬如宾，可与汤梨却聊得火热，聊得汤梨不知不觉中内心梨花盛开，春心荡漾。

然而，纸终究是包不住火的。汤梨虽然表面上波澜不惊，老公周瑜飞一点没有发现异样，隐秘的革命做的是极好的。可是孙波涛那边却翻船了。突然有一天，一个叫杜小棵的女人找到了汤梨的领导，直言汤梨抢了她的男朋友，她的男朋友叫孙波涛。惊雷般的消息在学校里炸开了，炸毁了汤梨在众人眼中端庄贤淑的模样，也炸毁了她幸福美满的家庭。

作者阿袁延续之前的写作风格，很巧妙地将古典文学、诗词融入作品创作中，她总能把当下的人和事，与诗经，与唐诗宋词，与京剧昆曲打成一片，从而构成了一种极具张力的喻说方式，这种方式将婚后夫妻间的平淡如水，婚外与情人的激情四射描写得风雅隐晦，不单单是汤梨的革命，是每一个婚后的男人、女人都可能会经历的革命，是偷尝禁果后付出的不可挽回的代价。阿袁的小说让我们看到人性的丰富驳杂，其小说的精神分析与反讽意味承接了现代写作的传统，通过校园一隅，揭示社会人性诸多问题，引发读者的思考。

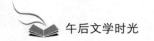

一世情　半生缘

——读张爱玲《半生缘》

　　"日子过得真快，尤其对于中年以后的人，十年八年都好像是指顾间的事。可是对于年轻人，三年五载就可以是一生一世。""回首半生如梦，何处停留？住在心里的那个人，藏在泪中。"《半生缘》原名《十八春》，是张爱玲第一部完整的长篇小说，曾以充满政治色彩的大团圆为结局，然而张爱玲并不满意这个结局，她在旅美期间重新改写，使剧情更加百转千回，按自己一贯的风格，注上了不圆满的结尾。

　　20世纪30年代的旧上海，既是一个喧嚣华丽的城市，也是一个凄美哀怨的城市。在那个特殊的时期，自由与封建并存，和平与战争交迭，上演着无数痴男怨女、悲欢离合的爱情故事。顾曼桢和沈世钧就是这对缘尽半生的恋人。曼桢和世钧同在一家工厂工作，原本两人是没有交集的，后经过共同的好友叔惠介绍才得以熟识。三人的第一次碰面是在一家小茶馆，曼桢温婉大方、活泼开朗的性格瞬间吸引了世钧的注意，视线总忍不住停留在她的身上。饭后世钧要拍照片寄回老家，在叔惠的撮合下，曼桢和世钧有了合影的机会，可惜底片不足，两人没能留下合照，成了一份遗憾，这份小小的遗憾也成了他们终生的遗憾。

　　自此开始，曼桢和世钧的交流越来越频繁，感情渐渐升温，美好的爱情也就此开始了。可在张爱玲的笔下，爱情又怎会那么美满呢！曼桢父亲早逝，年迈的母亲带着兄妹七人，生活拮据，一家人全靠姐姐养活。姐姐曼璐迫于生计，放弃心爱的初恋情人豫瑾做了舞女。世钧的老家在南京，有一定的家业，他不想被家中老旧的观念束缚，独自一人来上海打拼事业。曼桢感念姐姐的付出，可又怕世钧介意她的家庭，从来不敢让世钧来家中做客。不久后，曼璐嫁给投机分子祝鸿才，虽然他乡下有老婆有孩子，但他有钱，钱就是曼璐和家人最需要的一切。曼璐出嫁后，曼桢也松了口气，她和世钧的感情不用小心翼翼，躲躲藏藏了。可雁过总会留痕，在曼桢到世钧家中拜访的时候，被世钧的父亲认出来她和曼璐长得颇有几分相似，几经打探，证实了他的想法。沈家自然是不能同意家世清白的世钧同舞女的妹妹结婚。父亲借着生病的理由逼世钧回家，即使世钧有千百个不愿意也抵不过在父亲床前尽孝。就此一别便是永远。

姐姐曼璐婚后的生活并不幸福，她的身体早已被掏空，根本无法生孩子。风流成性的祝鸿才也并没有因为婚姻而收敛他放荡的生活，反而嫌弃曼璐的出身，不时对她恶语相向，拳脚相加。同为姐妹，为了家庭，她沦为最低贱的舞女遭受男人的唾弃，曼桢却以清高的姿态享受男人的爱慕。嫉妒的怒火冲昏了她的头脑，失去理智的曼璐设计让祝鸿才强暴曼桢，并把她软禁起来，借曼桢的肚子生下孩子来保住她仅剩的婚姻。世钧一直找寻不到曼桢的下落，误信曼璐的谎言以为她和曼璐的初恋情人豫瑾结婚，一气之下同家中父亲安排好的表妹翠芝结婚了。曼桢在绝望和愤恨中生下了孩子，后经好心人帮助逃出了祝家。她想去找世钧，但当得知世钧已经结婚后她打消了这个念头，世事无常，经过那场噩梦，她不想更不能去破坏世钧的幸福生活，独自一人离开。

三年后，姐姐因病去世。临终前找到曼桢托付生病的孩子，曼桢于心不忍，为了照顾孩子无奈回到祝鸿才身边，同这个她平生最憎恨的人一起生活。世钧与曼桢重逢已经是十四年之后，世事沧桑恍如隔世，原本善良年轻的曼桢已经饱经风霜，原本风华正茂的世钧也人到中年。即便心里有万般不舍，有千种痛苦，曼桢哭道："世钧，我们回不去了。"

一世情，半生缘，爱离别，恨长久。在现实面前爱情从来都显得不堪一击，能不顾一切为爱痴狂的人终究是少数，大部分都被迫选择了将就。她珍视的爱情早就被沉重的生活压力磨得粉碎，再也拼凑不回去。向来情深，奈何缘浅。世钧与曼桢，叔惠与翠芝，豫瑾与曼璐，他们的缘分似乎只够半生，此后都在命运的捉弄下越走越远，尽管触手可及，却又永远跨不过现实的鸿沟和世俗的偏见，按部就班地生活在各自的轨道上，远远望去，没有交集。两个人闹哄一场，一个人地老天荒。

不得不说，张爱玲是个天才，从她的文笔到内容常有灵光迸现，而且独具风格，她对人性的洞彻，是任何一个时代的女作家都不可比拟的，就算后世模仿她的写作也比不上她的半分，即使写得再像也独缺她的那份灵气。看张爱玲的小说处处透露出一个"叹"字，叹《半生缘》里曼桢和世钧相爱半生却又错过半生有缘无分的结局；叹《金锁记》里曹七巧可气可恶又可悲的一生，叹《封锁》里吴翠远在电车中昙花一现般的爱情。然而这个"叹"就像一种特殊的魔力吸引着你，令你着迷，不得不看下去，一篇接一篇地看下去。

无论面对感情还是生活，每个人都何尝不想掌控自己的人生，但是在命运的洪流中，做自己难，做自己的主人更难。当爱情和现实碰撞，就凸显出人性的复杂，我们在面对爱情与婚姻的抉择时，也会有很多身不由己、自私矛盾的想法，等到多年以后，当往事沉淀，那些是非都会成为过眼云烟，唯有生活是自己的，所以该爱时就爱，跟随本心，享受当下。

爱离别　恨长久

—— 读王安忆《长恨歌》

"在天愿作比翼鸟，在地愿为连理枝。天长地久有时尽，此恨绵绵无绝期。" 白居易的《长恨歌》将一段婉转动人的爱情悲剧娓娓道来，带着几分对唐太宗荒淫误国的讥讽，又带着几分对杨贵妃红颜薄命的同情。王安忆的《长恨歌》同样也是讲述一个漂亮女人从情窦初开到碧落黄泉，从底层走向上层社会，从爱慕虚荣到爱而不得的悲凉故事。

在 20 世纪 40 年代的旧上海有个普通人家的姑娘叫王琦瑶，还是中学生的王琦瑶凭借自身的优越条件被选为上海小姐第三名，因此被人称为"三小姐"，从此，开启了她在上流社会的人生。此时的王琦瑶结识了倾心于她的程先生，但程先生并不符合王琦瑶想要步入上流社会的择偶标准，很快，位高权重的李主任走进了她的生活，摇身一变，她从弄堂里的小姑娘成了洋楼中的金丝雀。因为在她的思维里，李主任代表着上流社会，代表着权力和地位，是自己可以留恋并依靠的人，殊不知这样的想法造就了她命运多舛的一生。好景不长，上海解放后，李主任遇难了，只留给她一箱毫无感情的金条，王琦瑶一下子从上流社会变回了普通百姓。

经过一段时间的沉寂后，人到中年的王琦瑶回到上海，住进平安里。康明逊是平安里富贵人家严师母的表弟，王琦瑶不可自拔地爱上了这个细致、善解人意的富家公子。但他可不比李主任，对自己的人生，对她的人生有足够的话语权。他们互相喜欢但碍于彼此的身份地位只能爱得隐忍，爱得卑微，即使王琦瑶怀孕了也不能光明正大，只好委身于情场浪子萨沙解决孩子的出生问题，最后连萨沙也离她而去。

即使所有人都不在了，所有人都离她而去，还有一个男人默默地关心她，那个人就是程先生。程先生任劳任怨地照顾着王琦瑶和她的孩子，他感动着王琦瑶，王琦瑶也感恩于他，但王琦瑶明白感恩并不是感情，她也想过若是程先生主动提出，她定是会顺从，可正人君子的程先生什么都没说也什么都没做。最终，程先生死在了残酷的"文化大革命"当中。

晚年的王琦瑶已经不奢求爱情了，只渴望有个人能陪陪她。年纪虽大的王琦瑶依然风韵犹存，在一场舞会上吸引了小她四十岁的青年才俊老克腊。年轻人的热情使她深深地感受到拥有再多的金钱也是冰冷的，远远赶不上一个温暖的怀抱，她甚至想把那箱金条送给这个男人换取后半辈子的依靠，然而这段畸形的恋爱并没有任何结果。她视若珍宝的金条不仅不能给她带来依靠反而引来杀身之祸。在一天夜里，张永红的骗子男友长脚闯进了王琦瑶的家，抢走金条并将其杀害。

王琦瑶的一生跨越四个重要时代：民国时期，社会主义建设时期，"文化大革命"时期和改革开放时期。她遇到过她爱的人也遇到了爱她的人，但每一次的选择都不合时宜，都是一次错误，一步步地把自己推向深渊。

《长恨歌》是当代著名作家王安忆的长篇代表作之一，曾获得第五届茅盾文学奖。一直被认为是王安忆笔下最为动人的一曲挽歌，具有强烈的悲剧意蕴。开篇作者通过不同的角度以散文的写作手法描写老上海弄堂的不同景象：上海的弄堂是壮观的；上海的弄堂是暗到见不着底的；上海的弄堂是声色各异的；上海的弄堂是性感的；上海的弄堂是日常烟火一点一点积累起来的。又通过大量的篇幅描绘上海的不同画面，弄堂旁边的邬桥，桥上停留的鸽子，鸽子又飞进了舞会，这些不同的场景组成了眼前老上海的动态画面，王琦瑶、程先生、李主任、老克腊等这些人物穿插在一幅幅画面当中，交织成一首长恨歌。

经常有人将王安忆同张爱玲作比较，按照王安忆所说的："她的出身和经历都不同于张爱玲，她也不会像张爱玲落笔的目的是写虚无。张爱玲的悲是消解得了的，王安忆的悲是消解不了的。"王琦瑶就是现实中很多女人的缩影，好高骛远想要步入上流社会，对金钱和地位有着强烈的渴望，但最后往往竹篮打水一场空，风光一时，落寞一世。无限的欲望就像一个又一个枷锁，一点点地压垮有限的能力，最后无力反抗。人生应该删繁留简，任世事摇曳，心始终如莲，安静绽放。

半个世纪的守候

—— 读马尔克斯《霍乱时期的爱情》

《霍乱时期的爱情》一书很有马尔克斯的特点，还是类似一种倒叙的写作方式，但是相比于《百年孤独》，我还是更喜欢后者，也许是因为后者有更多的魔幻元素。但是《霍乱时期的爱情》讨论的"爱情"和一如既往的异域风情依然吸引着我。

书中讲述了三位主人公的一生，阐述了婚姻与爱情的关系，当然不同的人有着不同的见解和感受。其中有一段话让我印象深刻，"你要永远记住，对于一对恩爱夫妻，最重要的不是幸福，而是稳定"。其实这并不是作者所推崇的，但却又是我们现在社会氛围或者主流思想所推崇的。现在的我们关注物质多于爱情，列了很多条条框框把许多本可以爱的人挡在心门之外，这是多么可惜的一件事啊！

人生在世总要面对生死两个问题，要面对死亡就绕不过眼看着自己和周围的人渐渐衰老下去，而面对生，人要解决孤独的问题。人克服孤独无非是通过人与人的结合和人与周围世界的统一。人与周围世界的统一，比如工作与娱乐相互交替和创造性的劳动等。人与人的结合体现在组建家庭，加入一些团体等，这也是人类的社会属性。还有一种方式就是通过爱情对抗孤独，这个方式就是我在这本书中读到的重要收获。

在少年时期，阿里萨爱上了费尔明娜，他像得了霍乱一般无可救药地思念费尔明娜，写七十多页的情书，夜晚拉琴传递相思，两个人互换信件信物，但是并没有真正地进行一次谈话。在向费尔明娜求婚后，费尔明娜的父亲坚决反对两人的感情，并带女儿去旅行，阿里萨悲痛欲绝。对于阿里萨来说，那只是漫长一生等待的开始，也可以说是一种朝圣的开始，向爱情朝圣。他看着她结婚、怀孕、生子、儿女成群，她的恼怒，她的娇嗔，全部为另一个男人绽放，与己毫无干系。最奢侈的事，就是借着镇上公众活动时拥挤人群的掩饰，远远地、肆无忌惮地欣赏她娇美的容颜；因为她短暂的失去消息而担惊受怕；因为她的倩影曾印在一面镜子上而买了这镜子回家；因为在剧院坐在她的座位后排而获得无上喜悦，感谢上帝；无数次驾着马车从她家门前经过，却因为马车恰好在她家门前坏掉而惊慌失措，狼狈逃开。为了她，他努力让自己变得优秀，使自己能成为她的依靠；为了她，他经过一路风景，却从未停留。而她早就走出了这段关系，过去的狂热像个荒谬的梦，一切随风而逝，只是在婚姻生活中偶尔想到这场绮梦，幻想着如果，然而终究还是用一句"唉，可怜的人啊"挥别蒙眬的过去。女人的心，谁说得清，人说女人善于同情，心地善良，但费尔明娜是如此冷酷，她毫不迟疑，像个女皇，就此判定了阿里萨长达半个世纪的守望。他曾经为了这场爱情每日在树下苦等，他曾经为了这场爱情疯癫发痴，他吃着玫瑰花读费尔明娜的每一封信，即使这只是对方极普通的日常；他曾经勇敢地在爱人那凶悍的父亲面前表达了自己对他女儿忠诚的不容轻蔑的爱意，面对着枪的威胁，他像个勇士，"向我开枪吧，"他说，"没有比为爱情而死更光荣的了！"他曾经因为爱情而无视战争，被拘留，戴上镣铐，却因为是为了爱情而觉得光荣，甚至嫌拘留时间太短。我们可以说阿里萨得了爱情崇拜症，但我们不能说他忘记了这场爱情，因为他确实在这场爱情长跑中受尽了折磨。

或许爱情就像霍乱一样，来了，来得如此迅捷，它破坏力如此巨大，烧得人头脑发热，头昏脑涨，神魂颠倒，痴痴傻傻，突然却又迅速消失；听说爱情像是一场发烧，烧退了各奔东西，烧傻了就步入婚姻的围墙，费尔明娜醒了，阿里萨却只因一眼，魂断终生。一次相遇，情不知所起，一往情深。从此他患上了一种和霍乱的症状完全一样的相思病。为了这病，他曾经身处妓院静读诗书，而不思淫欲。为了这病，他曾忘记一切，现在为了这病，他要独自品尝苦果。只是别人都说用整个青春与你告别，但他说用整个青春去等你；不是在痛苦中直呼太委屈，而是坚持下去无关名与利。他是最懂得"曾经沧海难为水，除却巫山不是云"的人，他没有玷污爱情，只是珍藏了这份感情。

半个世纪后，他的情敌终于去世了，首先他感到难过，因为乌尔比诺是一个值得尊敬的人，他们共同爱着一个女人，他死的时候白发苍苍，生命的流逝也是一种痛苦，但他对费尔明娜的爱却时不时噬咬着他的心，有时他感觉自己已经可以摆脱她了，但最后还是轰然坍塌，他的心只能住进那个最初的女人。在半个世纪的漫长光阴里，阿里萨在数不清的女性肉体上寻找和迷失，尽管他在内心说"心房比旅店里的房间更多"，但那些心房的墙壁可以轻易酥塌，于是那阔大的心房里装着的又只是"戴王冠的仙女"费尔明娜了。终于在半个世纪的岁月羁绊中费尔明娜与阿里萨走到了一起。

在本书中，一方面我们听见了深沉的叹息；另一方面我们又看见了一位老人满脸热烈的笑，那种热爱生命、回归青春的笑。这一点在小说最后一章体现得最为鲜明。费尔明娜与阿里萨在半个世纪后走到了一起。看起来两人仍不太可能结合，但费尔明娜早已枯萎的爱情又被激活，且渐渐灼热起来。当"新忠诚号"在热带河流上昂然而行时，两位老人如患上"霍乱"一般迷醉，他们的爱情似乎冒出了腾腾的蒸汽。这简直就是爱情挑战死亡、青春活力冲击生命极限的神话。我们在不期然中听到作家宣告：爱情的最高境界正在于其形而上的永恒品格。舍此，人类所谓的"高尚""伟大"必将大打折扣。我们被这个"永恒"所眩惑，恰如被小说结尾阿里萨说出的那句话所震动一样：船长迷惑地问他来来回回航行要到几时才停，他用"在五十三年零十一个日日夜夜前就准备好的答案"来回答船长，这个答案便是——"永生永世"！

人，生而平等

——读赵南柱《82 年生的金智英》

"一个女孩要经历多少看不见的坎坷，才能跌跌撞撞地长大成人。"这是 2019 年度韩国争议最大，同时也是一部亚洲十年以来，罕见的百万册现象级畅销书《82 年生的金智英》的推荐语。韩国作家赵南柱运用非常通俗的语言，叙述着主人公日常生活的琐事，虽然没有跟金智英一样的经历，但总觉得金智英好像就在自己身边，有时候看见过她，有时候听说过她的故事。

故事围绕出生在一个普通家庭的普通"80 后"女孩金智英的生活展开，

本来智英过着平静的生活，因为丈夫发现她不定时的人格分裂后而揭开她从小到大一段段几乎能让所有女性感同身受的生长伤痕。

金智英向心理医生诉说着成长以来仅因为自己是女性而带来伤痛的回忆。儿时家里最好的东西总是优先给弟弟，她和姐姐只能享有剩下的食物，对奶奶最难忘的回忆是因偷吃弟弟奶粉而被奶奶无情地责骂；上小学时屡遭同桌男生欺负，她哭着向老师倾诉，老师却笑着说："男孩子都是这样的，愈是喜欢的女生就愈会欺负她。"刚上中学，智英注意到男生可以随意穿运动裤、背心、皮鞋、运动鞋，而女生只能是短裙、丝袜和皮鞋的严格搭配；到了高中，智英晚上下了补习班，独自一人回家的路上要经常提防地铁、公交车上的咸猪手。她向爸爸求助，爸爸姗姗来迟后的第一句话不是安慰她反而指责地说："着装要得体，不要穿那么短的裙子，也不要对别人微笑。"智英一肚子委屈还不得不承受着"受害者有罪论"。大学毕业后，进入一家公关公司。她发现虽然女同事居多，高管却几乎都是男性。下班不得不去应酬，忍受客户的黄色笑话和无休止地劝酒。公司出现"厕所偷拍事件"，不但不为女性发声，而是保留了男性的颜面，被偷拍的女性反而纷纷离职。三十一岁结了婚，不久就在长辈的催促下有了孩子。在众人"顺理成章"地期待下，她辞掉好不容易才竞聘到的工作，成为一名全职母亲。

智英的丈夫郑大贤仍是温柔且通情达理的，可当丈夫说出"我会帮你带孩子"时，"帮"这个字眼深深刺痛了智英敏感的神经，何为帮呢？孩子本来不就是两个人的吗？女人因为生育失去了自由、青春、健康、工作以及同事、朋友等社会人脉，还有对自己的人生规划、未来梦想，等等，而男人，又失去了什么呢？

作家赵南柱之所以为女主起名叫金智英，是因为"金智英"是82年韩国出生的所有女孩中使用率最高的名字。可见智英代表着韩国大多数女性的遭遇。然而文中的金智英是幸运的，她没有像妈妈一样为了供哥

哥们上学，放弃升学机会，早早出去打工赚钱贴补家用；也没有像姐姐一样为了弟弟妹妹有更好的生活，放弃考传媒专业的梦想，以高分选择学费低廉而且能早毕业工作的师范专业；也没有像朋友一样，在职场、在家庭中遭受着男人的偷窥和暴力。但就是这么普通善良的智英，她刻苦学习、认真工作、努力生活还是感觉自己仿佛站在迷宫的中央，明明一直都在脚踏实地找寻出口，却发现怎么都走不到道路的尽头。她面对的是整个社会对女性数不尽的、细小的、无处不在的恶意。也是从小到大经历过的各种各样的偏见才造成智英的产后抑郁加育儿抑郁，最后造成了她的精神分裂。

韩国社会的不平等有着历史文化的劣根性，哪怕如今追求真正的男女平等也是不现实的，因为当你提到"追求"男女平等，这个世界便已不再平等，真正的平等应该是潜意识与无意识的实践，而不是声嘶力竭却无法改变的痛苦追寻。

无论男女，人，生而自由平等。受历史文化的影响，"男尊女卑""重男轻女""传宗接代"的守旧思想还残留在一些人的观念中，他们仅把女性当成了繁衍生息的工具，否定了女性在生活中创造的价值。男女两性因生理结构不同，男人创造生命，女人孕育生命，但这不是两性社会地位高低、人格尊严贵贱的理由，在生命的尊严与人格上男女是平等的，都是具有独立性、自主性和创造性的。两者应该是平等互依、相互促进。社会的发展进步需要两性精诚合作、携手共进，女性的解放与发展程度不仅关系着女性自身，也关系着男性乃至全人类的发展，不同的个体结合在一起，才会碰撞出火花，世界才能绚烂多彩。

李 哲

李哲，女，1990年出生于抚顺，2013年毕业于东北财经大学，从事审计工作五年，现任职于辽宁省作家协会。虽然专业与从事的工作都是与数字有关，但不影响对文学和文字的喜爱，尤其在工作环境氛围的熏陶下，更是有尝试动笔写作的想法。

下岗浪潮中东北工人的故事

——读班宇《冬泳》

　　最近"铁西三剑客"风靡文坛，越来越多人品读他们的作品，似乎成为一种时尚。《冬泳》作者就是三剑客之一的班宇，出生于沈阳铁西区的工人村，作为一个"80后"，作品已经在很多著名刊物上发表。这是他的首部短篇小说集，里面收录了七篇小说。

　　在他的笔下，更多的是小人物的平淡日常，都被他刻画得有血有肉，面临下岗失业困境，绝望与挣扎，苦中作乐。在这些琐碎里，却隐隐闪烁着人性的微光。

　　我最喜欢前三篇《盘锦豹子》《肃杀》《冬泳》，故事读下来有种寒冷包围的感觉。

　　《盘锦豹子》：讲述了一个普通工厂员工孙旭庭，凭借自己的出色工作要来了工厂分配的房子。与小姑结婚后努力维系家庭，小姑生下儿子后沉迷打麻将，对儿子不管不顾。离婚后，小姑甚至拿走房产证作抵押，孙旭庭为了家人一改往常的性格，豹子一般怒吼，勇猛地将看房人赶走。其实，孙旭庭在小说前面表现得非常胆小、懦弱，不论工作还是生活都是一味隐忍，也仅仅是在他父亲去世的当天表现出了豹子的性格。一个很普通的故事，一个很平凡的人，勇于向艰难的生活说不，勇敢地生活。

　　《肃杀》：父亲靠骑摩托车拉人为生，偶然结识了一个酷爱看球赛的人——肖树斌。在我家里最困难时，他向父亲借走摩托车，一直未归还，人也再无消息。之后我和父亲在桥底的隧道里，看到了肖树斌在载着球

迷的车经过时疯狂挥舞旗帜，旁边是那辆摩托车，我们却只是沉默而过，也许父亲是看到他并没有放弃热爱的事物。但是文中有一处描写电车事故的场景，我没有理解作者的目的。

《冬泳》：主人公我和相亲对象隋菲相识及交往过程中，她前夫来纠缠，我用砖头狠狠收拾了他（文中也没有明确，不知是否被打死）。在和隋菲去给她父亲烧纸时，我发现她父亲的死和我有关。对于这个故事结局，我读得不是很懂，按照字面意思，主人公缓缓走入湖中，"想起很多年前，也有这样一个稚嫩的声音，惊慌而急促，叫着我的名字，而我扶在岸边，不知所措，眼睁睁看着他跌入冰面，沉没其中，不再出现……"应该是回应之前两人提到的有一年寒假，有个小孩滑冰掉下去，那就是当年他明明看到了却眼睁睁看着这悲剧的一幕发生。又想到一年前他造成的隋菲父亲的死亡，那他是不是因为愧疚而选择自杀还是想冬泳才偶然想到这些？另外，最后是生是死，文中说赤裸着身体，浮出水面，说明还活着，而后面说，没有看到他人，没有树、灰烬、火光……又不符合常理。我读了两遍，觉得也许这是一个开放式结局，供读者想象。

小说语言并没有什么华丽的词汇，甚至有些略显粗俗，但都出现在该出现的地方，给人一种平凡真实的感觉。有的故事是第一人称，有的是第三人称，但却不影响故事的叙述，每个故事都让人印象深刻。文中提到"粉红色珍珍荔枝""白色健力宝"，好像让人一下子有了那个年代的回忆，提到的"建设大路""齐贤街""五里河"等好像瞬间将在沈阳生活的我们代入故事中。

从"一见钟情"到"一生一世"，
他等了半个世纪

—— 读马尔克斯《霍乱时期的爱情》

小说讲述了阿里萨和费尔米娜之间一场跨越了半个多世纪的爱情故事，阿里萨和费尔米娜在年轻时一见钟情却没能在一起，经历了五十多年爱情的折磨，终于重新坠入爱河。五十年里，费尔米娜为人妇，生儿育女，过着上流社会的生活。而阿里萨，有过六百多个情人，心中却一直没有放弃对费尔米娜的感情，就在费尔米娜丈夫去世当天，向她告白。两人最终在一艘升起寓意霍乱旗帜的船上走向一生一世。

读完这本小说第一反应是，对于阿里萨的想法有些不能接受，主要不能接受精神恋爱和肉体恋爱是两回事这一观点，虽达不到网上一些人所谓的三观不正的程度，只是不太能理解，在和别的女人一起时心里还有另外一个女人。这种剧情中的男主一般被称为"渣男"，但阿里萨第一并没结婚，第二在费尔米娜丈夫健在时也没有对她的家庭做过出格的事情，虽然想着她的丈夫早日死去，但我觉得这恰恰表现出了对费尔米娜的爱的迫切心情。总之，对于这个人物，我认为需要辩证地去分析和看待。

其实想想，谁也没有规定爱情到底是一个什么固定的模式，它可以是无私的，也可以是自私的；可以一见钟情，也可以日久生情。不管怎样，阿里萨最终用他的方式获得了他的爱情。爱情这个深奥的问题，又有谁能真正参透呢？

在费尔米娜和作为医生的丈夫乌尔比诺五十年的婚姻关系中，很难让人感受到明显的爱，我在想会不会这就是最普通的爱情、大多数的爱情？文中有一段说，"他心里明白自己并不爱她，同她结婚是因为喜欢她的高傲、她的严肃、她的力量，也因为自己的一点虚荣心……他们什么都聊了，一直聊到天亮，就是没有谈到爱情，以后也永远不会谈到它。但从最后的结果来看，两个人谁都没有做错"。

以我个人浅显的看法，费尔米娜和阿里萨是浪漫主义的爱情，它可以是超越时间的，五十三年七个月零十一天，这种等待在现实生活中是很难遇到的。而费尔米娜和丈夫更偏向现实主义的爱情，它没有多大的激情，只是生活的柴米油盐，医生出轨后又回归家庭，维系这份爱情，也许现实中的爱情就存在这样的不完美。

虽然这本书被誉为"人类有史以来最伟大的爱情小说"，但我想对此评价一定褒贬不一，书中展现的爱情方式不一定是每个人喜欢的。但作者的写作水平毋庸置疑，正是这样一篇大作，仁者见仁智者见智，作者本人不带一点赞扬或是否定，每个人有每个人的看法和追求，他只是以旁观者的口气进行客观描述。

昆仑山上不灭的军魂

——读毕淑敏《昆仑殇》

《昆仑殇》，很难想象这样一篇大气磅礴、军事题材的文章出自女性之手，但是细细品读，其中的细腻、女性的独特感受，又让我觉得出自这样一位"文学家的白衣天使"也是正常不过的。每每读到书中一些细节的地方，就感觉作者没有亲身的体验怎么能写出这么完美的作品，后来翻阅资料得知，作者有着十余年高寒地带的从军生涯，相信其中的一些场景是当年的真实故事，这更让我懂得，写作真正得从生活入手，深入生活，才能感悟生活，才能写出优秀作品。

文中讲述的是海拔五千米的昆仑防区部队军事拉练过程中发生的一些事，我觉得文章通篇都是高潮，从开头一小段的描写就十分引人入胜，引领我不自觉地想往下读，想看看这样一支神奇的部队后来都会发生什么故事，以及故事中的每个鲜活人物都有怎样的结局。但是想到"殇"这个字，不免有些沉重，随着故事的进行，只希望拉练就此结束，不再有伤亡……

整篇读下来，我最喜欢两个方面：

一、人物鲜活有特点

故事中的每个人都有自己的个性，让人印象深刻：

"一号"，一个贯穿全书的核心人物，有着想带出一支能吃苦耐劳的强大部队的使命感，同时又争强好胜，有与"呢军帽"一较高下的倔强，最让我不喜欢的就是他的"不近人情"，面对伤亡仍然一意孤行，即使最终也深有悔意。

作战参谋郑伟良，是一个敏感、细心、机警、坦率的有着现代军事理念的共产党员，一个关键时刻敢于请求收回进入无人区的命令，敢于说出"单纯追求苦难而忽略军人生命的价值，正是对传统的背叛"的军人。

大个金喜蹦，典型的铁憨憨形象，"一号"原警卫员，因为一个不算错误的错误，遭受调查，但他只想用尽快参加战争的方式证明自己，对命令绝对服从，即使给大家分餐也有原则，不多不少。自己生活更是朴实，将好不容易挣来的钱邮寄回家，为了救战友掉落悬崖，就是这样

一个积极向上的小伙，最终被开除军籍……

甘蜜蜜，善良、乐观、敢于说出自己想法，虽为高干子弟，却不娇气，不怕苦，有侠义心肠，为了实现战友的愿望，当面指责质问"一号"，即使有家里的帮助也不想要离开昆仑山，俨然已经从一个不懂事的小姑娘成长为了一个真正的军人。

二、核心人物有争议

"一号"我认为是极具争议的一个人物，让人又敬有恨。"一号"在行军拉练中训练战士们的吃苦耐劳精神，但是并没有实事求是，没有听取他人的建议，在出现很多伤亡的情况下，还是牺牲这么多无辜的生命确实不值得。当时真是认为他只想作出点成绩和别人一较高下，自私作祟，仅仅是一次拉练还不是真正的战争，以牺牲为代价，换取自己的高升，很讨厌"一号"这个人物。文章最后描写了"一号"站在烈士陵园也希望一切都没有发生，没有升迁，没有牺牲……

但换个角度想，"一号"的想法，要让他的部队赓续革命传统，传承红色精神，学会吃苦耐劳。这一点我很赞同，我们共产党的部队一次次攻坚克难，靠的就是这种吃苦耐劳、开拓创新的精神。我的爱人也是一名军人，他曾给我讲起他在特勤中队的魔鬼训练，长达350公里的行军拉练。军人以服从命令为天职，很多时候我不理解的事和做法，在他眼里都是磨砺，一种精神上的给养。文末写道，牺牲将士的子弟也都加入了这个大队伍，我不禁感叹我们的信仰还在，昆仑山上出现了一行新鲜的脚印……

探索未知，感受宇宙魅力

—— 读刘慈欣《三体》

第一次阅读科幻小说，而且三部是在不到一个月时间内完成的，第一部看得比较认真，觉得特别吸引人，能够引发很多的想象，后两部由于时间关系、内容比较烧脑、篇幅比较大等，我阅读得比较粗略。小说丰富的技术细节描写，集文学、物理、天文等知识于一体，作者超越常人的想象力都是我喜欢这本书的原因。

里面人物有很多，但是不像是传统文学中将每个人的个性特点、命运都描写出来，这些人物工具性更强，每个人有他存在的意义和用处。

汪淼，第一部中主要人物，而且是第一个出现的人物，一个研究纳米材料的教授，在三体游戏中找到三体世界的运作方式，并参加游戏玩家线下聚会时，了解了地球三体组织、了解了三体危机的真相，之后在摧毁"审判日"号邮轮的"古筝行动"中作出了巨大贡献。

叶文洁，科学家，由于对人类的失望，向三体人暴露了地球的坐标，希望以此来拯救地球，并且组建了地球三体组织。

罗辑，最成功的面壁者，人类为了破解三体星球的计谋，选中罗辑，罗辑因受叶文洁启发，发现了黑暗森林法则，成为地球文明的守护者。黑暗森林法则简单说就是，宇宙之大，如果不隐藏好自己的行踪，一旦某个文明被发现，就会遭到其他文明的打击。

云天明，在三体星球与地球取得联系，讲述了自己编的三个童话故事，透露了大量情报，隐喻躲避黑暗森林打击的方法。"王国的新画师""饕餮海""深水王子"，关联在一起是一个故事，每个故事中的人物和事物都是有所指的，特别专业的词，像降维、曲率、光速，等等。作为一个不是很专业的读者，只能大概理解其中的含义，但像饕餮海我理解就是黑暗森林，而饕餮鱼则是黑暗森林中的高级文明，无故事王国隐喻整个太阳系。三体人为什么会同意云天明讲故事呢？不会担心被发现吗？小说中提到这个童话在三体世界流传很久了，可见云天明为此做了充足的准备，也足以看出作者写作的缜密思维。

小说中提到的"射手假说"和"农场主假说"让我印象深刻。射手假说：有个神枪手在靶子上每隔十厘米打一个洞。设想靶子上有种二维生物，对自己宇宙进行观察后得出定律：宇宙每隔十厘米必然有个洞，它们把神枪手的随意行为看作定律。农场主假说：农场主每天十一点给火鸡喂食，火鸡中的科学家发现自己宇宙的定律，每天十一点都会有食物，然后就在它公布时，农场主进来将它们捉去杀了。也许在我们看来二维生物和火鸡得出的定律是可笑的，但宇宙之大，存在比人类更高等的生物是有可能的，它体现了宇宙规律的本质，给人很大的感触。

对于这部经典小说，我觉得读一遍还是不够，如果有时间还是会重新每一章仔细品味，刘慈欣不愧是当今中国科幻小说的领军人物。小说展现给读者的不仅仅是无限的想象，更处处充满了对人性的思考，揭示了宇宙规律和真理。

歌颂生命与死亡

—— 读阿来《云中记》

　　《云中记》讲述了一个祭师，回到即将随山体滑落的村庄——云中村，抚慰那些因为地震而逝去的亡灵，不再离开……

　　作者阿来，藏族作家，2000 年，第一部长篇小说《尘埃落定》获得第五届茅盾文学奖；2018 年，作品《蘑菇圈》获第七届鲁迅文学奖中篇小说奖。他由此成为四川文学史上首位获得"茅盾文学奖""鲁迅文学奖"的双冠王。电影《攀登者》也是由他担任编剧。《云中记》这篇小说写于汶川地震十周年纪念日，并且只用了五个月时间完成，因为作者曾驱车前往震后现场，亲眼见到过死亡和伤残。那时也许就有了写作的想法，并且十年里，他走访灾后重建家庭，深度参与灾区的重建，感触更深，所以书中描写的震后场面，包括对村民的描写都是有现实的影子的。由此可见，创作还是源于生活的。

　　我认为小说是积极的。这本书，故事很简单，一个村庄、一个人、一群亡灵；内涵却很深奥，很有高度，说实话我并没有完全理解透彻，但是我喜欢这种内容方式的创新，既不让人一味沉浸在地震带来的伤害中，还能用颂歌的方式书写死亡，就像阿来在采访中说的，人还得往前走。

　　我认为作者是智慧的。小说多次写到鬼魂，但丝毫没有让人产生恐惧感，鬼魂就是那些可爱的村民，主人公甚至还很希望真正看见他们，就像真正的亲人一样，没有什么可怕的。鬼魂虽然多次被提到，但是也多次被否定，还是没有鬼魂存在的，文中说道："科学和神都把力量明

明白白地显示在人们面前，那你就必须从中选择一样来相信了。"信与不信，这个答案由读者自己决定，每个人都会有各自的想法。

我认为情节是感人的。阿巴不听大家劝阻毅然决然回到云中村，出发前挨家挨户收集乡亲们的哀思，在村里回忆曾经的一草一木，用心去抚慰那些亡灵。其实书的目录，也可以感觉到"那一天"终究是会到来的。"如果不是瓦约乡人，不是云中村人，不会有人知道世界上刚刚消失了一个古老美丽的村庄。" 阿巴随着云中村一起消失了，他从一开始就没想过要离开，就是要这样默默地结束。

我认为结局是温馨的。虽说结局是阿巴随着山体一起消失，但是，阿巴在磨坊的巨石前为妹妹招魂时，发现面前的一朵鸢尾突然绽放了，他觉得这是死去的妹妹通过花和他说话。他后来采了一些鸢尾的种子交给外甥仁钦，小说的结尾则是："回到家里，仁钦看到窗台上阳光下那盆鸢尾中唯一的花苞，已然开放。"

合上书本，仔细回味，震撼之余，心中解脱。

现实的选择成就完美人生

—— 读路遥《人生》

我读书有个习惯，总是会先翻看目录，了解书中大致内容，但是翻开路遥先生这本《人生》时，直接看到了"上篇·第一章"：农历六月初十，一个阴云密布的傍晚……"故事开始了。

故事开篇笼罩在一种黑暗的背景下，原来是主人公高加林，他民办教师的身份被同村有"关系"的人替代了，全家陷入了困境中。高加林回村里又做了农民，他用了很长时间才适应了村里劳作的活，但是内心还是有不甘。从他和巧珍交往过程中就可以看出来，刚开始觉得巧珍挺好，但并不想在一起的原因就是怕找个农村媳妇，以后一辈子生活在这里了。就在高加林逐渐适应农民生活的时候，生活在一瞬间发生了巨大的转折，他的亲叔叔转业回到县城，成了劳动局局长，副局长暗地里运作让高加林一下子成了国家正式工人，就这样向县城走去了。

进城不像回农村，他很快地适应了城里的生活，迅速投入到工作中，干得有声有色，很快得到领导和同事认可，也得到了曾经理想中爱人黄亚萍的爱情。两人曾是同学，彼此有好感，但是高加林此刻还在纠结身在农村、一直等待着他的巧珍。经过内心激烈的挣扎，考虑到和黄亚萍在一起会走向更大的城市，更有发展，而且黄亚萍本身也是有文化、聪敏、家庭条件优越，两个人的话题很多，可以一起讨论国际能源。而巧珍，单纯也单调，讨论的都是母猪等农村话题。二者对比，高加林选择抛弃巧珍，和黄亚萍在一起。

其实读到这里，我对高加林的印象很差了，巧珍是一个美丽乖巧的农村女孩，曾经还对他说过"你在家里待着，我给咱上山劳动！不会叫你受苦的……"她为了他任何勇气都能鼓起来，不管世人的讥笑。即使得知被抛弃后，也曾说过"我一个字不识，给你帮不上忙，还要拖累你的工作……你走你的，到外面找个更好的对象"。而高加林开始的犹豫不决到最后将巧珍抛弃，都让我作为一个女性读得很气愤。

人生有时候就是这样，在你认为一切都顺理成章发展的时候，给你当头一棒，高加林被举报走后门参加工作，被退回农村，又成了农民，与黄亚萍也分开了，之前发生的一切好像一个梦，现在什么都没有了。其实，作为一个年轻、有文化、有追求的男人，想要出去闯荡也没有错，他只是选择错了途径，这样反倒毁了自己的一生。为他暗地里操作的副

局长，为了个人利益，看似给这些徘徊在生活十字路口的人一线希望，最后却使他们的生活更加可悲。

文中有位老人德顺爷爷，无儿无女，虽然没什么文化，但是说出来的都是道理。虽然一辈子没结婚，但却是对爱情特别执着的人。我觉得他活得最明白，也是他最后几句话点醒了高加林。

人生道路漫长，无论事业还是爱情，紧要处往往只有几步，在人生十字路口我们一定要慎重选择，理想可以有，但要用正确的途径去实现。

四姐妹的爱与人生

—— 读路易莎·梅·奥尔科特《小妇人》

《小妇人》是美国文学的经典著作，之所以流传如此深远，书中体现的世界观、价值观、教育观等都是值得一代又一代读者去品味的。故事情节简单真实，却十分感人，一个半世纪过去了，这个家庭温馨甜美的生活仍打动着我们。

乔是主人公，也是作者路易莎·梅·奥尔科特的写照，文中很多也来自于现实，虽然身在战争的环境，却还能保持这份美好，相信这也是当时书籍热销的原因。

《小妇人》讲述的是南北战争时期，美国的一个平凡家庭妇人马奇太太在丈夫不在的情况下，和四个女儿过着虽不富裕但充满爱的生活。

马奇太太，充满智慧的母亲，乐于助人、懂得感恩、满满正能量、四个孩子的榜样；

乔，一个热爱写作、追求自由、风风火火、热情直爽，有点男孩子性格的女孩子；

梅格，四姐妹中的大姐，温和善良、美丽稳重；

贝思，无私奉献、纯真美好、恬静的女孩；

艾美，喜欢绘画、任性、优雅美丽、开朗。

其实在小说第二章就用颜色对她们的性格做了概括，圣诞节马奇太太送给四个女儿的圣诞礼物——四本不同颜色的书，乔是红色、梅格是绿色、贝思是白色、艾美是蓝色。

虽然这本小说没有波澜起伏的剧情，仅仅是"家庭琐事"，但我从中看到了亲情和爱情。

亲情：马奇太太是个了不起的妇人，充满智慧与坚韧，对女儿们的教育方式是我喜欢的，她不会勉强大家做不愿意做的事，而是先顺从孩子们的意愿，之后她会循循善诱，教会孩子们或者让孩子们自己感受到真正的对错，让孩子们在爱和尊重中成长。在她的培养下，四姐妹都有各自独立的性格，虽然平时也都会打打闹闹，但是关键时候会特别团结，懂得互相扶持，长大后，会为了自己的梦想去奋斗，懂得如何去爱。比如，乔为了补贴家用，剪掉一头长发；贝思因为照看邻居而患病，姐妹们都轮番照顾她……

爱情：劳里是和四姐妹一起玩耍的男孩子，一直以来和乔关系最为密切，随着故事的发展，我默默地像看电视剧一样希望男女主最终能走到一起，然而，事与愿违，乔拒绝了，劳里和艾美结婚了。我相信很多的小伙伴会为此感到可惜，有的甚至不能接受。但也许就像马奇太太说的，他们太过相似，只适合成为朋友而非伴侣。大姐梅格本来有可能找个有钱人实现自己的愿望，最终还是选择了爱情，嫁给了贫穷的家庭教师，但她过得很幸福。

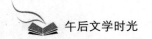

如今《小妇人》已经被无数次地翻拍，每个版本都有经典的镜头，读过书后再去看看电影，相信会有不一样的感受。无论是原著还是电影都堪称经典，值得回味。

善良妓女的悲惨遭遇

—— 读莫泊桑《羊脂球》

《羊脂球》是法国著名短篇小说家莫泊桑的成名作，小说以普法战争为题材，讲述了一行十人旅行途中发生的故事。主人公是一个处于社会底层、受人歧视的妓女，文中用她爱国、善良、乐于助人的特点与资产阶级的道貌岸然做了鲜明对比。

战争题材的作品有很多，作者选取了一个独特的角度。女主人公与小仲马的《茶花女》形象相似，都是文学中典型妓女人物代表，她们善良勇敢，虽然生活在不同年代，但是有着相似的悲剧命运。她们渴望自由，却在资本主义时代中难逃命运的悲惨安排。

文中第一段的描述，作者用了"乌合之众""破烂不堪""垂头丧气""与土匪别无二致"等字样来描写军队，并用很多篇幅来形容战争的残酷，足以看出作者对战争的厌恶。接着人物登场，满肚子阴谋诡计的葡萄酒批发商夫妇、省议会议员温和的反对派领袖夫妇、收入和地位极高的伯爵夫妇，这六个人都是有权有势、享有威望的正人君子。还有两个修女、一个民主党派人科尔尼代、一个由于过早成熟和过分丰腴而出名的妓女"羊脂球"。这一行人同乘马车，因为身份地位，羊脂球被同行的人另眼看待，甚至是用一种蔑视的眼神。随着行程的进行，大家都陷入深深的饥饿中，善良的羊脂球将自己的食物毫不吝啬分给大家，以为大家从此成为"朋友"，没想到，中途这些人还是因为自己的利益舍弃了羊脂球，所作所为令人气愤，羊脂球牺牲自己却换来了大家的冷漠、嫌弃，以致自己陷入饥饿中时，无人伸出援助之手……在羊脂球的哭泣中，故事结束了。

这篇小说可以说完全展示了作者的写作特点，首先，用简练又富有表现力的语言勾画出背景，然后是人物出场，准确有力地勾勒出他们的外貌；接着正文开始，故事简单而平凡，意料不到的事态发展使情节急转直下，向悲剧发展，而叙述仍是冷静、客观的。

对于故事中人物，民主党派人科尔尼代的人物特点，我是没有十分理解作者想法的，作者似乎赋予他两面性，一方面在人物出场时，作者说他是个热心人、乐于助人，但羊脂球遭受大家排挤时，他虽然没有直接参与其中，也并没有站出来替她说话；另一方面，在结尾处，他吹起了《马赛曲》，以此希望其他人为自己的行为感到罪恶，但是他也并没有将自己的食物分给羊脂球。给我的印象是，他是个虚伪的人，但是对比资产阶级又有点良知，是个有想法却不勇敢，不敢为之行动的人。也许作者用他暗指当时社会上的某一些人吧。

这篇文章篇幅虽小，但却把军队的腐败、侵略者的残暴、各阶层的人性体现得淋漓尽致。仅仅通过几个人、一辆马车足以展现出一个以小见大的故事。鲜明的人物性格对比也能看出作者对底层人民的同情、对当时社会的不满。

二十四小时需要用二十年去释怀

—— 读斯蒂芬·茨威格
《一个女人一生中的二十四小时》

　　每天都有二十四小时，那么这个女人一生中的这二十四小时究竟发生了什么特别的故事，以至于让她后半生都无法忘记，带着好奇，我翻阅了这篇小说。

　　主人公C太太，一位年过六十的高雅妇人，在她四十岁的时候，觉得生活平淡简单，于是到各个地区去旅游，在一个赌场因为一双"手"，挽救了一个年轻赌徒的生命，却因为瞬间激情失身于这个她连姓名都不知道的男人。她善良地劝告他回去家乡，远离赌博，甚至给予他金钱帮助，如果可以，她甚至想过与他一同海角天涯。然而，C太太的"牺牲"却换来他重返赌场和对她的不尊重，她十分悔恨，迫不及待返回家中，这一切就发生在二十四小时的时间里。

　　故事并不是一开始就直接进入正题，而是由饭店发生的一起案件作为导火索。C太太所在饭店有一位妇人抛弃了丈夫和孩子，与一个年轻人私奔了，这件事引起大家的激烈讨论，而我以"可以理解"的态度表达了自己的观点后C太太主动向我靠近，与我诉说了她埋藏在心底二十多年的故事。

　　这篇小说中，故事情节很简单，作者用大量细腻、温婉的笔触描写人物的外貌，尤其在赌场中对赌徒的手和脸的描写，足以看出作者的写作能力，透过"绿呢台面四周许许多多的手，都在闪闪发亮，都在跃跃欲伸，都在伺机思动。所有这些手各在一只袖筒口窥探着，都像是一跃即出的猛兽，形状不一，颜色各异，有的光溜溜，有的拴着指环和叮当作声的手镯……""每一只手都仿佛是野性难驯的凶兽，只是生着形形色色的指头，有的弯曲多毛，攫钱时无异蜘蛛，有的神经战栗指甲灰白，不敢放胆抓取，高尚的、卑鄙的、残暴的、猥琐的、诡诈奸巧的、如怨如诉的……"这些，恰恰反映了人物的内心变化，把内心激烈的挣扎都能统统展现出来。

小说中赌徒有着双重的性格，在C太太挽救他后，他表示忏悔，十分真诚地承诺不再赌博，买了车票准备回家。C太太递给他钞票时，他突然嘴唇发白拒绝收下，说不能看到钱，这可能也体现了他也许真有过放弃赌博的那一刻。然而，两人再次见面却又是在赌场，赌徒甚至觉得因为C太太的存在自己才输钱的，好似完全变了一个人，最后赌徒选择了自杀来结束年轻的生命。

小说首次发表于1927年，作者以"情感""女性"为主题，《一个陌生女人的来信》和《一个女人一生中的二十四小时》都是其代表作，对女性的塑造和分析都是十分独特的，不论在那个时期还是现代来看，都是有着人性光辉和魅力的。

全景式乡村扶贫画卷

——读滕贞甫《战国红》

战国红，古称赤玉，黄红之色极为珍贵。而本文的战国红，是辽西人的精神，是共产党人的初心和使命。虽然在文中出现次数不多，但象征意义明显，贯穿始终。以此命题，点睛之笔。

小说讲述的是辽西一座落后的村庄——柳城，在陈放等驻村扶贫干部的精准帮扶下，通过开合作社、整治赌博、红色旅游等措施，使村庄由内而外焕发生机，使村民的态度由被动变为积极，涌现出以杏儿和李青等人为代表的进步村民。

小说整体故事很完整，人物塑造很形象，现实意义很强，是一部有思想、有深度、有艺术内涵的作品。文中的章节叙述很有特色，并不是完全的时间顺序或者倒叙，第一任扶贫干部海奇的故事就穿插在整个故事中，一章或几章讲现在，一章回忆海奇，但读起来并没有觉得乱，每个小故事中情节和人物的刻画都十分鲜明。较于常规扶贫作品，我更喜欢这种故事情节，更有可读性，所表达出来的人物奉献精神和扶贫的不易，比直接由作者写出来更加让人印象深刻。小说矛盾点设置得刚刚好，比如糖蒜商标权被人抢先注册、新一届村主任人选的决定、改水项目的实施等，出现这些困难后，扶贫干部和村民共同努力找出合理对策，一项一项解决，最终获得了成功。

扶贫工作不可能一帆风顺，前一任扶贫干部海奇的默默离去，正是表明扶贫工作的艰巨性和复杂性。海奇刚到柳城，一身热血，积极工作，真正想改变这个落后村庄的现状。在送给杏儿的《鹅冠山之梦》油画中，就可以感受到海奇的乐观。文中说海奇本来应该第二天报到，但是他前一天晚上就打车来了，这种迫不及待是海奇积极的表现。本以为海奇会成功，没想到却以失败告终。后来的扶贫干部，陈放（一位即将退休的省里领导，为了爷爷给他的战国红平安扣选择了辽西，一个最偏远的地方）、李东、彭非三人，成功的原因在于前期准备工作充分，进行了深入调查研究，懂得同村民沟通，他们懂得扶贫先扶志，扶的是思想，是观念，是信心，这也真正体现了扶贫的意义。

文章合为时而著，歌诗合为事而作。紧紧抓住时代，发出时代声音。任何一部伟大的作品，无不体现着人民的情怀。习近平总书记文艺座谈会上提到，文艺作品要深入生活，扎根人民。《战国红》正是这样的作品，立足中国现实，植根中国大地，为我们提供了书写扶贫事业的文学经验，把当代中国的发展进步和美好生活展示出来，让我们又一次感受到扶贫工作的艰辛和扶贫事业的伟大。

刘维

刘维，女，生于1990年9月，重庆合川人。文学硕士，毕业于辽宁大学。曾做过图书编辑，现供职于辽宁省作家协会创作联络部。文学评论散见《鸭绿江》《哈尔滨学院学报》《宜宾学院学报》《职大学报》等刊物。

九九艳阳天

—— 石言中篇小说《柳堡的故事》读后

"九九那个艳阳天来哟，十八岁的哥哥呀坐在河边。东风呀吹得那个风车儿转哪，蚕豆花儿香啊麦苗儿鲜……"

提起《柳堡的故事》，很多人的第一反应都是那部老电影，老艺术家廖有梁饰演的四班副李进和陶玉玲饰演的二妹子，深情而又欢快地唱起那首《九九艳阳天》，黑白的电影也仿佛因为歌声而有了鲜艳的色彩。

这部经典之作，改编自石言于1950年在南京《文艺》杂志第3期发表的同名小说。作品通过指导员"我"的第一视角，向读者全方位展现了20世纪40年代苏北农村的生活现实，多角度呈现了人民军队与老百姓的深厚情谊。1944年，新四军某部驻扎在柳堡的时候，年仅十八岁的四班副李进和房东的女儿二妹子萌生了恋情。李进在指导员的开导下，自愿将这段感情暂时搁下，勇敢地投身于抗击日寇的斗争中。四年后，已经成为连长的李进随部队再次途经柳堡，与二妹子短暂重逢后，又继续奔向解放全中国的伟业中去。

《柳堡的故事》不同于其他书写革命战争年代的作品，它用深刻又不乏细腻的笔触，写出了年轻革命战士的情感，真诚、纯洁、炽热，又带着矛盾。四班副李进从晚娘的拳头底下跑出来参军，从一个"小鬼"成长为一名成熟的新四军战士，爱情也在他十八岁的时候悄悄降临。他与二妹子两情相悦，第一次收拾打扮自己，连指导员都觉得"李进确实有些花花绿绿"，但他与二妹子的交往也仅限于和她说说话。

年轻的战士怀揣着孩子气的胜利梦，畅想着美好的未来生活。但他不敢和心上人表露心迹，他深知自己不知道会在什么时候牺牲，所以不想伤害二妹子。

毛泽东同志在著名的演讲《为人民服务》中开篇就指明了："我们的共产党和共产党所领导的八路军、新四军，是革命的队伍。我们这个队伍完全是为着解放人民的，是彻底地为人民的利益工作的。"在人民军队严肃的纪律约束下，部队中出现战士恋爱的现象，是会被认为"思想不正确"的。况且当时又处于抗日战争时期，当指导员"我"知道李进和二妹子有"腐化"倾向时，第一感受是担忧，怕这个年轻的战士因为儿女私情耽误了革命事业，随后又是警惕，怕那个女孩子是一个要打入我军内部的"女特务"。现在的读者可能会觉得是反应过度，但当时的形势就是那样严峻。在日寇入侵过的土地上，老百姓都成了惊弓之鸟，对我们的人民军队——新四军，在刚刚接触的时候都是"又恭敬又害怕"的。而我们的新四军用实际行动化解了老乡心中的疑虑，战士们帮助群众割麦子，"我"也时常关心二妹子的弟弟小牛，在和群众的亲切交往中，"我"反思了自己过于不近人情、没有群众观念的弱点，对于李进和二妹子的事，"我"的态度也由开始时的一味反对，变成了为他们的未来切身考虑。

在旧社会的中国，地主和恶霸还没有成为书本上的特有名词，而是活生生、恶狠狠的存在。小说里，"二黄"刘胡子和地头蛇汪老掌柜依附着日本鬼子和伪军在乡里为非作歹，刘胡子已经霸占了二妹子的姐姐大妹子，还让"大妹子不明不白地死了"，现在又要来抢二妹子，二妹子被逼无奈，想着如果不能参军离开就要投河自尽。就在这个时候，"我"和李进的部队要到另外的地方驻扎。新四军刚一走，汪老掌柜就把二妹子绑走了，李进快速返回柳堡，和战友一起救下了二妹子，大部队又打下了刘胡子盘踞着的蒋桥。胜利的日子来了，但离别的时刻也到了，为了革命事业的胜利，李进不得不和二妹子暂别，随大部队一同离开了柳堡，投身到火热的斗争中去。

石言为这个故事写下了一个温暖的结尾：四年后，在 1949 年的早春，一个九九艳阳天，"我"和李进又回到柳堡，他和二妹子互诉衷肠，谈了这段时间的经历，李进立了战功，当了连长；二妹子在妇女会工作，还入了党，他们都有了长足的进步，变得愈发成熟、干练。在一个美丽的傍晚，他们泛舟河上，李进向二妹子保证"我有哪一点对不起革命，就没有脸回来见你"，二人背后，是河堤上行进着的部队，他们在人民的欢呼声中，向着新中国，继续坚定地前进。

《柳堡的故事》有一种特别的魅力。虽然已经过去七十多年，但在阅读这篇小说的时候，我们还能迅速地被作者的文字带入到那段战争岁月中去，石言的语言风格、遣词造句，尽管或多或少带有那个特定年代的历史痕迹，但作品中描写的纯净的爱情以及流露出来的人情美仍深深地打动着读者。他用李进这样一个人物角色，丰富了现当代文学史上的战士形象。我们的战士始终是英勇顽强、不怕牺牲的，但在这一面的背后，战士们也有自己的情感、自己的烦恼。革命与爱情看似并不矛盾，但在那个特定的年代，却是非常难以抉择的。在《柳堡的故事》整个故事线里，李进也在不断地成长，从最开始时做着胜利梦，到班务会上反思自己淡化了"为劳苦大众奋斗到底"的初心，再到即将离开柳堡时，李进向指导员问出的那个问题："你说一个人要光荣快活呢？还是享乐主义快活？"年轻的战士用自己的行动给出了明确答案。故事的最后，他对革命和爱情的认知又一次升华了，他明白他所投身的解放事业，是"为了工农大众连同自己，将来都能得到真正的婚姻自由"。

谈到《柳堡的故事》，同样绕不开那部经典的同名改编电影，这部电影的影响力可能在很多人眼里要远大于原著小说，而石言亲自参与改写剧本，也让电影和文本的核心内容得以相通，也更加原汁原味。著名女导演王苹的执导，让这部电影更加柔和、舒缓，像一首浪漫的革命抒情诗，为作品增色不少。阅读原著小说的时候，《九九艳阳天》的插曲仿佛一直萦绕在耳边，这是老一辈人的共同记忆，也是对革命年代爱情的深情表达，它是美好的，也是纯净的，更是克制的，这种朴素而含蓄的情感令人动容。小说中的那种积极与乐观、温柔与坚定，通过音符化成了图案，仿佛柳树和堤岸、战士和姑娘就在眼前一般。

但小说和电影终究不是现实生活的真实记录，它有一个艺术转化的过程。石言在之后发表的创作体会中曾谈到作品的故事原型：1945年4月，石言到江南天目山区了解工作，年轻的副班长徐金成送他。徐金成告诉他，自己在苏北宝应休整的时候，爱上了房东的女儿——一位长辫子姑娘。徐金成随后又说，自己是要出发打仗的，保不定哪一仗吃一颗"花生米"牺牲了呢？害她白等。石言记下了这句话，当时就有了将这个故事写成小说的想法。未承想，徐金成在日寇投降时的大反攻中，真的在江南牺牲了。徐金成的战友们后来又回到宝应，寻找那位长辫子姑娘，却发现再也找不到了。不知道她是离开了、嫁人了，抑或也在斗争中牺牲了。这位长辫子姑娘与战士之间的恋情，就这样宣告了终结。

石言被这个故事深深打动，并以此为原型写成了中篇小说《柳堡的故事》。他将故事的结尾修改成了李进和二妹子再次在柳堡重逢，借此弥补徐金成的遗憾。但他依然会想起徐金成，想起那个年轻的、真实存在过的革命战士，他在谈到创作的初衷时说："人们往往只知道革命者都牺牲生命，却不很知道，许多革命者都还曾牺牲过爱情。而后者，有时比前者还更困难。"

是啊，在革命战争年代，我们不知道有多少个这样的战士，他们坚守着解放劳苦大众的理想，暂时舍弃了自己青春萌动的爱情。他们有的等到了革命胜利的那天，与心上人再次相逢；更多的却是怀揣着自己的浪漫，化作了革命胜利的丰碑。但我相信他们是欣慰的，因为我们的战士，始终存有最质朴却又最崇高的理想，他们始终相信为之奋斗、为之牺牲所换来的新生活，如同七十年后的现在一样，每天都是九九艳阳天。

女人之间的刀光剑影

——阿袁中篇小说《鱼肠剑》读后

俗话说："三个女人一台戏。"当三个性格迥异的女博士住在同一屋檐下，那热闹也是非比寻常。阿袁的《鱼肠剑》便是这样一个描写女博士"腹中藏剑"的故事，作品涉及的人物虽少，但故事却写得非常精彩，特别是里面关于女人之间相互厮杀又彼此体谅的关系刻画得入木三分，读后令人惊艳。

中篇小说《鱼肠剑》原载《中国作家》2009 年第 12 期，荣获《小说月报》第十四届百花奖。小说主要讲述了在上海一所大学的博士楼 305 宿舍，住了三位"不一般"的女博士。孟繁心思细腻，跟随读博的丈夫孙东坡从小城市来到大上海，更深层的原因是相貌平平的她担心英俊的丈夫见异思迁。吕蓓卡风情万种，善于利用自己的美貌来争取更多的资源。齐鲁外表朴素老实、对别人百依百顺，内心却有着自己的想法。三个女人在同一屋檐下演绎了一场钩心斗角的生活秀，表面上她们的关系波澜不惊，背地里却是暗流涌动。孟繁想把丈夫孙东坡的室友老季介绍给齐鲁，但老季却爱上了吕蓓卡。后来，孟繁夫妇找吕蓓卡帮忙，想让吕蓓卡牵线搭桥，把孙东坡调去她所任职的学校，吕蓓卡也爽快答应了。事成之后没过多久，孙东坡从系主任那儿得知，被引进他们学校的单身博士可以得到三十万安家费，为了多得一笔钱，夫妻俩打起了"假离婚"

的小算盘。在孙东坡的极力劝说下，孟繁和他办理了离婚手续。结局却出人意料，孙东坡告诉孟繁自己爱上了吕蓓卡。孟繁聪明反被聪明误，被丈夫抛弃，工作调动的事也成了泡影。但孟繁不急，十年磨一剑，她终究会找到机会亮出她的鱼肠剑。

阿袁在创作谈中曾这样解释作品名字的由来：鱼肠剑是铸剑大师欧冶子所铸的一把名剑，做工精巧，小到能藏于鱼腹之中，因此亦名"鱼藏剑"。春秋时期的著名刺客——专诸刺杀吴王僚时，就是用的这把剑。阿袁以此作为书名，想必也是化用了鱼肠剑隐秘、短小、锋利的特性。

有关鱼肠剑的描写，小说前后提到了两次。第一次是写齐鲁的初恋沈北，那时齐鲁读研二，暗恋上了师兄沈北，但沈北并不喜欢她，跟另一个女人恋爱后直接步入了婚姻殿堂，绝望的齐鲁于是"起了杀心，在一个花好月圆之夜，她用那把削铁如泥的鱼肠剑，结果了那个男人"。但事实上齐鲁从未向沈北吐露过真情，也并没有真正地杀死沈北，她只是在意念中用鱼肠剑结果了自己的初恋，是一种阿Q式的精神胜利法。第二次提到鱼肠剑是孟繁一直觉得在305室，吕蓓卡有些强势，齐鲁则有些文弱，只要一有机会，孟繁总时不时向吕蓓卡撂一撂她的鱼肠剑。可以说，三个女人都是学者，也都是"剑客"，她们心中都藏了一把鱼肠剑，让原本平静的校园生活充满了"刀光剑影"。

三个女人中，齐鲁的剑术是最差的，她的鱼肠剑几乎从不向外，而是用来自戳。白天她是一本正经的女博士，被吕蓓卡戏称为"书蠹"；夜晚她摇身一变成了"白天不懂夜的黑"，和网友墨双宿双栖、你侬我侬。虽然她在意念中发泄过、放纵过，还把自己想象成风情淫荡的阿婵，但这些都只存在于想象之中。在现实世界里，不管是对初恋对象沈北，还是后来的网恋对象墨，齐鲁始终将鱼肠剑面向自己，把自己伤得遍体鳞伤。齐鲁其实不糊涂，她一直明白吕蓓卡和孟繁的那些"小九九"，但她不在意，或者说看破不说破。"她面上对谁都百依百顺，暗里呢，却也是有自己的想法的"。

如果说齐鲁的鱼肠剑主要刺向自己,那吕蓓卡的剑则刚好相反,她主要向外,而且是绝对的舞剑高手。吕蓓卡天生丽质、风情万种,走到哪儿都是关注的焦点,属于妩媚的"花间词"。她的剑大都藏在暗处,在姹紫嫣红的戏装下,在甩来甩去的水袖里。一般而言,吕蓓卡的剑大多刺向异性。她曾直言不讳地说:"女人的身体,是天然资源,和伊拉克的石油、南非的钻石一样,一定要开采利用,否则是暴殄天物了。"无论是道貌岸然的导师,还是才华横溢的师兄宋朝,抑或风趣幽默的老季,他们都不是吕蓓卡的对手。在学校,吕蓓卡可谓是顺风顺水,"她和主管人事的副校长很熟,和中文系的系主任的关系也不错",在她织就的关系网里,吕蓓卡从来都是游刃有余。小说中有一段关于吕蓓卡点菜的描写颇为精彩,老季为了讨吕蓓卡欢心,特意请大家在水中花小聚,吕蓓卡点菜时快刀入雪,"点了冰糖木瓜炖雪蛤、七里香鲑鱼、鹅肝酱片、小笼牛肉,还有一瓶九二年的张裕解百纳"。每道菜都价格不菲,但精明的吕蓓卡每点一个菜就看一眼老季,"似有征询或不忍之意",以温柔一剑让老季痛并快乐着。当然,这些都是略施小计,吕蓓卡人生中的最大战绩是把孙东坡从孟繁手中抢了过来,并且是不动声色的,连以高手自居的孟繁都躲不过去。难怪阿袁说吕蓓卡的剑更邪恶,"简直是东方不败的葵花剑,笑靥如花,却毒如蛇蝎"。小说中的每一个人几乎都被她刺过,她才是真正的"武林高手"。

孟繁的"剑术"也不遑多让,她的剑主要刺向吕蓓卡。或许是由于平时喜欢研究李商隐,孟繁的剑大都含蓄曲折,不着痕迹。在与吕蓓卡、孙东坡的三角关系中,一开始孟繁还沾沾自喜,听任了丈夫孙东坡的美男计,认为吕蓓卡是被他们夫妇摆布的一颗棋子,不承想孟繁却最终被丈夫和吕蓓卡算计,自己反倒成了别人手中的棋子而不自知。不仅工作的事落空,连丈夫孙东坡也离她而去。之前的"假离婚"也成了一个笑话,离婚后的孟繁不得不回到原来的学校，还要照顾女儿桃子。孟繁的遭遇委实可怜，但她是个生性乐观的人，即使遇到这么大的变故，她依然提醒自己"十年磨一剑"。故事的最后，孟繁想以吕蓓卡的师兄宋朝为突破口，寻找宋朝为吕蓓卡捉刀的证据，小说最后没有给出明确的结局，但我们能感受到，闭关修炼后的孟繁一定会找准时机，带着她那把鱼肠剑卷土重来。

读罢《鱼肠剑》，可以看出阿袁对高校生活十分熟悉，她擅长塑造知识分子群像，特别是对女性知识分子曲折的内心世界把握得非常精准、细腻、通透。作者有着扎实的古典文学功底，总能在琐碎的日常生活里引入文化印迹，诗词歌赋信手拈来。如她写齐鲁的安静是"人闲桂花落，或者说，鸟鸣山更幽"。即使是写家长里短这类小事，也能将阳春白雪的书斋生活与烟火气十足的市井生活打通，这一点在她的另一部小说《苏黎红小姐》中得到了更为集中的体现。但阿袁的雅又是很接地气的，极少引用生僻的诗句，而是在大家熟悉的诗词里进行巧妙地化用，点石成金，有化腐朽为神奇之感。

著名评论家王春林曾说："在当下的中国小说界，如同阿袁这样在所谓的大学叙事方面形成了自己鲜明创作特色者，还是相当少见的。"的确，阿袁的小说语言非常幽默，是那种充满智性的幽默，即使不了解典故的来源，也能被深深吸引，这种冷幽默的风格与她始终关注高校知识分子领域相关。不仅在《鱼肠剑》中有所体现，在她的其他作品里，如《子在川上》《郑袖的梨园》《师母》等，也呈现出了这样的特色。可以说，阿袁笔下的高校具有一定的典型性，或许许多高校都在上演着类似的故事，她为我们研究当代高校知识分子群体提供了一种新的角度，让我们看到知识分子之间的"刀光剑影"，以及作为普通人最凡俗的一面。

"棋呆子"与他的"道"

——阿城中篇小说《棋王》读后

　　央视的体育频道中，有一个仿佛与其他体育项目显得格格不入的板块，叫作《纹枰论道》，是以介绍棋类运动为主的栏目。年少时曾经看过几次，由于内容颇为高深，自己对于棋类的了解又知之甚少，于是就没再关注。不过始终记得这个栏目的名字，似乎"棋"与"道"总有种天然的联系，无论是围棋还是象棋，小小的棋盘总给人包罗万象之感。后来又读了阿城的中篇小说《棋王》，这种感觉也就愈加深刻，于是在偶然间看到棋局的时候，也能沉下心来仔细地观摩与琢磨了。

　　中篇小说《棋王》是阿城的处女作，原载《上海文学》1984年第7期，荣获1983年—1984年全国优秀中篇小说奖。《棋王》以"文革"时期知青"上山下乡"为背景，通过对主人公王一生的描写，向读者展示了象棋这种传统文化的独特魅力。故事从"我"在下乡插队的火车上遇到同为下乡青年的王一生开始讲起，他一心想找人下棋，连家人相送都没有理会。言谈中"我"得知他就是学校间闻名的"棋呆子"，曾经因为下棋被小偷悄悄利用，后又卷入"造反派"之间的争端，一时间声名鹊起。但在"我"看来，王一生只是一个对吃颇感兴趣，又醉心于棋局的普通人。他向"我"讲述了他和棋以及一些下棋"怪人"之间的故事。到了下乡的农场，王一生又来看"我"，和另一个会下棋的知青倪斌过了招，大家一起聚餐，热闹了一番。倪斌邀请王一生参加地区的象棋比赛，王一生却因为经常请假与别人下棋，被取消了报名资格。正没辙的时候，倪斌和文教书记打通了关节，让王一生和比赛的前几名来一场友谊赛，最后竟变成了王一生同时与九个人交手，上演了一出盲棋车轮大战。最终王一生连胜其中八人，与地区比赛的冠军和棋结束。"我"看着王一生的棋局与为人，也似乎对"棋"与"道"有了新的感悟。

小说以棋为眼，塑造了"棋呆子"王一生这一典型形象。他嗜棋如命，平生的爱好除了吃就是下棋。对于王一生而言，吃也仅仅是填饱肚子，提供下棋的能量而已，就像他自己所说的那样"一天不吃饭，棋路都乱"。至于吃得好坏，他倒并不在乎，阿城用了很长一段文字描述王一生的吃相，"那些饭被他吃得一个渣儿都不剩"，以突出他对吃的虔诚和"精细"。但在棋盘上，他似乎又进入了另一种境界，虽然精细，但更有气度，并不会像日常生活中那样发"呆"。或许棋盘上的王一生，才是真正的王一生，下棋才是他的日常生活，棋盘外，反而是另一个世界。

通过对吃和下棋的对比，阿城向我们展示了这个颇具道家风骨的奇人，"道"的内核太过高深，每个人都有不同的定义。但聚焦到王一生的身上，他的"道"就是象棋，他生活中的一切，都是为棋服务的，包括吃在内。他对他自己的"道"一以贯之，任何事物都不会对他造成干扰。文中的多个细节，也从侧面映衬出王一生对"道"的坚守。如小说开篇第一句就是"车站是乱得不能再乱，成千上万的人都在说话"，直接把读者引入离别火车站的情境中，而王一生却并不在乎，他认为"去的是有饭吃的地方，闹得这么哭哭啼啼的"，火车开动，人群哭成一片，他首先想的却是用手护着棋盘，催促着"我"继续下棋。这种对比直接把"棋呆子"的形象立住了。又如王一生与倪斌下棋，倪斌家祖传的漂亮棋具给王一生留下了深刻的印象，但当他知道这副棋具要送给文教书记作为通融他参赛的工具时，王一生立刻就产生了抵触情绪。虽然他也知道倪斌是好心，但在他的认知里，棋具除了固有的用途，更代表了家庭的传承。他并不愿因此而获利，最终也没有去参加比赛。这种自己认定的"坚持"，在别人眼中可能就是"呆"，这也是王一生异于常人的地方。

每个人所信奉的"道"，或者说人生哲学，都有其来处，有的是教育原因，有的是家庭影响。王一生的"道"，则是来源于他的母亲。每一处对王一生母亲的描写，都是小说中非常值得关注的地方。王一生为什么开始下棋，是因为母亲给印刷厂叠书页贴补家用，这本讲象棋的书碰巧被王一生看到，从此他与棋结下了缘分。母亲知道他爱下棋，但也知道下棋"不当饭"，经历过旧社会妓女生活的母亲生怕自己的孩子也遭受类似的苦楚，时刻教导他要认真读书，不能以棋为生。在母亲眼里，旧社会的棋，除了是有钱人的玩物，还是妓女索要嫖资的手段。可以说，王一生的母亲影响了他的价值观，她先是留下一句话："先说吃，再说下棋"，解释了王一生对吃无比虔诚的原因。临终前，她又给王一生留下了用牙刷把磨成的一副无字棋，这种无比深沉的母爱，让很少哭的"棋呆子"也忍不住流泪，也让书外的我们无比感慨。小说末尾，王一生与九个人车轮大战，他"似乎都把命放在棋里搏"，但唯独记挂着他的书包，只因其中有母亲留给他的无字棋。九局棋，八胜一平，耗尽心力的王一生已经有些发木，直到"我"给他看了无字棋，王一生才哭了出来："妈，儿今天……妈——"这是"棋呆子"少有的真情流露的时刻，在他的眼泪和呜咽里，相信会有委屈、有痛苦、有未尽的孝心、有对母亲的怀念，但我觉得，王一生更是希望母亲能看到他今天的成就，而这种愿望却永远无法实现了。

学界对《棋王》的研究，大多集中在传统文化特别是道家思想的传承上，这也是《棋王》被认为是"寻根文学"发轫之作的重要原因。但我更关注的是王一生这个人物的"道"，他的处世信条与人生哲学都寄托在棋上，但又并不完全成为棋的附属品。他也会察言观色，也懂得知恩图报，在他身上能看到老庄哲学中崇尚自由的一面。"道"是复杂的，人同样也是多面的。王一生的性格形成，相信与他早逝的母亲、酗酒的继父、贫弱的家庭给他带来的影响是分不开的。所谓存在决定意识，相信小说中没读过太多书的王一生，可能并不会真正去了解道家的处世哲学，但他却逐渐走向了道家的人生境界。究其原因，似乎要引用另一部小说——阿袁《苏黎红小姐》中的一句话来作为注解："一个人只有最初学会了和母亲相处，才能学会和世界相处。"这种家庭对人物性格形成的无形引导，值得我们在今后的文学作品研究中予以深度思考。

无声的承诺

—— 董立勃中篇小说《梅子与恰可拜》读后

最近在网上看到一则新闻，一名参加对越自卫反击战的老兵，为了信守牺牲战友提出的帮忙照顾家人的承诺，义无反顾地担起为战友尽孝的义务，这一担就是三十多年，让人不禁感慨。这种共同出生入死的兄弟间的承诺，可谓是一诺千金，情深义重。这让我想起著名作家董立勃的中篇小说《梅子与恰可拜》，它讲述的也是一个有关承诺的故事，不同的是，这个承诺缘于一个素不相识的路人，但主人公恰可拜却用自己的行动践行了大半辈子。

《梅子与恰可拜》原载《小说月报·原创版》2015年第1期，小说主要讲述了20世纪60年代，十九岁的女知青梅子从内地来到新疆支边，在一个清晨，她险些被队长强奸，受到惊吓的梅子仓皇离开场部企图自杀，却被因斗争逃到新疆的大学生黄成救下。慢慢地，两人相爱并有了孩子，度过了一段短暂而甜蜜的时光。黄成渴望与梅子过男耕女织的生活，远离纷纷扰扰的社会纠缠，但事与愿违，有一天黄成突然被几个人绑走了。情急之下，黄成托恰巧路过此地的恰可拜照顾梅子，恰可拜也因为黄成的拜托承担起照顾梅子的责任。从此，梅子开始了漫长的等待，女儿黄媛渐渐长大，梅子也开了酒馆，黄成始终杳无音信，而一直陪伴在梅子身边的始终是恰可拜。后来恰可拜也进城去找黄成了，梅子从等一个男人变成了等两个男人。

围绕梅子这一主要人物，作者设置了黄成、恰可拜和队长（后来的镇长）三个与其相关联的人物，但作者并非是想讲一个漂亮女人跟三个男人之间的风流韵事，而是不落窠臼地讲述了一个有关承诺的故事。这里的承诺主要是梅子与黄成之间的爱情承诺以及恰可拜与黄成之间的"兄弟"承诺。前者有过甜蜜的誓言，有天地为证；后者却是无声的承诺，只有沉默的戈壁知道。

《梅子与恰可拜》最打动人的是恰可拜无声的承诺。他从小生长在荒野里，"在马背上长大，又在马背上生活"，身材魁梧，有着"和内地人不一样的长相，属于另外一个种族，还说着不一样的语言"。他身上经常带着刀和枪，不是为了对付人，而是出门打猎时用来对付野兽的。这样的恰可拜似乎和从南方来的梅子不会有什么交集，但命运却把他们连在了一起。黄成和恰可拜的相遇非常偶然，那天恰可拜跟往常一样在荒野里打猎，碰到背着口袋的黄成向他走来，不承想黄成突然被从红柳丛里跳出来的五六个戴红袖章的男人绑走了，情急之下，黄成托恰可拜帮他捎话，让他"帮个忙，到干沟去，把这些吃的，带给我的女人。你还要告诉她，说我一定会回来，让她等着我，一定等着我，谢谢你了"，可没等恰可拜回答，黄成就消失在茫茫的大戈壁。事实上，当时的恰可拜并不知晓黄成的名字，但这并不影响他履行承诺。

恰可拜是个简单而纯粹的人，在他看来，"当时虽然没有说话，可他没有说不，就等于答应了。答应了人家，就要做到，并且还要做好"。

这是小说最动人之处，恰可拜没有因为是陌生人的托付而置之不理，相反，他重情重义，并且一诺千金，因为那个叫黄成的男人曾叫了他一声"兄弟"，既然是兄弟，就要把托付的事情做好，他还打定主意要和梅子一块等黄成回来，亲口告诉他"你交给兄弟的事，兄弟做到了"。可恰可拜万万没有想到，戈壁上的偶然托付竟然改变了他自己的命运。虽然梅子总是叨念着黄成快回来了，可女儿黄媛后来都在上海工作了，黄成还是没回来。但恰可拜跟梅子一样极有耐心，日子如流水一般照常过着，恰可拜也经历了结婚和离婚，他对梅子一家的照顾却是一如既往。在梅子的酒馆开起来后，恰可拜"差不多每天都会去酒馆坐一会儿，也会帮着做些可以做的事"。每年恰可拜还会在梅子被黄成救起的那天，陪她到干沟去纪念她的爱情，而这个地方对恰可拜同样重要，他在这里认识了黄成，还答应了他的嘱托。一切似乎都在无声地等待着度过，日复一日，直到有天夜晚梅子喝醉酒后把恰可拜误认成黄成，小说开始有了转机。尽管恰可拜和梅子没有实质性接触，但在恰可拜看来，他和梅子之间已经发生了巨大的变化。于是第二天早晨恰可拜在公路上搭了一辆车进城找黄成去了，并托一个牧羊少年告诉梅子让她等着他，"他一定会回来，还会把要找的那个人找到，一块带回来"。故事的结尾，在公路旁苦苦等待的梅子在烈日下看到一个熟悉而模糊的影子，她在心里期待着归来的人是恰可拜。

可以说，在黄成离开后，恰可拜像守护神一样保护着梅子和她的女儿，也许在不明真相的小镇人看来，他只是梅子的情夫，是茶余饭后的一个谈资，是街头巷尾的某个流言，但对知晓内情的梅子而言，他是可以依赖的兄长，是年深月久成为梅子生命中不可或缺的存在。恰可拜身上有很多古朴的美德，纯粹、寡言、重义，即使在他跟梅子相熟后也从不向梅子打听她的过去，但如果梅子说给他听，他也不拒绝，而是很认真地听，听了就会永远记住，因为从很小他就"记住了老人传下来的一句话，别人不想说的，别逼着人说，别人对你说的，不要像风一样让它从耳边溜过"。恰可拜也确实是这么做的，他爱着梅子，但因为对黄成的承诺，恰可拜从未表露心迹，而是小心地将这份情感深埋心底。

孟繁华在《董立勃中篇小说〈梅子与恰可拜〉：承诺与等待》一文中曾说："这是一篇充满了'古典意味'的小说。'承诺与等待'在今天几乎是一个遥远甚至被遗忘的事物，我们熟悉的恰恰是诚信危机或肉欲横流。董立勃在这样的时代写了这样一个故事，显然是对今天人心的冷眼或拒绝。在他的讲述中，我们似乎又看到了那曾经遥远的传说或传奇。"的确，无论是梅子还是恰可拜，他们对"承诺的信守都给人一种久违之感"。这是小说的魅力，也是文学的魅力。

在日益浮躁的当今社会，我们很难再看到像恰可拜这样信守承诺的人，但并不是说这样的人就不复存在，只是他们往往低调而坚韧，很少出现在媒体的聚光灯下。我想，我们的新闻视野或许可以更多地关注这样的人，他们用坚持践行诺言，用担当传承道义，不为名利，默默付出，只为了心中的信念得以延续。这份古朴的、厚重的、真诚的、穿越千年而来的热忱，将永远闪耀着光辉。

还英雄以本色

——徐贵祥中篇小说《鲜花岭上鲜花开》读后

前一段时间在网上看到抗美援朝老兵孙景坤荣获"七一勋章"，在为老人感到欣喜的同时，也发自内心敬佩他七十年来深藏功名的高贵品质。从这位老兵身上，我们看到了英雄本色。很庆幸英雄的故事没有被埋没，让我们能有机会向他们学习、致敬。著名军旅作家徐贵祥的中篇小说《鲜花岭上鲜花开》，也是一个有关英雄的故事，但这个英雄却在很长一段时间里被误认为是"逃兵"。

《鲜花岭上鲜花开》原载《人民文学》2017 年第 8 期，荣获第十八届百花文学奖中篇小说奖。作品主要讲述了民营企业家毕伽索飞黄腾达后一心想为被人称为"逃兵"的父亲毕启发正名的故事。毕伽索从小生活在父亲是个"逃兵"的阴影里，儿时还曾目睹父亲陪斗的场面，他为此感到屈辱、抬不起头，久而久之，这件事成了扎在他胸口的一根刺。长大后的毕伽索通过自身努力创立了梦为集团，成为老家干街上有名的成功人士，但多年来毕伽索对父亲作为"逃兵"一事始终耿耿于怀。毕伽索先后派亓元、查林进行调查，最后终于从一篇关于流波战斗的回忆文章中发现了蛛丝马迹，又顺藤摸瓜找到了历史真相。原来毕启发当年奉命征粮时误入流波镇，同日本鬼子打了一场遭遇战，他与三名战士一起协助国民党军队营救美军飞行员，后来三位战友壮烈牺牲，毕启发也在战斗中受伤，由于是被国民党医院抢救，加之毕启发后来的口供前后矛盾，本是一名抗战英雄的他却阴差阳错被定性为逃兵。故事的最后，毕伽索终于为父正名。

不同于其他军旅题材小说，《鲜花岭上鲜花开》虽然也写到了战争，但没有从正面描写硝烟弥漫的战场，也没有着力刻画战斗英雄的光辉事迹，而是将焦点放在解开谜团上。而谜团的内核便是毕启发在流波战斗中究竟是英雄还是逃兵。从作者的叙述中，我们了解到毕启发的生平事迹，他在参军之前是韦家的一个挑水工，加入新四军后，在茅坪战斗中与老乡乔如风配合打死了一个日本鬼子，之后又被提拔为排长，在流波战斗中被打断了一条腿，最终复员回乡，当了成衣店的裁缝。他每天喜欢喝二两土酒杂粮烧，"文革"时期还经常作为陪斗的对象，被战斗队"抓小鸡一样抓走"。这样的毕启发在儿子毕伽索眼里丑态百出、猥琐不堪，毕伽索甚至觉得父亲就是《智取威虎山》里的小炉匠栾平，是被人唾弃的对象。

也正是因为这一缘故，毕伽索从心底里不太确定他的父亲是真的英雄，虽然他一直在张罗为父亲正名，也觉出其中存在一些疑点，但他很清楚"战场是复杂的，人的心理也是复杂的，什么情况都有可能发生"。所以在故事的一开始，毕伽索想通过捐一笔巨款让父亲的名字出现在干街的名人墙上，帮他洗刷掉"逃兵"的污名。遭到拒绝后，毕伽索依然不死心，又花重金请来退休的文化官员查林写文章为父亲"洗白"，然而由于没有充足的证据反而招来更大的非议。可以说，毕启发不同于以往的英雄形象，除了在茅坪战斗中有过光荣战绩外，他的后半生可谓乏善可陈。他既没有英雄的形象，也没有任何豪言壮语，他是那么的平凡，特别是后期还患上了严重的语言障碍，说话经常颠三倒四，口齿不清，成了干街上的疯老头。他基本上只会说"鬼子来了"，有时还加一句"卧倒"。当类似的情景在毕伽索为其精心准备的抗战老兵英雄事迹报告会上发生时，毕启发的行为越发显得滑稽可笑，毕伽索感慨父亲"真是烂泥扶不上墙"。但当谜团解开，我们才明白毕启发喊的"卧倒"原来是射击的姿势，尽管他有些疯疯癫癫，但他从来没有一次喊完就抱住脑袋投降，这是真的英雄，有时无意识的行为更显英雄本色。

我们这个民族一直以来都崇尚英雄，有着深厚的英雄情结。从小，我们从课本中了解了许多在战争年代抛头颅、洒热血的英雄，像大家熟知的黄继光、邱少云、刘胡兰等，对英雄的崇拜和向往早已融入我们的血液之中。哪怕是童年时做游戏，小伙伴们也都争当英雄人物。不为别的，只因英雄是我们学习的楷模，也是我们礼赞的对象，他们身上散发着耀人的光芒，最是光彩照人。

文学作品中也有不少书写英雄的经典之作，如《林海雪原》《红岩》《谁是最可爱的人》等，特别是军旅文学，英雄可以说是其中重要的一个母题。长期以来，人们之所以关注军旅文学，"很大程度上是因为军旅文学塑造的英雄人物，代表了我们民族宝贵的精神品格"。从这一角度看，徐贵祥的《鲜花岭上鲜花开》对英雄形象的塑造可谓另辟蹊径。他从毕启发这个大半辈子蒙"耻"的人物身上发现了英雄，重新刷新了我们对英雄的认知，让我们看到在那些名垂青史的英烈后面，还有一群无名英雄，他们有的被忽略，有的被埋没，有的甚至被误解，像作品中的毕启发一样，但"英雄就是英雄，青史无名更见英雄本色"。英雄也不应只有一副面孔，他是多种多样的，无数英雄模范用实际行动证明了"伟大出自平凡，平凡造就伟大"。作者在创作谈中曾说："他们并不知道他们曾经是伟大事业的组成部分，他们甚至也不在意社会对他们的回报。还由于某些错综复杂的原因，他们说不清楚自己的历史，甚至，他们中的有些人还受到误解、轻视，乃至不公平的对待。他们沉默，沉默之后继续沉默。"但真相终究有浮出水面的一天，蒙尘的英雄依然是英雄，他们隐藏在大时代里，或者已成为一抔黄土，但我们有义务去发现英雄、捍卫英雄，擦亮他们的军功章，让他们的英雄事迹在这个时代继续闪闪发光。

花楼街的那盏灯

——池莉中篇小说《不谈爱情》读后

20世纪80年代中期以来，被誉为"新写实主义"代表作家之一的池莉以"人生三部曲"（《烦恼人生》《不谈爱情》《太阳出世》）蜚声文坛。

因其对现实生活的"原生态"展现，在当时引起了巨大反响。在池莉小说中，不仅展现了独特的市井风情和"汉味"文化，还塑造了大量鲜活而真实的人物形象。他们既有市井小民，又有知识分子，还有高级干部。这种带有现实生活"毛茸茸的质感"的人物形象令人印象深刻，《不谈爱情》中的吉玲母亲便是其中的典型代表。她粗俗、市侩又精明、通透，是一位充满烟火气息的母亲，让我们感受到了那些看似粗鄙外表下隐藏的真心。

中篇小说《不谈爱情》原载《上海文学》1989 年第 1 期。小说主要讲述了外科医生庄建非和妻子吉玲因为琐事争吵而引发的一系列故事，这场大混战不仅惊动了双方父母、同事和领导，还直接影响了庄建非出国深造的大事。出生于知识分子家庭的庄建非从小就是邻居口中的"别人家的孩子"，受人关注和赞扬。但在婚姻大事上，庄建非却罕见地一意孤行，娶了花楼街女孩吉玲。花楼街在当地声名狼藉，曾是粉香脂浓、莺歌燕舞之地，如今到处弥漫着一股衰败的气息。吉玲和庄建非的结合是偶然，也是某种意义上的"必然"。他们第一次见面是在武汉大学樱花树下的不期而遇，吉玲为了"拴住"庄建非，开始了自己的伪装之路。婚前的她体贴温柔，恬静得像一个纯情的女大学生，结婚后就本性暴露，满嘴脏话，几乎成了一个泼妇。因为夫妻间的争吵，吉玲一气之下回到娘家，家庭矛盾开始不断升级。为了化解婚姻危机，同时争取出国深造的机会，庄建非只得低头找父母出面。故事的最后，夫妻俩重归于好，庄建非圆满解决了一切问题。但在他妹妹看来，"哥哥没有爱情，他真可怜"。

小说取名《不谈爱情》，但并不是指完全脱离爱情。书中对婚姻有这样一段描述："婚姻不是个人的，是大家的。你不可能独立自主，不可以粗心大意。你不渗透别人别人要渗透你。婚姻不是单纯性的意思，远远不是。妻子也不只是性的对象，而是过日子的伴侣。过日子要负起丈夫的职责，注意妻子的喜怒哀乐，关怀她，迁就她，接受周围所有人的注视。与她挽挽扶扶，磕磕绊绊走向人生的终点。"作者借人物之口揭开了婚姻的秘密，它是"吵吵闹闹的相爱"，也是"亲亲热热的怨恨"，更是琐碎生活中的相互理解。无论是吉玲，还是庄建非，都从这场大混战中得到了成长。从这一角度看，不谈爱情，不是真的不关涉爱情，而是指婚姻生活中不能只是爱情，两个人的性格、工作、家庭条件等方方面面，都是影响婚姻的重要因素。

值得一提的是，小说中关于吉玲母亲的描写虽然着墨不多，但却给人留下了深刻的印象。吉玲母亲是一个地地道道的小市民。她住在花楼街，平时衣着邋遢，喜欢在大门敞开的堂屋里玩扑克，嘴里还习惯性地叼支烟，动不动就咒骂子女。但她向来深谙世事，具备了好几种面目，一旦有了特殊情况，立马"变脸"。五个女儿里面，她最宠爱吉玲。看到吉玲择婿眼光过高，她善意地提醒吉玲不要忘了自己是花楼街的女孩子，"蛤蟆再俏，跳不到五尺高"。她还对女儿表示歉意，后悔当初不应该嫁到花楼街，让旁人误会自己当过妓女，连累了孩子。因此，在听到四女儿说"这婊子养的家里又出了个管事的小妈"时，吉玲母亲义愤填膺，她告诉四女儿"你妈我没当过婊子"。就是这样一位粗俗不堪、缺乏知识和教养的母亲，在女儿男友意外到来后，马上换成了一副慈眉善目的模样。她的处世哲学指引她收起凶神恶煞的表情，"管女婿一律叫'儿'。对庄建非既不多话也不冷落，只是热情似火，只管使他处处自由自在，不受一点拘束"。在吃饭时，吉玲母亲还用公筷为庄建非夹一堆好菜，让这位从小缺乏母爱的人感受到了久违的温暖。这浓郁的人情味深深打动了原本有些犹豫的庄建非，让他更加坚信与吉玲的结合是正确的。吉玲母亲也成了女儿婚事上的最强助攻。

后来，吉玲被邀请去庄建非家做客，为了她的终身大事，几乎"全花楼街都为吉玲忙碌着"，或准备衣裙，或帮忙做发型，都是吉玲母亲前后帮忙张罗。作品虽然没有明写吉玲母亲与邻居的日常相处，但不难看出，她和邻居关系不错。而当小夫妻吵架后，吉玲回到娘家，吉玲母亲又恢复了她刁蛮、泼辣的本性。面对女婿上门来寻女儿，她"呸"地吐掉烟蒂，睁着充满红血丝的眼睛说："别在老娘面前酸文假醋的。我女儿在婆家受尽欺凌，又被她王八蛋丈夫打出来了……你父母狗眼看人低，一千块钱打发了她，到今日还不理睬我这亲家。"可见，吉玲母亲虽然粗俗、圆滑，但她真心护着女儿，不让她受半点委屈。在粗野的谩骂背后，我们同样能感受到这位世俗母亲的崇高和伟大。

在吉玲母亲得知女儿有离婚念头后，她马上变了脸，告诉吉玲"离婚是不能随便说的"，虽然对付庄建非时非常老辣，但回过头她又对女儿说了庄建非无数好话，劝她回家。也许在旁人看来，吉玲母亲非常不像样，但她始终都是女儿的坚实后盾。也正是因为如此，庄建非特别羡慕吉玲能有这样的母亲。他的母亲虽然是知识分子，富有教养，满腹经纶，但对他向来十分冷淡，而吉玲母亲从不掩饰这些，她用真情融化了他。可以说，吉玲母亲虽然不是理想的母亲，却是务实的母亲，最能懂得生存之道。

现实生活中像吉玲母亲这类粗俗又充满温情的母亲也许并不少见，她可能是别人口中的泼妇，也可能是我们在街头碰到的某个陌生人，她们邋遢、粗野，有一套属于自己的独特市民哲学，但这丝毫不影响她们对子女的爱。相反，她们更符合真实的人性，因而更具人情味。从中不难看出，池莉笔下的母亲不再是圣母的代名词，而是一个活生生的女人，她有血有肉，充满烟火气息。她可能有多重面貌，但不管怎么"变脸"，那颗疼爱子女、甘愿为孩子付出一切的真心是不变的。如同儿时夜晚归来，家中始终亮着的那盏灯，虽然有些破旧、有些昏暗，但你知道它始终为你而亮，给你温暖，更给你方向。

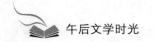

超越世俗观念的爱情

—— 冯骥才短篇小说《高女人和她的矮丈夫》读后

　　1979 年，冯骥才三十七岁。那时，他已经发表了伤痕文学的代表作《铺花的歧路》和反思"文革"的《啊！》等小说，但他似乎对自己的创作方向还心存疑虑。为此，冯骥才向同为伤痕文学代表作家的刘心武致去一封公开信《下一步踏向何处？——给刘心武同志的信》，并以此为开端，将自己的创作方向由"社会问题"转向"写人生"。一年后，他在《上海文学》1982 年第 5 期上发表了短篇小说《高女人和她的矮丈夫》，向新的创作方向迈出了有力的一步。

　　小说讲述了这样一个故事：在团结大楼里住着一对"奇异"的夫妻，女人高而干瘦，男人矮而敦实。楼里的邻居经常在背后议论纷纷，对他们的生活始终充满不乏恶意的"好奇"，裁缝老婆就是其中最积极的一分子。她先是猜测这对夫妇生理上有问题，但孩子的出生让她的揣测落了空。随后她又通过协助民警查户口得知夫妻俩都是化学工业研究所的员工，高女人只是普通的化验员，而矮丈夫则是总工程师，拿着非常高的工资。裁缝老婆觉得她终于找到了所谓的"真相"，这也得到了楼里长舌妇们的认同，她们谈起"好命"的高女人时，总会带着某种嫉妒的心理。但这些都没有影响到高女人和矮丈夫的生活。1966 年，矮丈夫由于总工程师的职务迎头遭祸，被抄了家，人也挨了批斗，进了牛棚。研究所的同事还诬陷他"里通外国"，于是造反派把夫妇俩带到团结大楼进行批斗。而已经升任治保主任的裁缝老婆更是像办喜事一样，帮造反派忙里忙外。由于高女人一句话也不说，批斗陷入僵局，此时裁缝老婆突然跳上台质问高女人为什么嫁给矮丈夫，高女人似乎明白了她的意图，只是用傲岸、嘲讽、倔强的眼神来回应。批斗大会就这样草草结束，矮丈夫也因此被关了起来，高女人成了囚犯的老婆，被迫与裁缝家对换住房。后来，矮丈夫终于被放回来了，他们的生活又恢复了原样，高女人却得了脑血栓倒下了。邻居们看着夫妻俩相互扶持的情景对他们的看法也默默改观了。过了一些时日，高女人去世了，矮丈夫也被落实政策，很多人见他生活好了起来想帮他续弦，却都被他谢绝了。几年过去，矮男人始终独自生活，只是偶尔把孩子接回来做伴。每当下雨的时候，矮男人打伞时仍旧是半举着伞，伞下是一大片空间。

整部小说突出了世俗观念对人们的影响。高女人和矮丈夫的结合，从普通甚至庸俗的观念来看，是不般配的。在团结大楼的"观众们"眼里，似乎男人就应该是高大的，女人就应该是娇小的。如果不是这样，那一定有问题，可能是生理上的，抑或是金钱上的，总之这样的结合目的并不单纯。这种观念还可以放大到婚姻的其他方面，比如男女的择偶标准、婚后的家庭分工、子女的抚养方式等。高女人和矮丈夫专注于过自己的小日子，从不招惹是非，但关于他们的流言蜚语却从没有停止过。可见他们与其他邻居之间的矛盾，并不是简单的人与人之间的钩心斗角，而是邻居们与他们自身固有观念之间的较量。这种藏于人心的顽固，反衬出高女人和矮丈夫感情的珍贵、品质的高尚。

不仅如此，小说中多处用对比造成的矛盾来深化故事情节。高女人的高瘦对比矮丈夫的矮壮，造反派的狂热对比高女人的冷静，夫妻俩的沉默寡言对比裁缝老婆的搬弄是非，这种漫画式的夸张手法仅用简单几笔就勾勒出主要人物的性格特点，读后令人印象深刻。这可能就是"扁平人物"得以长久不衰的艺术魅力，让人在短时间内迅速辨认出来。尤其值得一提的是，作者通篇都没有让夫妻俩说出一句话，也未曾出现过

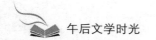
任何有关他们的心理描写，连关于孩子的情节都是一笔带过。可以说，高女人和矮丈夫一直生活在旁人的视域下，是他人眼中的样子，他们的所思所想几乎都是通过旁人的脑补来完成的。但作者的高明之处在于仅单纯地用外貌和动作描写就能将人物刻画得如此精准，功力可见一斑。

作品中最能抓住读者情绪的，莫过于对伞这一意象的描写。夫妻俩撑伞的习惯、并行的方式，不仅贯穿整部小说，而且撑伞人随着时间推移而产生的变化，也给人留下了深刻的印象。从只有夫妻俩时由高女人举着伞，到有了孩子后矮丈夫略显吃力地高举着伞，再到最后矮男人独自出门却仍然保持着原来举伞的习惯，作者为小说写下了这样意味深长的结尾："那伞下好像有长长一大块空间，空空的，世界上任什么东西也填补不上。"伞代表着夫妻俩相濡以沫、相互扶持的真挚情感，正如作者在创作谈中所说："这画面就是我这篇小说的眼。"曾经有过绘画创作经历的冯骥才让小说情节通过"伞"的演绎而有了画面感，更是用最后矮男人落寞的背影将读者的情绪推向了最高点。

回到作品发表的1982年，那时正是伤痕文学与反思文学盛行的年代。冯骥才在这篇小说中摆脱了《铺花的歧路》和《啊！》中专注描写社会问题的创作思路，而正向他向刘心武致信中所说的那样，更关注于对人生的思考。小说中对真挚爱情的热情歌颂、对世俗观念的无声驳斥，都从侧面展现了20世纪80年代初期解放思想的社会热潮。作家们脱离了"文革"的束缚，更多地开始关注人和人性本身。冯骥才也由此开始逐渐转向了文化反思的创作之路，将关注点转向他熟悉的天津卫，接连创作了《神鞭》《三寸金莲》《阴阳八卦》等小说，构成了组合小说《怪世奇谈》，在当时产生了较大的影响。

后来，陆续读了冯骥才的其他小说，包括荣获第七届鲁迅文学奖的《俗世奇人》等，但最喜欢的还是这篇早期之作。泥人张、刷子李、苏七块等人物形象固然精彩，但于我而言，高女人和矮丈夫的形象更铭心刻骨。

或许人间的真情才是最动人的，每当下雨天，走在伞下的时候，总会想起那个落寞的背影，一个木讷、沧桑、略显笨拙的矮男人，将手中的伞高高举起，留下长长的一片空白。这一画面已跳脱出小说本身，成为表达爱与怀念的永恒瞬间。

沙梅的金蔷薇

—— 巴乌斯托夫斯基散文《珍贵的尘土》读后

　　第一次听说《珍贵的尘土》是 2007 年，那年我读高二。期末快要结束的时候，语文老师像往常一样推荐假期阅读书目，其中就有一本人民教育出版社出的《语文读本 5——珍贵的尘土》。印象中那本书收录了国内外名家的诸多作品，既有小说，也有散文，书中的许多内容大都记不得了，留在记忆里的只有这本书的书名。后来忙于备战高考，日子就这么匆匆流逝了。上大学后，教文学理论的老师在课堂上曾多次向我们推荐苏联作家巴乌斯托夫斯基的散文集《金蔷薇》，出于好奇在网上搜索了书的相关内容，那一刻我才知道，原来《珍贵的尘土》是《金蔷薇》中的第一篇作品，也是"抒情散文大师"巴乌斯托夫斯基的代表作。

　　《珍贵的尘土》有一种令人无法抗拒的魅力，在读的过程中，总能被巴乌斯托夫斯基"所营造的浓浓的诗意和他所创作的人物身上流露的那股淡淡的哀愁所打动"（译者薛菲语），尽管作品内容前后读过好几次，也知晓人物的结局和命运，但每一次阅读似乎都是一次新的出发，总会有新的感悟和收获，这或许就是经典的力量吧。虽然没有读过俄语原文，但在读中译本时，还是能透过文字感受到它的故事之美、叙述之美和语言之美，这种美绝非模糊的幻影，而是清晰可感的，开卷便扑面而来。

关于《珍贵的尘土》，不少文学评论家从创作与生产的角度解读了这部作品，有很多真知灼见，在这里，我想回到故事本身，谈谈金蔷薇的故事。

《珍贵的尘土》讲述了年轻时曾是法国第二十七殖民军士兵的沙梅，在墨西哥战争期间，由于得了严重的热病，顺便带着团长八岁的女儿苏珊娜回国。在回国的航船上，沙梅为了拉近与苏珊娜的距离，给她讲述了很多自己的经历，其中就包含了金蔷薇的故事——"谁家要有它，就一定有福。不只是这家人，就是谁碰一碰这朵金蔷薇都有福"。旅途结束后，沙梅把苏珊娜交给了她的姑母。多年过去，沙梅成了巴黎的一名清洁工，在一个黎明，他与成年后的苏珊娜重逢了，此时的苏珊娜刚刚失恋，非常痛苦，后来在沙梅的帮助下，苏珊娜与情人重修旧好。离别时，苏珊娜提到了沙梅曾给她讲的金蔷薇的故事，沙梅告诉她，送她金蔷薇的"不会是这位先生"。苏珊娜离开后，沙梅下定决心要送她一朵真正的金蔷薇。从那以后，他把从首饰作坊扫出来的垃圾悄悄收到一起，从尘土中筛出金屑，日积月累，终于做成了一朵精致的金蔷薇。当沙梅准备将它送给苏珊娜时，他才得知苏珊娜早在一年前就去了美国，并且永远不再回来了。失落的沙梅不久后生病去世，打造金蔷薇的首饰匠拿走了这朵金蔷薇，将其卖给了一位文学家，还给他讲了沙梅与金蔷薇的故事。

虽然金蔷薇会给人带来幸福，但沙梅的一生却是悲惨的。他年轻时虽也过过好日子，在"小拿破仑"军团里当过兵，但还没上过一次战场，就因病被遣送回国。当时军队没给他任何军衔和待遇，他只能回归到普通老百姓的生活。热病也彻底摧毁了沙梅的健康，他只能从事各种辛苦的职业，最后成了一名清洁工。日子尽管过得很清苦，但他总时不时想起当年那个小姑娘苏珊娜。这些年来，沙梅一直非常后悔当初把苏珊娜交给她姑母时，没有安慰她、鼓励她、亲亲她，只是把她往母夜叉一样的姑母身边一推，让她"忍着吧，絮姬，女战士"。沙梅虽然不善言辞，但他把所有的温柔都留给了苏珊娜。他一直珍藏着苏珊娜儿时的那条蓝色发带，最后还用它包着那朵精致的金蔷薇，可惜沙梅再没有机会送给苏珊娜了。沙梅死后，他最珍视的礼物被首饰匠变卖，远在异国他乡的苏珊娜也不曾知晓曾经有那么一个"蠢笨的、拖着两条风湿的腿蹒跚着的丑东西"为了实现她的心愿，每天深夜拿着一个小筛机在院子里把从首饰作坊运来的尘土簸来簸去，只是为了收集凹槽里可能隐约闪现出来的金色粉末，那是世界上最珍贵的尘土，也是沙梅内心的默默祝福。

巴乌斯托夫斯基用这朵金蔷薇向我们展示了沙梅默默奉献、不求回报的真挚情感。在故事的结尾，他借用那位老文学家之口，向读者讲述了金蔷薇所代表的更深层次的含义。作者将用金粉打造艺术品的这一行为借喻文学工作者的创作过程。"每一个刹那，每一个偶然投来的字眼和流盼，每一个深邃的或者戏谑的思想，人类心灵的每一个细微的跳动，同样，还有白杨的飞絮，或映在静夜水中的一点星光"，都是文学工作者的金粉。他们用几十年的时间进行寻觅、收集，最终将这些金粉化成小说、戏剧、散文和诗歌。可以说，作者用这篇故事作为《金蔷薇》这部讨论文学创作札记的开篇，是最合适不过的。

如今，我已在省作协工作将近一年了，再次翻开这篇《珍贵的尘土》，也有了新的体会和感受。人们常说，艺术源于生活，又高于生活。文学也是如此，文学创作如果脱离了生活的积累，就成了无源之水、无本之木。但能够将生活的点滴，通过自己的思考、想象书写出来，最终转化成文学作品，这一艰苦的创作过程，见证的是一代代作家为了歌颂生活、审视生活、反思生活而作出的努力与奋斗。每一部流传下来的文学作品，都是一朵精致的金蔷薇，它不仅是生活的缩影，更重要的是，它凝结着作家的智慧，闪耀着思想的光辉。如同《珍贵的尘土》结尾所言："我

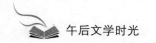

们的作品是为了预祝大地的美丽，为幸福、欢乐、自由而战斗的号召，人类心胸的开阔以及理智的力量战胜黑暗，如同永世不没的太阳一般光辉灿烂。"这种崇高的目标与伟大的精神，永远值得传扬和称颂。

向善的烛火

——老舍散文《宗月大师》读后

或许与他人不同，我读老舍的第一篇作品并不是已经收录进语文教材的《养花》，而是他在晚年未完成的自传体长篇小说《正红旗下》。老舍家中的贫困给我留下了深刻的印象。年少的我一直在想，连买生活必需品都要精打细算，甚至于赊账的家庭，怎么能够走出如此伟大的作家？这个疑惑直到我读了《宗月大师》才得以解开，我也更加理解了为什么老舍会被称为"人民艺术家"。

老舍在文中回忆了宗月大师的生平。在老舍小时候，宗月大师还有着俗名——刘寿绵，这个从名字上看起来就像是富贵家庭出身的人，也有着一群穷朋友。一次偶然的拜访，他得知九岁的老舍还从未上过学，仗义的他于是包了学杂费，第二天就把老舍送到私塾去。老舍由私塾转入公立学校的时候，他又来施以援手。这个拥有西直门大街一半产业的富人，对穷苦家庭出身的老舍可谓尽心尽力。老舍充满感激地写道："他绝不以我为一个苦孩子而冷淡我，他是阔大爷，但是他不以富傲人。"

这位阔大爷不仅照顾老舍一家，还坚持帮助更多需要帮助的人。他不会计算，也不愿计算自己的财产。渐渐地，他的产业越来越少，有变卖的，也有被人骗去的，他都一笑置之。他的心中没有贫富之分，无论家境如何，他始终乐善好施。到老舍中学毕业的时候，他的家产已经所剩无几，但他还是乐于办贫儿学校、粥厂等慈善事业，老舍也开始协助他做善事。直到他的儿子去世，最后的家产也没有了。于是，他入庙为僧，他的夫人和女儿也入庵为尼。谁也不相信，那个曾经穿着绫罗绸缎、吃着山珍海味的大富豪能够真的出家，但他却真的做到了，他的名字也从刘寿绵变成了法号宗月。

他成了僧人之后，依然没有忘记救助穷人，虽然他自己也已经一穷二白，但他仍然为劳苦大众奉献着。老舍在文中还没写到的是，抗战开始后，他为逃难的民众送衣送食，筹钱举办半日学校、养老院。抗日将士遗体无人掩埋，他为此终日奔走，成立战区掩骨会，埋葬了三千多具尸骨。面对日本鬼子的拘捕，他将生死置之度外，绝不答应与日本人合作。日本人不知如何处置这位如神似仙的僧人，最终迫于他的威望，又将他释放。恢复自由后，他还是继续为穷人、为民众奔走，带着和他年轻时候一样洪亮的笑声。

1939 年，宗月大师在为一位圆寂了的和尚念经时，自己也闭眼坐化了。僧人和老百姓为他举办了隆重的丧礼，送殡的人拥满了阜成门内大街。火葬后，人们在他身上发现了许多舍利。

老舍在文末深情地写道："没有他，我也许一辈子也不会入学读书。没有他，我也许永远想不起帮助别人有什么乐趣与意义。他是不是真的成了佛？我不知道。但是，我的确相信他的居心与言行是与佛相近似的。"读完文章后，我也有同样的感想：所谓的佛，是指福德和智慧修行圆满的人。宗月大师为劳苦大众奉献的一生、慈悲为怀的信念和他离去的方式以及留下的舍利，让我相信，或许他真的已经成了佛。

读了《正红旗下》，我了解了对老舍影响最大的人是他的母亲，母亲给予老舍的是"生命的教育"，而宗月大师则是老舍青少年时期重要

的精神导师。宗月大师乐善好施、甘于助人的崇高品质深深地影响了老舍，让他在为人、为文上始终贴近群众，有着悲悯情怀。从《骆驼祥子》到《四世同堂》，老舍始终把他的目光投向普通的劳苦大众，用自己的一支笔为群众立传、为人民代言，身体力行地帮助身边人、提携文学界的后辈，我相信这是和宗月大师对他的言传身教分不开的。以至于老舍的挚友萧伯青在听了宗月大师的事迹后，脱口而出："老舍先生就是宗月大师。"相信萧伯青也认为，老舍的这种精神是与宗月大师一脉相承的。

作家的回忆性散文往往由于倾注了大量真挚情感而成为名篇，如鲁迅的《藤野先生》、巴金的《怀念萧珊》、朱自清的《背影》等，他们感念于曾经帮助过、支持过自己的人，不仅是让后世读者了解他们的故事，更多的是激励自己，不要忘却珍贵的记忆。老舍不仅写下了《宗月大师》这篇怀念之作，更让宗月大师的身影出现在自己的多篇小说中，从《老张的哲学》里的"董善人"到《四世同堂》中的"钱诗人"，再到《正红旗下》里描写的"定大爷"，他们身上都有着宗月大师的影子。不仅如此，《微神》里的"她"、《骆驼祥子》中的小福子身上，还能隐约看到宗月大师的女儿——刘小姐的身影，而那自然是另一个故事了。

因为感恩，年幼的老舍开始学习宗月大师帮助他人；因为奉献，成为作家的老舍懂得了向善的意义。这个从贫苦家庭走出来的人民艺术家，用创作记录下老百姓的生活。宗月大师为他点燃了善良和道义的烛火，他也燃尽了一生去照亮他人。老舍去世后，墓碑上并没有出现"人民艺术家"这样的字眼，只有简单的一句话："文艺界尽责的小卒，睡在这里。"

《宗月大师》最初发表于1940年1月23日的《华西日报》，虽然已经过去80余年，但隔着时间的长河，我们仍能从字里行间感受到那份真诚与善意。无论是宗月大师，还是老舍，他们都引人向善，不求回报，这是博爱与真诚的延续，也是感恩与奉献的传承。从刘大叔牵起老舍的手拉他到私塾入学的那一刻起，这种传承就已经开始了吧。读了《宗月大师》之后，我愈加相信，老舍是想用他对宗月大师的怀念，让这种传承以文学的形式一直延续下去，将善的种子，播撒在读者的心中。

陪你度过漫长岁月

—— 巴金散文《小狗包弟》读后

第一次读《小狗包弟》的时候，我还在上高中。那时候的人教版高中教材里，除了必修书目，还有五本语文读本，《小狗包弟》便是其中的一篇，读后十分感动，以至于十多年后的今天还能想起文中的大概情节来。

《小狗包弟》最初发表于1980年1月12日的香港《大公报》，后被收入《探索集》（《随想录》第二集）中。在这篇文章里，巴金向我们讲述了包弟这只小狗的故事，它可爱、忠诚，为巴金和萧珊一家带来了不少欢乐。可十年浩劫毁了他们原本平静的生活，红卫兵们开始满大街地"抄四旧""杀小狗"，当时的巴金也已经处于"半靠边"状态，为了防止包弟的叫声把红卫兵引来，保全自己的家人，巴金只能将包弟送到医院，由科研人员拿来做实验。送走包弟后，巴金并没有感觉到一丝轻松，而是背上了更沉重的包袱。他不无痛苦地写道："不能保护一条小狗，我感到羞耻；为了想保全自己，我把包弟送到解剖桌上，我瞧不起自己，我不能原谅自己！"

十年浩劫结束了，巴金活了下来，却失去了妻子萧珊和小狗包弟。

他把对妻子的思念化成了名篇《怀念萧珊》，在这篇《小狗包弟》中，巴金也同样倾注了无比真挚的情感："我想念过去同我一起散步的人，在绿草如茵的时节，她常常弯着身子，或者坐在地上拔除杂草，在午饭前后她有时逗着包弟玩……我好像做了一场大梦。满园的创伤使我的心仿佛又给放在油锅里熬煎。"巴金在散文的结尾，向他亲手送走的包弟做了迟来的道歉："我不怕大家嘲笑，我要说：我怀念包弟，我想向它表示歉意。"

整篇文章虽然只有两千余字，但情真意切、感人至深，那些与包弟共同生活的日子，也是巴金与家人相处的美好时光。在那个特殊的年代，小狗的命运尚且如此曲折，普通人的命运或许就更难以预料。巴金不仅仅是向包弟道歉，也是对过去的自己进行反思和拷问，他提倡"讲真话"，也用自己的实际行动践行了这一主张。在四十多年后的今天，重读《小狗包弟》，依然能感受到那些朴素文字背后所蕴藏的巨大震撼力量。晚年的巴金仍对自己要求严苛，甚至进行不遗余力地鞭挞，这种勇气和心胸令人钦佩。

从巴金送走包弟，到他写下这篇关于包弟的散文，时间已经过了十三年。而我从第一次读到这部作品，到写下这篇体会，也刚好十三年。时间会改变太多的东西。那时的我并不会想到，我会在大学里读中文系，毕业后先是做图书编辑，后又到作协工作，似乎这一生都将与文学为伴。两三年前，我买了一套巴金的《随想录》，再一次读到《小狗包弟》时，又有了新的体会和感悟。

我先生家里也养了小狗，名字也和包弟有着相似的地方。包弟是从外国音译"斯包弟"简化而来的，先生家的小狗就直接取了个英文名字——Summer，名字来自于久石让的那首同名钢琴曲。我们结婚后，有时会回到葫芦岛看望公婆，Summer 每次看见我们，都会不停地围着我们转圈，兴奋地在沙发上跑来跑去。仿佛无论相隔多久，它见到我们时都会无比亲切。就像巴金在文中写的那样："它看见我们回来……不住地摇头摆尾，那种高兴、亲热的样子，现在想起来我还很感动。"人经常会羞于表达自己的情感，但小狗从来不会。那种单纯和热烈，令人动容。

在我自己住的小区里，也经常看到很多宠物狗，有大有小，楼下也开了两家宠物店。时代在不断发展，养小猫小狗的家庭也越来越多，狗也不再只是看家护院的工具，更多的是给主人一种陪伴、一种慰藉。Summer 就是这样，先生告诉我，从某种意义上说，Summer 就是他，在我们不在父母身边的时候，Summer 能给老人最好的陪伴。它不吵不闹，在外面看到其他小狗也都躲得远远的，只有生人要进门的时候才会叫两声。平日里，它都是老老实实地趴在沙发上，我们吃饭的时候它才会过来讨吃的。它不像包弟那样会作揖，但对它说"握手"，它会把小爪子伸过来给你握，对它说"坐"，它也会乖乖地坐在那里。宠物通人性，我相信这是真的。

Summer 是 2015 年出生的，和包弟在巴金家的时间一样，也陪伴了我们将近七年。犬类的寿命要比人类短很多，绝大多数的小狗都是在主人的陪伴下离开世界的，我们不忍心、也不愿去想象那样的场景。所幸它还是健康的、快乐的，在无人的大空地或沙滩上奔跑时，还是像它年轻时候一样快，两个耳朵被风吹起来，活像只小鹿一般。

或许我应该找时间再回去看看他们了。我猜，Summer 还会像往常那样，蹦着、跳着、转着圈欢迎我们，它的眼睛还会是亮亮的，仿佛永远也不会疲倦。

陈奕迅有一首歌叫作《陪你度过漫长岁月》，愿这只被我们视为家人的小狗，还能陪伴我们久一些，再久一些……